JN495509

택시 기사에게 대답하던 미나토의 몸이
부자연스럽게 틀어졌다.
산신이 매우 들떴기에 미나토까지
가만히 있을 수가 없었다.
좁은 공간에서 어떻게든
쾌적한 자세를 확보하기 위해
하얗고 거대한 몸이 움직이고 있었다.

"산신 씨,
몸을 작게 만들면
되는 거 아니야?"

"아니 된다.
이대로가 좋다."

**산신**

쿠스노키 저택 옆에 있는 산을
본체로 삼고 있는 신.
하지만 쾌적한 쿠스노키 저택에
머무르며 좋아하는 화과자만
먹어대는 조금 안쓰러운 신.

바람의 정
풍신과 관련이 있는 존재. 제멋대로 굴며 장난을 치는 것을 좋아한다.
쿠스노키 미나토
친척으로 인해 사연이 있는 집의 관리인을 맡게 되었다. 선천적으로 '사람이 아닌 존재'를 볼 수 있는 체질이며, 적은 글자에는 정화의 힘이 깃든다. 메모광.

기린은 인간에게
직접 가호를
내려주는 것이
처음이었다.
이상하게
긴장하고 있었다.
『아얏~!』
『그럼, 갑니다.』
퍼억, 미나토의 견갑골
한가운데에
기린의 앞발이
파고들었다.
비명이 울렸고,
봉황, 영귀, 응룡이
일제히 하늘을
올려다보았다.

# 신의 정원이 딸린 쿠스노키 저택

엔쥬 지음
[illust] OX
천선필 옮김

4

AK novel

# 목차

# 제 1 장 바깥 세상은 장마여도 쿠스노키 저택은 봄

장마를 맞이한 요즘. 끊임없이 내리는 비가 신의 본체인 산 나무들 위로 쏟아지고 있다.

뿌옇게 보이는 그 나무들을 배경으로 삼고 있는 쿠스노키 저택에는 빗방울이 하나도 떨어지지 않았다. 신역이 된 부지 안은 언제나 따스한 봄 같은 날씨를 누리고 있었다.

그런 쿠스노키 저택의 정원에는 개울이 조용히 흐르고 있다.

이곳에 눌러앉은 이웃 신——, 산신으로 인해 표주박 형태의 연못에서 개울로 개장된 이후로 그대로다.

물론, 폭포도 건재하다.

시원한 폭포 소리가 메아리치는 와중에 관리인인 쿠스노키 미나토가 샛길을 느긋하게 산책하고 있었다.

다리를 건너 보폭에 맞춰서 설치해둔 징검다리를 하나씩 밟으며 나아갔다. 그 표정은 한없이 평온했다.

식물들로 둘러싸인 정원을 걷기만 해도 기분이 차분해졌고, 마음도 편해졌다.

정원 가운데로 다가가자 미나토의 무릎 높이까지 성장한 쿠스노키가 맞이해 주었다.

급성장한 끝에 벌채되었고, 다시 씨앗으로 돌아가 싹튼 쿠스노키 저택의 심볼 트리, 신목 쿠스노키. 나뭇잎도 나름대로 늘어나긴 했지만, 여전히 허전해 보인다.

그 쿠스노키 앞에서 미나토가 무릎을 굽혔다.

"물은 충분해?"

가지를 구부려서 고개를 끄덕였다. 그리고 제일 위쪽 나뭇잎만 슬쩍 수직으로 세웠다.

이건 '봐줬으면 한다'는 뜻이다.

지켜보고 있자니 모든 잎이 부스럭거리며 움직이기 시작했다.

줄기가 높아지고, 폭도 늘어났다. 작은 나뭇가지들도 하늘을 향해 올라갔다. 흙에 파고든 뿌리도 숫자와 굵기가 늘어났다. 주된 가지들 끄트머리가 미나토의 허리 근처에 닿자 모든 움직임과 소리가 멎었다.

줄기와 작은 가지들이 파도치는 듯이 흔들렸고, 화악, 단숨에 우거졌다.

잔뜩 돋아난 나뭇가지와 나뭇잎은 그야말로 녹나무(쿠스노키)였다.

미나토는 깜짝 놀랐다.

"———나무다. 엄청 작은 나무가 되었어. 거목 쿠스노키의 모형 버전 같아."

금방 부러져버릴 것처럼 미덥지 못한 모습은 이제 없다. 대지에 뿌리를 단단히 내리고, 심볼 트리답게 위엄있는 모습이 되었다. 커다란 브로콜리처럼 보이기도 하지만.

쿠스노키가 줄기를 살짝 움직였다. 사람이 가슴을 편 듯한 시늉을 하며 '어떤가요!'라고 뽐내듯이 말하고 있었다.

"꽤 귀여운 크기이긴 하지만, 분명히 녹나무 맞아." 미나토가 기쁜 듯이 그렇게 감상을 말하자 동그란 나뭇가지와 나뭇잎이 기분 좋게 흔들렸다.

쿠스노키가 봄바람과 장난을 치는 모습을 미나토가 바라보고 있자니 첨벙, 물이 튀는 소리가 들렸다.

영귀나 응룡이 수면을 두드리는 소리와는 조금 다른 소리였다. 무엇보다 신의 정원 주민인 그 두 성수는 어제 용궁문을 통해 외출해서 부재 중이다.

다시 말해, 다른 존재가 낸 소리다.

미나토가 펄쩍 뛰듯이 돌아보았다. 폭포 하류가 흘러가는 곳—, 벽에 금색 빛이 보였다. 이웃 마을에 사는 신의 권속———, 잉어 일행이 오셨다.

여기 있는 작은 폭포를 수행장으로 삼고 있는 그들을 맞이하기 위해 미나토가 빠른 걸음으로 다가갔다.

벽 너머로 고개만 약간 내민 채 그곳에 멈춰 있던 잉어들 한가운데에 금빛 잉어가 있었다.

"들어오세요."

허락을 해주자 우르르 나왔다. 금빛 잉어 말고는 전부 새끼 물고기들뿐이었다.

연못을 개울로 만들었을 때, 그들이 길을 잃고 헤매다 들어왔었는데, 지금은 폭포를 어린 권속들의 수행장으로 쓰고 있어서 자주 온다.

각자 서둘러 들어오는 새끼 물고기들을 따라 커다란 은빛 잉어가 불쑥 나타났다.

천천히 헤엄치고 있던 등에 자그마한 바구니를 얹고서. 그 동그란 대나무 바구니에는 여름귤이 잔뜩 담겨 있었다.

“어…….”

미나토는 당황했다.

어떻게 된 건지 이해가 안 되긴 하지만, 힘은 꽤 센 모양이다.

은빛 잉어가 소리도 없이 다가왔다. 개울가에 서 있던 미나토 발치로 다가와서는 올려다보았다.

『매번 찾아와서 미안하다. 이 여름귤을 받아다오.』

눈빛과 태도가 그렇게 말하고 있었다.

“———감사합니다.”

신이 베푸는 것은 거부해선 안 된다. 싹싹한 뇌신은 별개지만.

그 사실을 이해하고 있는 미나토는 순순히 두 손으로 공손하게 받아들었다. 만족스러워하던 은빛 잉어가 우아하게 폭포 쪽으로 헤엄쳐 갔다.

잉어에게 선물을 받은 건 이번이 처음이다. 미나토는 그 여름귤을 차분히 바라보았다.

손쉽게 집어들 수 있을 정도로 작은 크기. 진한 노란색이고 단단한 껍질은 울퉁불퉁한 부분이 눈에 띄긴 했지만, 평범한 여름귤로만 보였다.

하지만 신적인 존재가 가져다 준 물건이다.

사람인 내가 과연 이걸 먹어도 되는 걸까.

미나토는 고민하면서 다시 샛길을 걸어갔다.

마루로 다가가자 따악, 낯선 소리가 들렸다.

그쪽에는 벽 근처에 늘어서 있는 석등밖에 없다.

한쪽 불주머니는 핑크 펄색 빛이 깜빡이고 있다.

안에는 봉황이 있다. 최근 며칠 동안 잠만 자고 있는 그 몸은 지금도 여전히 병아리다.

그 봉황이 낸 소리가 아니라 다른 쪽, 어두운 불주머니 쪽에서 난 소리였다.

거기에는 신령이 잠들어 있다.

어떤 곳에서 부정함을 탔던 것을 산신이 정화해주었고, 권속으로 삼아줌으로써 구원을 받은 그 신령은 거기에 들어간 이후로 한 번도 나오지 않았다.

그렇기에 미나토는 그 모습을 본 적이 없었다.

산신의 권속 세 마리처럼 담비는 아니라고 산신에게 들었다.

만나는 걸 기대하고 있긴 했지만, 걱정도 되었다.

신령은 인간 때문에 억지로 검에 신내림되었고, 인간들이 제대로 모셔주지도 않은 채 방치했기에 인간을 미워하고 있다.

그렇다면 동족인 미나토를 받아들일 거라는 보장이 없다.

그렇게 생각한 미나토는 최대한 신령 쪽 석등에는 다가가지 않고 있었다.

정적이 깔린 석등 근처에 등나무꽃 화분이 있다.

근처에 있는 산에 자리잡은 여우 신사에 사는 천호를 초대했더니 선물로 받은 물건이다.

산신의 조언에 따라 거기 두었을 때, 신령은 아무런 반응도 보이지 않았다.

그렇게 조용하던 존재가 이제야 움직임을 보였다.

따악, 다시 작은 소리가 들렸다.

신령은 분명히 깨어났을 것이다.

불주머니 안에서 자유롭게 움직일 수 있다면 담비보다 몸집이 작다.

봉황과 비슷할지도 모르겠다.

미나토는 그렇게 생각하며 손 근처를 내려다보았다. 신령은 여름귤에 흥미가 있는 게 아닐까. 평소와 다른 건 이것밖에 없을 텐데.

은근슬쩍 대나무 바구니를 석등 쪽으로 내밀었다.

따악, 따악, 따악, 따악. 안쪽에서 불주머니 유리창을 두드리고 있다. 반응이 정말 뚜렷하다.

아무래도 신령은 귤을 좋아하는 모양이다.

미나토가 입가를 치켜올렸다. 살금살금 다가가 석등 앞에 섰다. 소리는 멎었고, 침묵하고 있다.

하지만 잘 살펴보니 어두워졌던 유리창이 희미하게 밝아져 있었다.

함부로 말을 걸면 안 될 것이다. 미나토는 기린을 통해 배웠다.

그리고, 인간 혐오자들의 대표격인 기린은 여전히 세계를 방랑하고 있다. 의외로 예의가 바르기에 선물을 빼먹지 않으니 분명히 또 신기한 과일을 가지고 올 것이다.

저번처럼 환영받지 못할 선물———, 악령에 씌여 오지는 않을 것이다. 사령에게는 미나토가 손수 만든 부적을 챙겨주었으니까.

부적이란 신목 쿠스노키의 조각에 정화의 힘을 한껏 담아 새긴 물건이다. 때로 뭉친 악령조차 순식간에 없애버릴 위력을 자랑한다.

아무튼, 신령이다.

여름귤이 인간용 귤인지 신용 귤인지는 잘 모르겠지만, 어찌 됐든 신령에게는 문제가 없을 것이다.

미나토는 대나무 바구니에서 여름귤을 하나 꺼내서 불주머니 앞에 내려놓고는 재빠르게 세 발짝 물러났다.

덜컹덜컹, 덜컹덜컹. 유리창이 흔들렸다.

하지만, 전혀 열리지 않았다.

그 모습을 잠시 바라보던 미나토는 조용히 그곳을 떠났다.

초조함은 금물이다. 억지로 끄집어낼 생각은 전혀 없다.

신입인 신령도 다른 신들과 마찬가지로 이곳에서 편히 지내줬으면 한다. 바라는 건 그것뿐이다.

"좋아, 휴식 끝."

미나토는 나무를 조각하다 멈추고 정원을 산책하고 있었다.

머리와 마음을 쉬게 하던 그를 기다리고 있던 것은 좌탁에 쌓인 목재였다.

대나무 바구니를 마루에 내려놓은 미나토가 좌탁 앞에 앉자, 그 맞은편에 드러누워있던 큰 늑대가 슬쩍 움직였다.

이웃 산의 신은 오늘도 이곳의 주인처럼 행세하고 있다.

그 눈꺼풀이 천천히 열렸고, 황금빛 눈이 미나토를 보았다.

“휴식은 이제 끝인가? 좀 더 느긋하게 지내더라도 괜찮을 터인데.”

“음…….”

곧바로 조각도를 잡은 미나토는 건성으로 대답할 뿐이었다.

호부뿐만이 아니라 나무를 조각할 때도 정화의 힘을 담고 있긴 하지만, 조각도에는 아직 마음대로 힘을 흘려넣을 수가 없다.

신수를 이용한 먹을 썼을 때보다는 매끄럽게 흘려넣지 못하고 있다.

미나토의 힘은 제약이 많다. 매체를 통해야만 정화하는 힘을 부가할 수 있다.

예를 들어, 맨손으로 모래에 글자를 적는다 하더라도 의미가 없다.

지금까지 시도했던 것들 중에서는 신수가 가장 힘이 잘 통했다.

조각도에는 힘을 줄수록 쓸데없이 힘이 흘러들어가 버렸다.

물론, 미나토에게는 보이지도, 느껴지지도 않았다.

“초조해해봤자 잘 풀리진 않을 게다.”

천천히 돌아누운 산신이 조용히 중얼거렸다.

“———뭐, 그렇긴 한데. 열쇠고리가 또 없어진 모양이라 얼른 만들어 줘야…….”

미나토는 길다란 목재를 들었다.

그 목재는 친가인 온천 여관———, 객실의 열쇠에 달 열쇠고리용이다.

얼마 전에 어머니가 메일로 의뢰해서 잔뜩 만들어 보낸 지 얼마 지나지 않았지만, 손님들이 줄지어 몰려들어서 급하게 만들기 시작했다.

미나토는 각목에 적은 글자 테두리를 따라 깎아나갔다.

———그 움직임은 매우 둔했다.

최근에는 일만 한 탓이다.

날마다 해야 하는 관리인 업무와 더불어 호부 제작, 그리고 나무 조각.

호부도 그렇고 나무를 조각하는 것도 하루에 할 수 있는 건 한도가 있다. 게다가 꼼꼼하기에 하나를 만들 때도 시간이 많이 걸린다.

게다가 정화의 힘을 사용하면 운동 같은 걸 했을 때와는 다른 피로가 느껴지기에 정원을 산책하는 것 정도로 그 피로가 완전히 회복될 리도 없다.

"아! 이런."

칼날이 미끄러져서 쓸데없는 선을 새겨 버렸다.

한숨을 크게 내쉰 산신은 눈빛으로 '거 봐라'라며 말하고 있다.

"그 나뭇조각에도, 그 전에 새기던 녀석에도, 정화의 힘은 거의 들어가지 않았다."

미나토의 손 근처를 보지도 않고 말했다.

"……아. 안 되겠네."

"너무 정신없이 빠졌구나. 마치 서둘러 살려고 하는 모습으로만 보인다."

"그럴 생각은 없었는데……. 그래도 조금 초조했던 건지도 모르겠어."

최근 며칠 동안 평소에 보이던 느긋한 모습이 거짓말이었던 것처럼 사나운 기세였다.

"———그 정도야……? 아니, 내가 그렇게 느긋하게 지내나?"

"그야말로 우리들(영원히 살아가는 신들)처럼 말이다."

"그것도 나름대로 문제인 것 같은데……."

산신이 엄숙하게 단언하자 은근히 충격적이었다.

쓴웃음을 지으며 숨을 내쉰 미나토는 조각도와 각목을 다시 좌탁 위에 올려놓았다.

얼른 끝내고 싶어한 건 이유가 있었다.

우선, 친가에서 경영하는 온천 여관, '쿠스노키 여관'은 항상 사람들로 붐빈다. 반년 뒤까지 예약이 꽉 차 있는 것이 기본이다.

어머니의 말에 따르면 요즘은 열쇠고리를 노리고 숙박하러 오는 손님들이 많고, 그중에는 열쇠고리로는 만족하지 못한 건지 객실의 명패까지 훔쳐간다고 한다.

어떻게든 하고 싶긴 하지만, 다들 처음 오는 손님들이라 막을 방법도 없었고, 사과를 하면서 거금을 두고 가기 때문에 그냥 당하고만 있다고 한다.

도둑 취급하기도 힘들어서 곤란한 사람들이긴 하지만, 고마운 손님이라는 건 마찬가지다.

미나토는 그들이 원한다면 열쇠고리가 많은 게 좋을 거라며 열심히 만들고 있었다.

초조함의 원인에 대해 말하자 산신이 코웃음쳤다.

"허나 손버릇이 안 좋은 녀석들에게 인기가 좋은 그 열쇠고리에는 정화 효과가 없다. 이대로 계속 만들어봤자 의미가 없을 게야. 한동안, 몸과 신경을 쉬게 해주거라."

"———그러게. 한동안 느긋하게 지낼게. 요즘은 하루에 만들 수 있는 호부의 숫자도 늘어나지 않았고, 집중력이 유지되는 시간도 그대로야. ……더 이상 실패작을 양산해봤자 의미도 없고."

"그러하다. 일을 잊고 그저 가만히 시간을 보내는 것도 때로는 필요한 법. 아니, 오히려 그게 가장 중요할 게다."

늘어진 모습이 기본인 분이 그렇게 말하니 맞장구를 치기가 조금 껄끄럽다.

마음속으로 그렇게 생각한 미나토는 헛웃음을 지었다.

"열쇠고리를 일찌감치 만들고 싶었던 건 다른 이유도 있었어——."

사실 그쪽이 진짜 이유였다.

미나토는 조용한 눈으로 맞은편을 바라보았다. 그 진지한 분위기를 느끼고 일어난 산신도 자세를 바로잡았다.

"갑자기 뭐냐……?"

"조만간 황폐해진 산신 씨의 본체인 산을 정비할까 해서."

"어찌하여?"

"———그러면 사람들이 많이 오게 될 테고, 산신 씨의 힘이 강해지지 않을까……, 해서."

미나토는 얼마 전에 놀러왔던 츠무기의 몸에 빙의한 천호와 산신이 장난(가벼운 전투)치는 모습을 보았다.

그때, 산신은 천호에게 밀렸다.

두 신의 현재 상황을 비교하면 납득이 되기도 했다.

사람들이 거의 오지 않는 산신의 본체인 산에 비해 천호를 모신 여우 신사는 신자들을 많이 거느리고 있고, 항상 붐비기 때문이다.

그 압도적인 신앙심의 차이를 본 미나토는 결심했다.

———산신의 본체인 산을 정비하자고.

우선 거의 끊어져 가는 덩굴 다리와 커다란 바위들이 굴러다니는 등신로를 어떻게든 해볼 생각이다.

입을 다문 산신은 아무런 말도 하지 않았다.

1년 내내 겨울 사양인 그 멋진 털이 바람에 하늘하늘 흔들렸다. 희미하게 금가루를 뿌려대고 있는 몸은 위풍당당하게 거기 있었다.

얼마 전에 정원을 개장하느라 힘을 너무 많이 써서 줄어들었고, 비쳐보이기까지 했던 게 믿기지 않을 정도로.

"산신 씨네 집을 정비해도 될까?"

몰래 가서 서프라이즈! 그런 게 가능할 리가 없다. 상대는 산 그 자체니까.

그렇기에 미리 알리고 허가를 구했다.

나른해 하던 산신이 방석에 누웠다. 교차한 앞다리에 턱을 얹고는 몸을 방석에 깊게 기댔다.

"그대 마음대로 하거라."

조용한 목소리는 싫은 기색도, 기뻐하는 기색도 느껴지지 않았다. 딱히 별 생각이 없는 모양이다.

"고마워. 그럼 내 마음대로 할게."

언질은 받아냈다. 정비 결행이다.

하지만, 그 전에 해야만 하는 일이 있다.

"인간 사회에 있어서 반드시 챙겨야만 하는 허가도 받아야 하거든. 산을 소유하고 있는 사람이 따로 있지? 그 소유자분은 어디 살아?"

"모른다."

"뭐라고……."

그렇게 쌀쌀맞은 대답을 듣고 미나토는 당황했다.

"예전에는 가끔 찾아오곤 했으니 그리 멀진 않을 게다."

"요즘은 전혀 오지 않는다고 저번에 말했었지."

"그러하다. 나에게 찾아오곤 하던 자들은 이제 이 세상에 존재하지 않는다."

산신에게서 정보를 얻어낼 수 있지 않을까 생각했는데, 힘들 것 같다.

팔짱을 낀 미나토가 생각한 것들을 주절주절 말했다.

"아마 지금은 자손이 소유하고 있지 않을까……. 그런데 산에 오지 않게 되었다면 이사를 해서 이곳을 떠났거나 다른 가문에게 넘어갔을 가능성도 있겠고……. 기본적으로 산의 소유자는 근처에 사는 이 지역 사람이긴 할 텐데……."

"글쎄다. 인간 사회에 대해서는 잘 모른다."

"———화과자 정보는 열심히 수집하면서."

흥, 그렇게 거만한 코웃음 소리만 돌아왔다.

흥미가 없는 것에 시간이나 관심을 가질 생각이 없다고 늘어진 자세가 말해주고 있다.

"산의 소유자에 대해서는 어디서 알아볼 수 있으려나……. 검색해 해볼까?"

미나토는 좌탁 위에 있던 스마트폰 쪽으로 손을 뻗었다.

그 옆에 있던 늑대 나무 조각상이 데굴거리며 넘어졌다. 물론, 지금 미나토의 옆에서 졸기 시작한 큰 늑대를 모델로 삼아 조각한 물건이다.

나무 조각상 제1탄인 봉황이 완성되자 자기 차례를 기다리고 있던 영귀, 응룡, 기린 중 누군가를 조각해볼 예정이었는데, 갑자기 산신이 끼어들어서 '내가 모데엘을 하겠다'는 말을 꺼냈다.

아무도 이의를 제기할 수는 없었다. 평소보다 2할 정도는 더 멋진 표정과 자세를 똑바로 하고 앉아 있는 산신을 모델로 삼아 완성시켰다.

아직 나무를 조각하는 실력은 그럭저럭인 수준이기에 자잘한 장식은 하지 않고 동글동글하게 데포르메한 늑대다.

참고로, 미나토는 그림도 그릴 수 있다.

미나토는 쓰러진 나무 조각상을 일으켜서 앉혔다. 받침대에 올려놓지 않아서 금방 넘어져 버린다.

"여기에 달 끈도 사러 가야겠네……. 아니면 이게 쏙 들어갈 만한 그물 같은 거에 넣는 것도 괜찮을 것 같고."

사로잡힌 늑대가 되어버리겠지만.

그건 그렇고, 이 나무 조각상은 어머니에게 보낼 생각이다.

봉황 조각상을 친가의 사랑방 동자에게 보내자 어머니가 자기도 보내달라고 재촉했다. 끈에 묶어서 달고 다닌다고 했기에 유리구슬 크기로 해보았다.

"끈이든 그물이든, 뭐든 사러 가면 될 터인데. 그리고 수수경단이 목이 빠져라 그대를 기다리고 있을 게다."

산신이 바닥 위에 있던 잡지를 앞발로 밀어 미나토 쪽으로 내밀었다.

항상 보던 지역 정보지다.

좌탁 아래로 다가온 책자를 미나토가 손으로 들었다.

지면을 장식하고 있던 것은 색이 다양한 수수경단이었다. 오래된 수수경단 가게 특집 페이지였다. 물론, 주소도 적혀 있다.

웅대한 산신의 본체인 산을 포함한 호죠쵸 북부에 쿠스노키 저택, 남부에 경단가게가 있다.

"안내해주겠다고 한 수수경단 가게가 이 남부에 있는 가게야?"

"그러하다, 스오안이라고 하지. 내가 가장 추천하는 곳이다."

"기대되긴 하는데, 그건 그렇고, 또 딱 좋은 타이밍에 특집 기사를 냈네……."

의문만 든다. 아무튼, 잘 살펴보니 끄트머리가 접힌 페이지가 몇 개 있었고, 넘겨보니 전부 화과자와 관련된 부분이었다. 빈틈이 없다.

산신은 좀 전까지 졸린 듯 하더니 갑자기 일어나 꼬리를 흔들고 있다. 고양감을 드러내고 있는 그 꼬리는 오늘도 돌풍을 일으켰고, 정원수들의 잎이 산신의 본체인 산 쪽으로 날아갔다.

쓴웃음을 지은 미나토가 늑대 나무 조각상을 좌탁 위에 올려놓았다.

“쉰 다음에 산신 씨의 본체인 산을 누가 소유하고 있는지 알아볼게.”

“그러는 게 좋을 게다. 서두를 필요는 전혀 없는 데다, 도망치거나 숨지도 않을 터이니.”

“———그러게. 그럼 내일 여기 갈까? 난 아직 남부에 쇼핑을 하러 가본 적이 없거든.”

“으음, 그렇군, 그렇겠지. 그대는 새로운 곳을 전혀 개척하려 하지 않고 모험심 따위는 전혀 없는 자이니.”

“나를 디스하는 거야?”

“뭐라고?”

통하지 않았다. 물음표를 잔뜩 띄우고 있다. 외래어에 나름대로 익숙해지긴 했지만, 현대 용어———, 젊은이들이 쓰는 말은 잘 모른다.

“아무것도 아니야, 그래서?”

“나도 그 가게 근처에는 거의 가지 않았다만, 걱정할 필요는 없을 게다. 수수경단 가게 다음 장에 그려져 있는 지도를 따라 가면 좋을 것이니.”

“———아, 산책 지도구나. 이걸 보고 가면 남부 중심지를 전부 돌아볼 수 있을 것 같네. ‘제철 꽃들 감상도 즐기세요’라네, 계절에 따라 볼만한 곳도 자세히 나와 있어. ……재치도 있고, 친절———.”

약간 국어책을 읽는 듯이 말해버린 건 어쩔 수 없을 것이다. 너무 안성맞춤인데다 너무 그럴싸한 내용이다.

얼마 전, 산신이 미나토에게 이 정보지를 내놓는 곳――, 무사시 출판사 사장의 조상과 알고 지내던 사이라는 사실을 가르쳐 주었다.

잡지 표지에 큼직하게 박혀 있는 늑대 로고 마크, 그리고 출판사 자체의 로고이기도 한 그 마크의 모델이 산신이라고 한다.

그리고 매달 화과자 특집을 다루는 건 산신을 신경 쓰고 있기 때문이라는 이야기도 들었다.

"이 특집 기사는 매번 '산신님, 꼭 와 주십시오'라는 느낌이 팍팍 드네……."

잡지에 잔뜩 실려 있는 화과자――, 전부 으깬 팥소 과자인 사진을 보면서 미나토가 조용히 중얼거렸다.

매달 계절에 맞는 꽃이 나오고, 배색도 매우 화려한 게 신경 쓰인다.

기사 담당자가 여자일지도 모르겠다.

그렇게 생각하며 기자의 이름을 보니 남자인 것 같기도 하고 여자인 것 같기도 한 중성적인 이름이었다.

그 이름을 바라보던 미나토의 머리카락과 옷이 나부끼고 있던 이유는 내일을 기대하며 산신의 꼬리가 멈추지 않았기 때문이다.

그 때문에 공기가 마구 휘저어졌고, 여름귤 향기가 주위에 퍼졌다.

대나무 바구니를 끌어당긴 미나토가 산신 쪽으로 내밀었다.

“이 여름귤, 아까 은빛 잉어분에게 받았는데, 이건 인간용이야? 아니면 신용?”

“인간용이다. 그대가 먹더라도 아무런 문제도 없다.”

“그럼, 먹어야지. 그리고 신령 씨에게도 공물로 하나 바쳐봤는데…….”

돌아보았지만, 여름귤은 여전히 거기 있었다.

“먹어주지 않네……. 먹고 싶어하는 것 같았는데, 아니었나?”

“내버려 두어도 된다. 갈등하고 있으니.”

“먹을지 말지 고민한다고?”

“그러하다. 저 녀석도 기린과 마찬가지로 성격이 까다롭구나.”

“그렇구나. 그런데 이 여름귤, 평범한 과일이면 상하겠네. 썩기 전에 회수할게.”

산신이 목을 울리며 웃었다. 시선은 여전히 석등 쪽으로 쏠려 있었다.

미나토가 다시 돌아보자 여름귤은 흔적도 없이 사라진 뒤였다. 불주머니의 유리창도 제대로 닫혀 있는 걸 보니 전광석화처럼 빠른 속도로 낚아챈 모양이었다.

“……내가 만나볼 날은 한참 먼 것 같네.”

살짝 한숨을 쉰 미나토가 아래쪽을 내려다보았다. 잔뜩 담긴 그 여름귤은 미나토 혼자서는 다 먹지 못할 것이다.

그리고 산신은 생과일을 그리 좋아하지 않는다.

“세리네가 먹으려나?”

“으음. 기뻐할 게다.”

“그럼 산신 씨가 가지고 가줘. 한동안 집에 안 갔으니까 마침 잘 됐네.”

“잠시 기다리거라.”

눈을 반쯤 감은 산신의 귀가 뒤쪽으로 접혔다.

권속들과 교신 중이다. 산으로 돌아가는 것도 귀찮아서 불러내려 한다.

마음에 들어하는 방석에 뿌리를 내린 듯이 움직이지 않으려 하는 게으름뱅이 신은 정말 곤란한 신이다.

잠시 후, 산쪽 담장에 우츠기가 나타났다.

“산신님~, 불렀어~?”

세 권속들 중에서 가장 빠른 속도를 자랑하는 막내는 이번에도 멋진 속도로 달려왔다. 세리와 토리카는 나타나지 않았다. 우츠기만 불렀다.

타닥, 가볍게 부지 안에 뛰어내린 우츠기가 마루로 다가왔다.

“와, 여름귤이다~. 맛있을 것 같네!”

“아직 안 먹어봐서 모르겠지만, 향기를 맡아보니 맛있을 것 같거든. 은빛 잉어분에게 받은 선물이야. 먹을래?”

“먹을래, 먹을래! 고마워~.”

과일을 좋아하는 우츠기가 폴짝 뛰어올랐다.

“미나토는 말이야, 은빛 잉어만 ‘은빛 잉어분’이라고 부르지? 이유가 뭐야?”

“그분만 다른 잉어와 다른 것 같거든. 그냥 느낌이긴 하지만.”

여름귤을 하나 내밀자 그것을 받아든 우츠기가 슬쩍 눈웃음을 보였다.

"정답. 그 은빛 잉어만 권속이 아니라 신이야."

"역시나, 그랬구나……."

그 몸에서 뿜어내는 기운———, 신기가 진하다는 것을 미나토도 느끼고 있었다.

하지만 아직 막연한 느낌이다.

"신기를 억누르고 권속인 척하는 것 같아. 미나토도 차이를 알아볼 수 있게 되었구나~."

우츠기가 방긋 웃으며 칭찬해 주었다.

"조금 늘었을 뿐이야, 아주 조금."

미나토가 겸손한 모습을 보이는 와중에 우츠기는 여름귤에 코를 가져다 댔다. 그 향기를 즐긴 다음, 순식간에 앞다리 사이에서 그것을 없애 버렸다.

"……먹은 건 아니지?"

"응. 내 신역(방)에 넣은 거야."

뽐내는 듯이 그렇게 말한 우츠기가 앞발을 내밀었다. 거기에 여름귤 두 개를 올려놓자 이번에도 곧바로 사라졌다.

눈으로는 전혀 알아볼 수 없었기에 미나토는 깜짝 놀랐다.

"———어떻게 한 건지 전혀 보이지 않아서. 그건 그렇고, 어느새 자기 방이 생겼구나. 수행의 성과야?"

"응, 맞아. 아직 작은 방만 만들 수 있지만 말이지!"

권속들은 여전히 처음 먹어보는 것들은 같이———, 동시에 먹는다. 독차지하려는 생각은 없다. 추가로 여름귤 세 개를 내주자 우츠기가 휙휙, 자기 방에 넣었다. 그리고 산신을 힐끔 보았다.

놀랍게도 산신은 불러놓고 자고 있었다. 까만 코끝에서 콧방울이 나왔다가 들어가고 있다. 그것은 잠이 얕을 때만 보이는 모습이다. 조만간 깨어날 것이다.

미나토는 우츠기와 마주 보았다.

"내일, 산신 씨하고 남부에 다녀올 거야."

"알겠어. 여기는 우리에게 맡겨! 느긋하게 놀다가 와."

"고마워. 그렇게 할게."

"그럼 나는 집으로 돌아가야지. 선물 기대할게~!"

정보지의 지도에 서양 제과점도 조금 나와 있었다.

미나토는 그런 생각을 하며 미소를 짓고는 알겠다고 대답했다.

깔깔대며 신나게 웃던 우츠기가 뛰어가기 시작했다. 단숨에 포물선을 크게 그리며 산신의 본체인 산에 우거진 나무 속으로 사라졌다.

# 제 2 장 외출하기 좋은 날씨

수수경단을 먹으러 가자. 가는 김에 남부를 산책하며 간식 순례도 하고.

그렇게 하기로 계획을 세운 날, 아침 일찍부터 미나토와 산신이 대문 앞에서 택시를 기다리고 있었다.

미나토가 올려다본 하늘에는 구름의 흔적도 없었고, 정말 쾌청했다.

"날씨가 좋네. 맑아서 다행이야."

"———그렇군."

산신은 그렇게 대답했지만, 하늘을 올려다본 적은 한 번도 없었다. 그저 찻길만 바라보고 있다. 귀도 끊임없이 이리저리 움직였고, 묘하게 들뜬 것 같았다.

"산신 씨, 왜 그래? 그렇게 수수경단이 기대되는 거야?"

"———으음, 기대가 되긴 하는구나."

들뜬 목소리, 마음도 차분하지 못한 모양이다.

뭔가 다른 이유도 있을 것 같다.

미나토가 그렇게 생각하고 있자니 산신이 눈을 크게 떴다. 택시 한 대가 좁은 길로 들어섰기 때문이었다.

그 차가 여기에 도착하려면 아직 시간이 좀 더 걸릴 텐데도 산신이 앞발을 슬쩍 내밀었다.

기다리지 못하겠다는 그 모습을 보고 미나토가 그제야 짐작했다.

“아, 그렇구나. 산신 씨, 택시를 타본 적이 없어?”

“그러하다, 탈것 자체가 처음이니.”

마구 흔들던 꼬리에 허벅지를 맞으면서도 미나토는 마음이 훈훈해졌다.

언젠가 전파상 뽑기에서 로봇 청소기에 당첨된 적이 있다. 그 로봇 청소기가 날마다 저택 안을 열심히 청소하고 있는데, 산신은 가끔 치와와 크기가 되어서 그 위에 타곤 한다.

그럴 때는 눈을 반짝이며 평소보다 입자도 더 많이 흩뿌리면서 즐거워하곤 했다.

그러니 속도가 더 빠른 진짜 탈것이라면 더욱 기뻐할 것이다.

다가온 택시 뒷자리 문이 열렸다.

“좋은 아침입니다.”

낯익은 택시 기사가 미소를 지으며 말했다.

물론, 새하얗고 커다란 몸집은 인식하지 못했다.

“좋은 아침입니다.”

인사하던 미나토의 발치를 산신이 지나쳤다. 뒷자리로 올라탔고, 미나토도 아무런 내색도 하지 않은 채 뒤따라 탔다.

그리고 함께 앉았는데, 꽤 좁았다.

미나토의 몸 옆쪽은 문에 닿았고, 산신은 고개를 기울이고 있다. 천장이 낮기 때문이었다.

게다가 밀도가 엄청났다. 큰 늑대의 몸은 가로로도 컸고, 겨울

용 털도 뽐내고 있기 때문이다.

남부에 가기 전에 지치면 아무런 소용도 없으니 택시를 타고 가기로 했는데, 실수한 건지도 모르겠다.

두 눈을 한 번 감은 미나토는 그렇게 생각했다. 하지만, 이미 늦었다.

여러모로 포기하고 택시 기사에게 행선지를 말하자 택시가 달리기 시작했다.

"남부에 가시는군요. 웬일로."

"———네, 좀 가보고 싶어……져서요."

택시 기사에게 대답하던 미나토의 몸이 부자연스럽게 틀어졌다. 하지만, 백미러 너머로 보이는 택시 기사는 딱히 의아해하지 않았다.

산신이 매우 들떴기에 미나토까지 가만히 있을 수가 없었다. 좁은 공간에서 어떻게든 쾌적한 자세를 확보하기 위해 하얗고 거대한 몸이 움직이고 있었다.

자리에 몸을 눕힐 수밖에 없었던 미나토가 눈빛으로 호소했다.

———산신 씨, 몸을 작게 만들면 되는 거 아니야?

"아니 된다. 이대로가 좋다."

딱 잘라 거절해 버렸다.

그들에게 눈빛만으로 대화를 나누는 것 정도는 식은 죽 먹기였다.

모퉁이를 돈 택시가 똑바로 나아가자 산신이 바닥에 다리를 내리고는 옆으로 돌았다. 서 있고 싶은 모양이었다. 미나토 바로 앞에 있는 머리는 나아가는 방향을 보고 있지만, 그 시야에는 조수

석 헤드레스트만 들어온다. 그래선 경치를 즐길 수 없을 것이다.

"죄송한데 창문을 열어도 될까요?"

보다 못한 미나토가 택시 기사에게 묻자 곧바로 열어 주었다.

활짝 열린 창문 너머로 산신이 고개를 전부 내밀었다. 원래는 위험한 행동이지만, 실체가 있는 것 같으면서도 없는 존재이니 괜찮을 것이다.

산신은 불어오는 바람을 맞으며 눈을 가늘게 떴다.

"역시, 자연의 바람은 마음이 편해지는구나."

———에어컨이 가동되고 있는 차 안도 쾌적한 상태였는데.

미나토에게는 그랬지만, 산신은 마음에 들지 않았던 모양이다. 바람에 긴 털을 나부끼면서 고양감을 감추지 못하는 꼬리도 끊임없이 움직였다. 그 때문에 바람이 세게 불었지만, 창문을 열고 있기에 택시 기사는 눈치채지 못했다.

"그건 그렇고, 차라는 것은 이렇게나 둔한가……."

———산신 씨의 평소 걸음걸이보다는 훨씬 빠를 것 같은데.

"기본적으로는 온 힘을 다해 뛰지 않으니."

———세리네는 빠르지.

"나는 더욱 빠르다. 비교도 되지 않을 만큼, 말이다."

———보고 싶은 것 같기도 하고, 아닌 것 같기도 하고. 뭐, 자동차는 좀 더 속도를 낼 수도 있지만, 안전제일이니까.

"으음, 그렇다면 어쩔 수 없겠군."

말은 그렇게 했지만, 약간 불만인 모양이었다.

택시는 순조롭게 차도를 달려 산신의 본체인 산에서 멀어졌다. 그쪽을 돌아보지도 않던 산신은 주위 경치를 바라보고 있었다.

"길도, 민가도 꽤나 늘어난 모양이로구나."

———호오, 그렇구나.

"으음. 예전에는 길도 제대로 나 있지 않았고, 집들도 군데군데 있는 정도였다."

상상도 되지 않는다. 길은 수없이 가지를 뻗어 있고, 좀 전부터 주택가를 몇 번이나 지나쳤는데.

"뒤쪽은 어떻게 되어 있는 건가."

산신은 고개를 돌렸지만, 아무리 발버둥쳐도 세 방향만 보였다.

———별 차이가 없을 것 같은데……. 그쪽은 고층 건물이 조금 많은 정도? 아, 커다란 육교를 짓고 있는 것 같네.

"그러한가. 으음, 저쪽에 멀리 보이는 민둥산들은 지금 어떻게 되었을지……. ———역시 자신의 눈으로 모든 방향을 둘러보지 않으면 마음이 편하지 않구나. 나는 산이니."

그렇게 말하자 산신의 몸이 약간 비쳐보였기에 미나토가 초조해졌다.

———잠깐, 산신 씨! 뭐하려고?!

"잠깐 다녀오마. 위쪽에."

영차, 그렇게 말하며 수직으로 서서 단숨에 천장을 뚫고 가버렸다. 마치 물리적인 장애물을 전혀 신경 쓰지 않는 유령 같았다.

넓어진 뒷자리에서 미나토가 자세를 바로잡았다. 그 위쪽에서는 산신이 자동차의 지붕을 꽉 붙들고 있었다.

"호오. 인간들이 나무를 모조리 베어서 민둥산투성이가 되어 있었다만, 완전히 인공림이 되었구나. ———바람이 세게 불 때마다 날아가 버리던 초가집들도 서양 집으로 바뀌었다."

———해설해주셔서 감사합니다.

미나토가 마음속으로 대답했지만, 거리가 떨어져 있을 때는 닿지 않는다.

그 순간, 구불구불한 길을 빠져나와 직선 도로로 들어선 택시가 가속했다.

산신이 눈을 번쩍 뜨고는 털을 곤두세웠다. 그리고 몸의 빛도 더욱 선명해졌다.

신이 난 산신은 모습을 감출 수가 없었다.

누구든 그 몸을 볼 수 있는 상태가 되어버렸다.

택시가 방금 지나친 가게에서 나오던 소년이 그 모습을 목격해버렸다.

뒤쪽을 돌아보고는 큰 늑대를 손가락으로 가리키며 소리쳤다.

"다들 저거 봐! 택시 위에 개가 타고 있어!"

"아~! 정말이네~! 커다랗고 하얀 개가 서 있어!"

"왠지 반짝이는 것 같은데?!"

깜짝 놀라며 눈을 크게 뜬 미나토가 천장을 올려다보았다.

"나는 늑대다."

불만스러워하며 조용히 중얼거린 목소리가 내려왔다.

○

남부 가운데에서 조금 떨어진 곳에 택시가 멈췄다.

미나토는 뒷자리에서, 산신은 자동차 지붕 위에서 내려왔다. 타닥, 길 위에 내려선 큰 늑대는 매우 만족스러워하는 표정을 짓고 있었지만, 쓸데없이 식은땀을 흘리게 된 미나토는 몸을 약간 움츠리고 있었다.

"——뭐, 응. 무사히 도착했으니 된 거지. 버스를 타고 왔다면 더 험한 꼴을 당했을지도 모르고……."

"그 녀석은 자주 멈춰서곤 하잖나. 돌아갈 때도 방금 타고온 자그마한 차가 좋겠구나."

"그러게, 그렇게 할까? ——그건 그렇고, 택시가 묘하게 속도를 빠르게 내는 것 같던데, 착각인가……?"

스마트폰을 보니 도착 예정 시간보다 15분이나 일찍 왔다.

"착각일 게다."

새침하게 대답한 산신은 허리를 높게 들어올리며 앞발을 쭉 펴고 있었다.

산신이 뭔가 한 것 아닐까. 미나토는 그런 의심이 들었지만, 일부러 따지진 않았다.

보디백에서 정보지를 꺼낸 다음, 펼쳐보았다.

"음~, 우선 어디부터 갈까?"

일단 어제 산책 지도를 보긴 했지만, 대충 훑어보기만 했다.

지금 있는 곳은 산책 지도의 끄트머리——, 북부에서 가장 가까운 곳이다.

"이곳에서 제일 가까운 곳은 수국 산책길이네."

길가에 있던 안내판을 보며 미나토가 그렇게 말했다.

멀리 보이는 잡목림 너머로 산신이 코를 내밀었다.

"저 근처에 수국을 심어 볼거리로 삼은 모양이로구나. 최근일 게야, 내가 모르니. 요즘은 꽤나 볼만할 게다."

"그럼 그곳을 지나서 갈까? 아, 꽤 가까운 곳에 수수경단 가게가 있네."

"으음. 자칫하다가는 못 보고 지나칠 수도 있을만큼 허름한 곳이다."

"개장해서 요즘 건물로 바뀌었을지도 모르잖아?"

"그 고집 센 일족이 요즘 유행을 따를까 보냐. 그 허름한 집을 소중하게 지키고 있을 게야."

말투는 신랄했지만, 꼬리는 경쾌하게 흔들고 있다.

"도착하기 전까지 기대할게. 그리고……, 화과자집도 많이 있는 것 같아. 게다가 거의 다 으깬 팥소……. 산신 씨의 후각에 맡길게. 끌리는 곳으로 가."

"으음!"

꼬리의 기세가 멈출 줄을 몰랐다.

미나토는 그 풍압으로 인해 몸이 약간 기울었지만, 입가는 올라가 있었다.

자주 오지 않는 기회이니 한껏 즐겨주면 좋겠다, 그렇게 생각하고 있었다. 산신도 권속들과 마찬가지로 방금 만든 음식을 좋아하니까.

"그밖에는……, 내 점심은 어딘가에서 대충 때우면 되려나."

산신이 한숨을 크게 쉬었다.

"가끔은 사치스러운 점심 식사를 하는 것도 좋을 터인데."

"그냥 서서 먹어도 충분하잖아."

"느긋하게 쉬는 것 아니었나."

"———그랬지. 그럼, 나도 끌리는 식당으로 들어가 볼게."

"그게 좋겠구나."

만족스러워하는 산신을 곁눈질하며 미나토가 다시 지도를 보았다. 가운데 근처에 존재감을 주장하는 건물이 그려져 있었다.

"아, 이거, 이 잡지의 출판사구나. 남부에 있나 보네."

"그러하다. 예전에는 초라한 오두막이었다만, 지금은 어떻게 되었을지……. 나도 신경이 쓰이는구나."

"그럼 여기도 들러볼까? 그림을 보니 빌딩 같은데, 아마 다시 지었겠지. 그리고 잡화점 같은 게 있으면……, 근처에 있네. ……다행이야."

친절하기 짝이 없다. 이 특집 기사를 쓴 기자에게 고맙다는 인사를 하고 싶을 정도다.

그건 그렇고, 미나토는 남부에서 신경 쓰이는 부분이 한 가지 있었다.

"———산신 씨, 물어보고 싶은 게 있는데, 남부의 중심 근처는 탁 트인 곳이야?"

"남부는 상업 지역이다. 북부보다 번창했기에 길의 폭도 넓……, 넓었다, 예전에는."

"좁히는 경우는 거의 없지 않을까? ———그럼 괜찮으려나."

나중에는 작은 목소리로 말한 미나토가 가슴을 쓸어내렸다.

산신은 항상 길 한가운데를 당당하게, 자신의 속도로 활보한다.

신위를 뿜어내기 위해 저절로 사람들이 피해가는 신기한 현상이 발생하는데, 최대한 다른 사람들이 지나다니는 걸 방해하고 싶지는 않았다.

하지만, 지금은 휴가 중이다. 쓸데없는 생각은 하지 말고 즐겨야 할 것이다.

한 사람과 하얀 늑대가 나란히 서서 완만한 길을 느긋하게 걸어갔다. 가끔 사람들과 스쳐지나갈 때도 산신은 이미 모습을 완벽하게 숨기고 있기에 소동이 벌어지지는 않았다.

"습도가 조금 높긴 하지만, 아직 아침이라 괜찮네."

"으음. 좋은 바람이 불고 있으니."

위쪽을 향한 산신의 긴 털이 바람에 나부꼈다. 산신은 두꺼운 모피를 두르고 있지만, 더위나 추위를 느끼지 않기에 매우 시원스러운 표정을 짓고 있다.

바람이 뒤쪽에서 약간 세게 불어와 미나토의 머리카락과 산신의 털을 어루만졌다.

그 바람 안에는 바람의 정이 잔뜩 있었다. 웃고 있던 새끼 악귀들이 빙글빙글 돌며 미나토와 산신을 지나쳤다.

작은 목소리로 이야기를 나누던 미나토와 산신은 기복이 없는 평지를 나아갔다. 집들이 줄어들기 시작했고, 잠시 후 길이 두 갈래로 나뉘어 있는 것이 보였다.

그 길 한쪽 가장자리에 한 쌍의 조각상이 안치 되어 있었다. 하지만 우거진 풀에 거의 묻혀서 얼굴 위쪽만 드러나 있었다.

도조신이다. 마을의 경계나 길의 분기점, 고개 같은 곳에 놓인 조각상이고, 바깥에서 오는 역병이나 악령들을 막아주는 신이다.

물론, 그렇게 기원하는 사람들이 가져다 놓은 물건이다.

그 상의 끄트머리를 멀리서 본 산신은 두 눈을 흘기며 털을 약간 곤두세웠다.

마침 그때, 미나토는 도조신을 주목하고 있었기에 산신이 기척을 곤두세웠다는 사실을 눈치채지 못했다.

“저 지장, 아니, 도조신이었나? 저쪽이지.”

말이 없는 큰 늑대와 미나토의 걸음걸이는 그대로 도조신 쪽을 향했다.

물론, 오늘도 미나토의 보디백에는 외출할 때의 필수품이 들어 있다. 정화의 힘을 담아 적은 글자가 적혀 있는 물건, 항상 쓰는 메모장이다.

저렴한 물건이지만, 그 효과는 전혀 부끄럽지 않을 정도였다. 잔뜩 모여든 악령들조차 순식간에 쓰러뜨릴 수 있다.

그렇게 사악한 존재들에게 있어서 재해나 마찬가지인 미나토의 발걸음은 지극히 느긋했다. 그로 인해 그 몸을 완전히 뒤덮은 비취색 빛도 이동했다.

일대에 떠돌고 있던 독기가 빛 끄트머리에 닿자마자 정화되었다. 도조신 한 쌍에 달라붙어 있던 악령조차도.

미나토가 거기에 도달하기 전에 새까만 덩어리가 하늘 위로 도망쳤다.

하지만, 아무리 빠르더라도 벗어날 수는 없었다.

곧바로 비취색 광선에 불탔고, 산산조각나서 바람에 흘러가며 사라졌다.

단숨에 정리되어버렸다.

그 이후에 금빛 파동이 퍼져가며 그곳을 정화해 나갔다. 우거진 잡초가 일제히 크게 흔들렸다.

그 모습은 마치 기뻐하며 노래하는 것 같았다.

그 모습을 곁눈질로 지켜본 산신이 목을 울리며 웃었다. 그 몸이 약간 떨린 것을 미나토도 곁눈질로 보고 있었다.

"산신 씨가 왠지 야릇하게 웃고 있네."

"사악한 존재가 사라져 가는 모습은 언제 봐도 상쾌하구나."

"있었어?!"

미나토는 가방에서 메모장을 끄집어냈다.

"———응? 먹이 전혀 희미해지지 않았는데……."

"졸개였으니."

"그랬구나. 그럼 신경 쓰지 않아도 되겠네."

기준이 이상하다. 미나토도 참 특이하다.

하지만, 어느 정도 신경이 쓰이긴 했다. 거의 파묻힌 도조신 앞에 멈춰 선 미나토는 그것을 빤히 보고 있었다.

"도조신 안에 신이……, 있지?"

"호오, 눈치챘나?"

발치에 있던 산신이 감탄한 듯이 중얼거렸다.

"왠지 모르게. 그럴지도 모르겠다는 정도지만."

미나토는 신의 기척을 감지할 수 있게 되었다.

어찌 됐든 신역에서 살고 있다.

게다가 보통은 산신이 곁에 있고, 다른 신들과도 꽤 자주 만나고 있다. 게다가 신격이 높은 신들뿐이다.

계속 알아차리지 못하는 게 더 이상할 것이다.

"그런데 이 신은 신기가 약한 것 같은데……."

아직 자신있게 딱 잘라 말할 수는 없지만.

"애초에 그리 강한 신이 아니었던데다, 꽤 오랫동안 악령이 씌여 있던 모양이로구나."

앞에 있던 도조신을 빤히 보며 산신이 그렇게 말했다.

"도조신은 악령을 막아주는 신이지……?"

"그리 말하지 말거라. 꽤 풀이 죽었으니."

"죄송합니다."

미나토는 도조신을 향해 합장하며 사죄했다.

"그대로 내버려 두어도 된다. 가자꾸나."

걸어가기 시작한 산신이 재촉하자 미나토도 걸어가기 시작했다.

한 사람과 한 신이 멀어져가는 모습을 한 쌍의 도조신이 조용히 배웅했다. 그 두 신의 생김새가 더욱 부드러워졌다는 사실은 산신만이 알고 있었다.

○

차도 양쪽을 가로수가 수놓고 있는 외길, 약간 큰 가로수 옆을 미나토와 산신이 지나치고 있었다.

그 순간, 갑작스럽게 이변이 일어났다.

미나토의 몸만 크게 기울었다.

무언가가 옆에서 팔을 잡아당긴 것처럼 부자연스러웠다.

신역이 끌어당겼기 때문이다.

미나토는 신역에 살게 된 이후로 신과의 친화성이 강해졌고, 다른 신역에 끌려들어가게 되는 체질이 되었다.

신역은 곳곳에 존재한다.

그 입구에는 공통점이 없다.

이번처럼 아무것도 없는 곳에 있는 경우가 많아서 경계할 방법이 없다.

그 때문에 외출을 하면 꽤 자주 초대를 받게 된다.

미나토는 다리에 힘을 주고 제자리에 버텼다.

이번 신역의 흡인력은 그리 강하지 않았다.

몸이 끌려가는 쪽을 보니 가로수 앞에 왜곡이 있었다. 시선보다 아래쪽, 사람의 머리 정도 크기.

신역의 입구다.

신위가 담긴 바람으로 그곳을 베면 벗어날 수 있다.

하지만, 그러진 않는다. 그럴 수 없다.

그런 짓을 해버리면, 만약에 신역 안에 신이 있을 경우, 시비를 건 것이나 마찬가지가 된다.

상대방의 역량과 성격에 따라 내일 햇님을 못 보게 될 수도 있다.

그렇기에 끌려가는 대로 안에 들어가 신의 유무를 확인할 필요가 있다.

미나토는 한숨이 나오는 것을 참지 못했다.

오늘은 모처럼 느긋하게 산책할 생각이었는데.

그 옆에서 다른 신역에 끌려 들어갈 리가 없는 큰 늑대가 듬직하게 버티고 있었다.

"산신 씨, 신이 있는지 보고 올게."

미나토는 끌려가면서 산신에게 말을 걸었다.

"그럴 필요는 없다."

산신이 천천히 움직였다. 앞발로 신역의 입구를 찰싹 후려치고는 땅에 대고 꽉 짓밟았다.

신역은 정육면체 형태였다. 그 한쪽 면에 파도치는 왜곡이 있었고, 지금 그것이 산신 쪽을 향해 있다.

산신이 흡인력을 억누르자 미나토가 풀려났고, 발을 구르며 뒤로 물러섰다.

"고, 고마워, 산신 씨."

자세를 가다듬은 미나토를 산신이 바라보았다.

"으음, 매번 일부러 안에 들어가는 것은 번거로울 터인데."

"솔직히 귀찮긴 해. 항상 시간이 꽤 걸리거든……."

"그렇다면 바깥에서 판단하면 될 일이다. 신이 없다면 사정없이 베어도 좋다. 지금까지는 차분히 관찰할 여유도 없었을 게야. 거기서 이 녀석을 잘 보거라. ———이 안에 신이 있는지 없는지, 판단하거라."

"알겠어. 해볼게."

나뭇가지 사이로 스며든 햇빛을 받으며 미나토가 진지한 표정으로 빤히 바라보았다.

일그러진 범위, 팽팽해진 방식, 색의 변화, 주위 공기의 흐름. 하나씩 꼼꼼하게 관찰했다.

모든 신경도 곤두세우고 내부의 기척을 살폈다.

그 미나토 옆을 자전거, 그리고 지나가던 사람들이 차례차례 스쳐갔다.

하지만, 미나토는 그들을 신경 쓰지 않았다.

다른 사람이 보기에는 가로수 뿌리 쪽을 빤히 보고 있는 수상쩍은 사람 같을 것이다. 예상했던 대로 젊은 남자가 아이를 안고 재빠르게 지나갔다.

눈이 마른 것을 느낀 미나토가 두 눈을 감았다.

그리고 고개를 돌리자 멀어져가는 아버지와 자식의 모습이 보였다.

"……나를 이상하게 여겼을지도 모르겠지만, 여기서 멀리 가줘서 다행이야."

"저 녀석들이 끌려들어갈 일은 없다. 신의 집에 자기도 모르는 사이에 들어가버리는 건 신과 친화성이 높은 자뿐이니."

"———그랬지. 생각해보니 지금까지 끌려들어간 신역에서 다른 사람과 만난 적이 없는데, 있을 수도 있다는 뜻인가?"

"그럴 게다. 행방불명된 피해자로서."

지금까지 아무도 없었던 건 우연인가? 행운인가?

굳은 표정을 지은 미나토는 다시 왜곡을 보았다.

과연 저 안에 신이 있을까, 사람도 있을까.

시간이 몇 분 지나고 나서 미나토가 내놓은 답은———.

"아무도, 없는 것……, 같아."

들어올리고 있던 산신의 두터운 앞발에 힘이 담겼다. 금이 가는 소리와 함께 신역이 뭉개졌고, 탁한 덩어리가 한 줄기 꼬리를 끌며 솟아올랐다. 하늘 위에서 진눈깨비처럼 사라져 버렸다.

참으로 덧없는 그 광경은 미나토의 시야에 보이지 않았다.

"그러하다. 아무것도 없다."

산신의 행동과 명확한 대답으로 인해 안심한 미나토가 어깨를 늘어뜨렸다.

"시간을 조금 들인 것은 어쩔 수 없을 터. 아직 익숙하지 않으니 말이다. 뭐, 여러 번 하다 보면 금방 익숙해질 게야."

미나토가 눈을 크게 떴고, 산신은 턱을 들었다. 가로수가 부스럭거리며 소리를 냈고, 나뭇잎이 쏟아져 내렸다. 부스럭부스럭, 왜곡까지 잔뜩 떨어져서 길에 흩어졌다.

미나토의 한쪽 머리카락만 흔들렸다. 바람의 정이 말을 걸거나 소리를 들려주려는 전조다.

"떨어져 있던 신역, 가지고 왔어!"

"자!"

"더, 더, 가지고 올게!"

그와 동시에 여러 소리가 한쪽 귀에 들렸다.

평소에는 말을 거의 걸지 않던 바람의 정들이 이번만은 매우 들뜬 목소리로 말을 걸었다.

말을 더듬거리는 이유는 지능이 그리 높지 않기 때문일 것이다.

그건 그렇고, 역시 풍신과 관계가 있는 존재들이다.

변덕스러우면서 장난을 좋아하고, 재미를 추구한다.

하지만 주위의 대기가 일렁거리며 흔들릴 정도로 신역을 잔뜩 가져온 것은 장난이라기보다는 괴롭힘 아닐까.

정말 기쁘지 않다, 미나토의 두 눈에서 빛이 사라졌다.

하지만, 지각을 단련하는 데는 유용하다.

해야만 한다. 자신을 위해서도.

미나토와 왜곡 사이에 큰 늑대가 가로수를 등진 채 앉아 있다. 그 덕분에 미나토가 쓸데없이 그쪽으로 끌려가지는 않았다.

산신이 앞발로 누르고 있던 크고 작은 정육면체를 하나씩 살펴보던 미나토는 신중하게 기척도 살피고 있었다.

"———없어……, 없어……, 없어."

그렇게 판단하기를 기다리고 있던 산신이 차례차례 뭉개 나갔다.

수없이 많은 것처럼 보였지만, 미나토의 판단 속도가 서서히 빨라지자 점점 숫자가 줄어들었다.

지금까지는 신이 없는 것들만 있다.

바람에 흘러갈 정도인 신역은 신이 일부러 버렸거나 사라졌기에 남은 잔해다.

미나토는 열심히 계속 판단을 내렸다.

방금 본 것도 지금까지처럼 희미하고 불규칙하게 허공이 일그러졌을 뿐이었다.

"없어."

그 말을 듣자마자 고개를 끄덕인 산신이 텅 빈 신역을 밟아서 뭉갰다.

"으음, 이게 마지막이었다———."

그 목소리가 끊긴 것과 동시에 미나토가 가로로 끌려갔고, 연석에 발끝이 걸렸다.

몸을 앞으로 숙이고 있던 그 앞에는 차도가 있었고, 왜곡 또한 있었다. 고동치며 규칙적으로 파도치기도 했다.

미나토는 그것에 전혀 저항하지도 못하고 목소리도 내지 못한 채 몸이 끌려갔다.

스읏, 팽팽해진 곳에서 까만 손이 나왔다.

사람의 손처럼 보이는 것. 엄지손가락이 없는 네 손가락. 문드러진 피부가 늘어졌고, 군데군데 뼈가 보였다. 긴 손톱도 이가 빠진 상태였고, 금이 가 있었다.

그 손이 미나토의 얼굴 앞에서 크게 펼쳐졌다.

하마터면 붙잡힐 뻔한 순간, 옆에서 큰 늑대의 앞발이 단숨에 휘둘러져 금빛 궤적을 그렸다. 그 여파로 인해 튕겨져 나간 미나토가 물러섰다.

일그러진 허공에 깊게 새겨진 세 발톱 자국에서 단말마가 솟구쳤다. 대기를 찢어발기는 그 끔찍한 절규. 몸 깊숙한 곳, 뇌수까지 울리는 그것은 예전에 부정함을 탄 신이 지르던 비명과 흡사했다.

풀려난 미나토는 비틀거리면서 소름이 돋았다.

하지만 곧바로 그 목소리도, 신역으로 들어가는 입구도 사라져 버렸다. 허공도 정상으로 돌아왔다.

산신이 단숨에 신역의 입구와 함께 안에 있던 부정함을 탄 신을 처치해 버렸다.

휙, 휙, 큰 늑대가 앞발을 휘둘렀다. 행동과 표정이 마치 더러운 것을 건드려버린 느낌이었다.

“골치 아픈 녀석이 섞여 있었구나.”

"가, 감사합니다, 산신님……!"

오랜만에 식은땀을 흘린 미나토가 이마를 닦았다.

그건 그렇고, 휴가란 대체 뭘까.

오늘은 느긋하게 거리를 산책하고, 맛있는 걸 먹고, 몸과 신경을 쉬게 해주려는 것 아니었나?

왠지 모르겠지만 앞날이 불안해질 정도로 파란만장한 개막이 되어버렸다.

아무튼, 큰 늑대가 듬직하게 곁에 있어준다면 그리 걱정할 필요는 없을 것이다.

문득 산신이 길 너머로 코 끝을 내밀었다.

꼬리가 흔들렸고, 금빛 눈도 더욱 환해졌다.

"조금 지쳤겠지. 피곤할 때는 단것이 좋다. 마침 근처에서 오방떡을 파는구나."

"———음, 그렇구나."

그렇게 나올 줄 알았다, 미나토는 차마 그렇게 말하지 못했다.

달콤하고 고소한 향기에 이끌려 도착한 곳은 오방떡을 파는 노점이었다.

가게 문을 연 지 얼마 되지 않았기에 첫 번째 손님이다. 아무도 줄을 서지 않은 노점 정면———, 물론, 한가운데에 산신이 자리 잡은 시간은 얼마 되지 않았다.

한 사람과 한 신이 노점 옆 벤치에 나란히 앉았다.

다른 사람들의 시선은 신경 쓰지 않아도 된다. 지나가는 사람들도, 오방떡을 뒤집는 남자도 쳐다보지 않았고, 신경 쓰지 않았다.

산신의 반경 몇 미터 안은 여전히 신기한 공간이다.

미나토가 봉투에서 꺼낸 오방떡을 두 손에 하나씩 들었다. 가운데가 불룩 부풀어 오른 원반형 화과자다. 갈색 반죽 안에 으깬 팥소나 흰색 팥소가 듬뿍 들어 있다.

미나토는 뭐가 들었는지 알 수 없지만, 후각이 매우 뛰어난 산신은 금방 알아차릴 것이다.

"뜨겁네, 그래도, 자, 받아."

물론, 방금 만들어서 따끈따끈하다.,

"으음, 먹도록 하마."

산신은 망설이지 않고 으깬 팥소가 든 오방떡을 베어물었다. 고양이 혀가 아니라 뜨거운 것도 금방 먹는다.

미나토도 곧바로 입에 넣었다.

"단맛이 몸에 스며드네……!"

"———그러하겠지. 이 으깬 팥소는 특히 말이다."

미나토는 몸을 떨었고, 산신은 곱씹고 있었다.

두꺼운 틀로 구워낸 껍질은 바삭했고, 안에 든 팥소는 찐득했다.

"내 건 흰색 팥소지만 말이지. 맛있네."

"흰색 팥소의 얌전한 단맛 또한 좋다. 으깬 팥소에는 미치지 못한다만."

으깬 팥소파 신은 당연히 오늘도 으깬 팥소를 선택했다.

이제부터 많이 있는 것 같은 화과자집들 중에서 산신이 얼마나 선택하고 거기에 어울려줘야 할지 모른다.

미나토는 초반에는 조금만 먹자고 생각했지만, 신기하게도 두 개째를 향해 손이 뻗었다.

“방금 만든 거라 그런가? 꽤 괜찮네.”

“으음. 맛도 그렇지만, 이 죄가 무거운 향기 탓이기도 할 게다. 결코 거역할 수 없는 매혹의 향이니.”

“그러게. 허기가 질 때쯤 신경을 많이 쓴 탓일지도 몰라.”

약간 비꼬는 듯한 느낌을 담아 말했다. 원흉인 바람의 정들은 어디론가 사라졌고, 바람은 잔잔했다. 그것을 거든 큰 늑대는 두 눈을 가늘게 뜬 채 씹고만 있을 뿐이었다.

“그래도 뭐, 방금 구운 걸 먹을 수 있다는 건 정말 사치스러운 일이지.”

진심으로 그렇게 말한 미나토는 행복의 허들이 낮기에 하나에 100엔 정도인 과자로도 행복을 느낄 수 있는 성격이다.

노점 텐트 위쪽에 적힌 ‘오방떡’이라는 글자를 미나토가 바라보았다.

“이 화과자, 이쪽에서는 오방떡이라고 하는구나. 우리 고향에서는 돌림떡이라고 불러서 처음에는 뭔지 몰랐어.”

“지역에 따라 다양한 명칭으로 친숙해진 화과자이니. 그밖에도 이중떡이나 왕풀빵이라고도 하는 모양이다.”

“호오. 이중떡이라는 이름은 처음 들어봤어.”

별것 아닌 잡담을 하며 미나토가 마지막 하나를 입에 넣었다. 산신은 말하면서도 차분히 맛을 보았다.

벤치 뒤쪽에 피어난 수국 잎에서 물방울이 미끄러져 떨어졌다.

자신의 길을 나아가는 한 사람과 한 신의 남부 산책은 이제 막 시작된 참이다.

# 제3장 흐드러지게 피어난 수국

'수국 산책길'이라는 이름이 붙은 그 길은 눈에 수국만 들어오는 곳이었다.

화려한 꽃들이 양쪽에 깔린 그 외길이 완만하게 뻗어서 수국으로 꽃단장한 작달막한 언덕으로 이어져 있었다.

큰 늑대와 나란히 걸어가던 미나토는 눈에 띄는 푸른색들을 구경했다. 아침까지 내린 비로 인해 꽃잎과 지면이 축축하게 젖어서 꽃의 매력을 더욱 끌어올려주었다. 그야말로 절호의 시기였다.

"이렇게 많이 피어 있는 걸 보니 척 보기에도 수국길이라는 느낌이네."

"으음. 종류도 그렇고 색도 풍부해서 질리지 않을 게야."

"정말이네. 잘 살펴보니 꽃의 형태가 달라."

한쪽에는 공처럼 둥근 수국이, 다른 쪽에는 꽃 주위에 자잘한 장식이 달려 있는 것 같은 수국이 모여 있었다.

산책길을 절반 정도 지난 미나토가 그제야 그 사실을 눈치챘다. 벽창호는 정서를 이해하지 못한다.

"이렇게 꽃이 납작하게 피는 수국은 지금까지 본 적이 없어. 얌전하게 생겼네."

"그 가장자리의 네모난 꽃처럼 생긴 것은 꽃잎이 아니다."

"어? 나는 저게 꽃인 줄 알았는데……. 그럼 뭐야?"

"잎이 변화하여 이루어진 것이라고 한다. 한가운데에 모여 있는 자그마한 봉오리가 꽃이다."

"호오."

감탄하며 다가가 보니 작은 꽃이 빽빽한 부분에 달팽이가 기어가고 있었다. 느릿느릿 더듬이———, 눈을 뻗었다.

인사를 해준 건지도 모르겠다.

빤히 바라보던 미나토를 산신이 슬쩍 보았다.

"이 꽃이 얌전하다라."

"……이상한가?"

"아니, 그렇게 말해도 될 게다. 자신을 먹는 자에게 몰래 중독 증상을 일으키니."

"———그랬구나. 몰랐어."

"함부로 입에 넣지 않게끔 조심하거라."

"아무리 배가 고파도 꽃이나 잎을 먹지는 않는다고."

그러한가, 그렇게 말하며 살짝 웃은 산신이 발을 내디뎠다.

스마트폰과 DSLR 카메라를 든 사람들을 지나치자 수국의 색이 푸른색에서 보라색으로 바뀌었다.

"여기서부터는 색이 멋지게 갈라지는구나. 수국은 토양의 영향으로 색이 바뀌는 거 아니었나?"

"그러하다. 일부러 흙의 상태를 바꾸었을 게야."

"신경을 많이 썼네. 산신 씨가 정원에 보이는 정열하고 비슷할 것 같아."

토양이 산성이라면 푸른색, 알칼리성이라면 붉은색, 중성이라면 보라색.

그리고 또 하나———, 흰색이 있다.

그 흰색 수국으로 뒤덮인 작달막한 언덕이 산책길의 끝이다.

언덕 위에는 오래된 절이 있고, 그곳으로 이어지는 긴 계단 아래에서 미나토와 산신이 멈춰섰다.

경사를 뒤덮은 수국은 계단을 침범할 정도로 흐드러지게 피어 있다.

"흰색만 있는 것도 장관이네."

올려다본 미나토가 감탄하며 한숨을 쉬었다.

흰색 수국에는 안토시아닌이라는 색소가 없기에 토양의 영향을 받지 않는다.

그렇기에 그 무엇에도 물들지 않고 새하얗게 피어나는 것이다.

산신에게 그 설명을 들은 미나토는 순수한 색을 지닌 큰 늑대를 보며 고개를 끄덕였다.

"산신 씨 같네."

"호오, 그렇게 생각하는가?"

큰 늑대는 유쾌하다는 듯이 목을 떨며 소리를 냈다. 그 웃음소리가 대기까지 흔들었다.

그때 마침 젊은 여자 두 명이 계단을 내려왔다. 그중 한 명이 자세를 바로잡고는 목이 날아갈 정도로 주위를 둘러보았다. 하지만 그 시선이 산신을 향해 멈추지는 않았다.

표정이 굳어진 그 여자는 일행의 팔을 잡고는 산신 옆을 빠른 걸음으로 지나쳤다.

"산신 씨는 존재 그 자체가 무거운 죄야."

미나토가 중얼거리자 산신이 꼬리를 한 번 흔들었다.

그런 다음, 다시 계단을 올려다보니 격식이 있어 보이는 사각문이 아슬아슬하게 보였다.

미나토는 신사나 절에 별다른 흥미가 없다. 일부러 갈 생각은 없다.

그리고 신과 함께 절에 가도 되는 걸까.

"그럼 다음 장소로 가볼까?"

대답이 들리지 않아 의아하게 생각하며 옆을 보았다. 산신은 어떤 곳을 가만히 바라보고 있었다.

계단에서 약간 떨어져 있고 꽃이 끊긴 곳이었다.

함께 그쪽으로 다가가 보았지만, 딱히 아무것도 없었다.

"예전에는 여기에 맛있는 팥죽을 파는 가게가 있었다만……."

산신의 목소리에는 희미한 슬픔이 담겨 있었다.

지금 거기에는 가게가 있었던 흔적조차 없다.

있었던 것이 사라져 버리는 것은 슬플 것이다.

마음에 드는 가게였다면 더더욱 그렇다.

"여기에 자주 먹으러 왔었어?"

"———가끔이다."

잠시 뜸을 들이다 대답했다. 미나토는 꽤 자주 온 것 같다고 짐작했다.

"가게 주인이 산신 씨를 인식할 수 있는 사람이라 먹게 해준 거야?"

"아니, 일반인이었다."

"그럼 일부러 모습을 보여주고 팥죽을 샀다는 거야……? 돈은?"

흐흥, 산신이 뽐내는 듯이 가슴을 폈다.

"돈 같은 건 없어도 얼마든지 먹을 수 있었다. 남부에는 나에게 공물을 바치는 특이한 녀석들이 많았으니. 그냥 가게 앞에 앉아있기만 해도 어디선가 재빨리 나타나 바쳐주었지."

"그 모습을 보고 싶네."

가게 앞에서 침으로 폭포를 만들어내고 있었을 것이다. 그렇게 노골적인 신의 모습을 본 사람이 있다면 도저히 내버려둘 수가 없었을 테고.

『산신님~, 팥죽을 원하시는군요?! 소인이 바로 사오겠습니다! 잠시만 거기서 기다려 주십시오!』

『거기 사무라이분! 잠시만 기다리시오! 오늘도 제가 돈을 낼 터이니 새치기하지 마시지?!』

『잠깐만, 포목점 아드님! 당신은 저번에 바쳤잖아, 이번에는 내가 낼 거야! 당신이야말로 방해하지 마!』

『애송이들이 무슨 소리를 지껄이는 거냐? 나에게 양보하지 못할까! 소방수로 이름난 나에게 말이다!』

과거에는 그런 쟁탈전이 벌어졌지만, 산신이 자세하게 말해주지는 않았다.

조용히 돌아선 산신과 미나토는 흐드러지게 피어난 수국에게 배웅을 받으며 왔던 쪽으로 떠나갔다.

그들은 다음 목적지, 오래된 수수경단 가게로 향했다.

남부의 중심과 가까운 그곳으로 가던 동안, 미나토가 주위를 둘러보았다.

왠지 건물과 지형이 낯익었다.

"그러고 보니까 이 근처는 저번에 호수에 갔을 때 지나갔구나……."

바람의 정들이 악령의 소굴이 된 호수로 이끌었던, 아니, 날려버렸던 길이었다.

그때는 자전거급으로 빠르게 갔을 게 분명하다.

그때가 떠오른 미나토의 심장이 빠르게 뛰기 시작했다.

"그 호수는 이곳에서 그리 멀지 않다."

느긋하게 걸어가던 산신이 코끝으로 길 너머에 놓인 목제 다리를 가리켰다.

"저 다리 너머다."

"이제 악령은 없겠지만, 일단 보러 가볼까?"

"으음, 간식 순례를 하기 전에 운동할 겸 걷는 것도 좋겠군."

"———그러게요."

자기도 모르게 말투가 딱딱해졌다.

"그렇다면, 가자꾸나."

호령이 내린 직후에 뒤에서 돌풍이 불었다. 미나토가 앞으로 떠밀렸고, 산신은 긴 털만 휘날렸다.

곧바로 미나토의 등을 향해 바람 덩어리가 연달아 날아들었다.

"바람의 정들이 '데려다 줄게'라고 하는구나."

의미심장한 미소를 지은 산신이 그렇게 말했다.

"데려다 준다니, 날려버릴 거지?! 사양할게요!"

있는 힘껏 윗몸을 뒤로 젖히고는 온 힘을 다해 거절했다.

○

길을 스스로 걸어간 미나토와 산신이 도착한 호수는 드넓었다.

거대한 물웅덩이에 맑은 하늘이 비춰졌고, 건너편에 보이는 벚나무 너머에 있는 집들은 마치 장난감처럼 작게 보였다.

이곳은 과거에 뇌신이 날린 번개의 일격으로 인해 헤집어진 곳이고, 나중에 호수가 되어 철새들이 쉬어가는 장소가 되었다.

얼마 전에 이곳 일대에는 악령들이 자리 잡고 있었지만, 지금은 독기조차 없다.

푸른 하늘에 들새들이 줄지어 날아갔고, 호수의 수면에서는 커다란 물새들이 헤엄치고 있다.

평온하고 평화로운 광경이 펼쳐져 있었다.

보도에서 미나토와 산신이 그 경치를 바라보았다.

"이 근처에는 아무런 문제도 없……지?"

벤치 등받이를 두 손으로 짚은 미나토가 몸을 약간 내밀었다.

"털끝만큼도 없다."

"그렇구나, 다행이네. 츠무기가 몇 년 동안은 청정함을 유지할 거라고 했거든."

산신이 호수를 구석구석 둘러보았다.

호수와 주위를 둘러싸고 있는 나무들까지 희미한 금빛 입자로 뒤덮여 있는 모습이 보였다.

"으음, 그 정도일 게다."

미나토가 산신 쪽을 돌아보았다.

"내가 적은 글자에는 산신 씨의 신기가 담겨 있는 거지?"

호부를 만들 때 쓰는 신수에는 산신의 신기가 담겨 있다.

그 덕분에 원래는 악령이나 부정함을 정화하기만 할 수 있는 미나토도 한지에 일대를 청정하게 만드는 효과를 넣을 수 있었다.

"———눈치챘는가."

"여우님이 보여주었어."

산신이 코를 울려 소리를 냈다.

천호와 나눈 이야기에 대해 자세히 말하지는 않았다. 두 신이 사이가 좋은 건지 안 좋은 건지 잘 알지 못하기 때문이다.

산신은 딱히 뭐라고 말하지도 않고 돌아서서 걸어갔고, 미나토도 그 뒤를 따라갔다.

그래서 아무런 일도 없었다. 그냥 확인하기 위해 물어보았을 뿐이다.

첨벙, 호수의 수면 위로 튀어오른 커다란 물고기가 배로 물을 두드렸다.

바짝이는 호수가를 걸어가던 도중에 작업복을 입은 남자들이 보였다. 헬멧을 쓴 그들 가운데에 뼈대만 있는 목조 건물이 있었다.

자그마한 사당을 짓고 있다.

근처에 목재가 실린 트럭이 있었고, 그곳에서 두 남자가 각목을 옮기고 있었다. 미나토는 앞장선 장년 남자를 예전에 만난 적이 있었다.

저번에 마주쳤던 대장님이다.

저번에 봉황과 함께 외출했을 때, 목조 주택을 짓던 그와 만난 적이 있었다.

당시에는 어깨를 제대로 들어올리지 못했던 대장은 얇은 각목조차 제대로 들지 못하는 상태였다.

그런데 지금은 두꺼운 각목을 가볍게 들쳐멨고, 덩치도 몰라볼 정도로 커졌다. 험상궂은 그 얼굴과 듬직한 몸집이 잘 어울렸다.

대장 뒤를 젊은이가 따라가고 있었다. 노끈 머리띠를 한 그 젊은이가 들고 있던 각목은 대장의 절반 정도 크기에 불과했다.

쩔쩔매고 있는 그 젊은이의 명예를 위해서 말해두자면, 그 각목도 혼자 들기는 꽤 크고 무거웠다.

"대, 대장~, 잠깐만 기다려 주세요~. 어떻게 그렇게 무겁고 큰 걸 가볍게 드시는 건데요!"

"뭐어? 이 정도는 별것 아니잖아."

"미, 믿기질 않네. 얼마 전까지는 어깨하고 팔이 아프다면서 망치도 제대로 못 들었으면서."

"흥, 무슨 소리야? 네가 착각한 거 아니냐?"

"그건 아니라고. 애초에 그 근육은 뭔데요! 순식간에 근육질이 되다니, 영문을 모르겠다니까요. 필사적으로 헬스장에 다니는 20대인 저보다 몸이 좋다니, 대체 뭐냐고요!"

"무슨 소릴 하는 거야? 날마다 목공 일을 하다 보면 이 정도 근육은 금방 붙잖아!"

크하하하, 입을 크게 벌리며 웃었다. 건강한 것 같아 다행이다.

말투가 조금 거칠긴 하지만, 그럭저럭 싹싹한 사람이다.

———대장님은 봉황에게 구슬을 받고 건강한 몸을 되찾았다.

사람이 만들어낸 물건을 좋아하는 봉황의 배려다.

대장은 노화와 혹사로 인해 어깨와 팔이 망가져서 목공 일을 하고 싶어도 하지 못했다. 그 원통함, 비장함을 보고 들은 봉황이 걱정거리를 해결해준 것이다.

각목을 땅바닥에 내려놓은 대장이 돌아보고는 지나가던 미나토를 알아보고 눈썹을 치켜올렸다.

"오, 새를 거느리고 다니는 형씨잖아."

"안녕하세요."

미나토는 약간 수상쩍은 미소를 보이며 인사했다.

요즘은 외출할 때마다 대놓고 새를 거느리고 다니는 사람이라는 소리를 들어서 그 호칭에도 슬슬 익숙해지고 있다.

"사당을 지으시나요?"

"그래. 당장에라도 여기 지어달라는 의뢰를 받아서."

버티고 서 있던 대장은 약간 의아한 듯 했다.

미나토는 문득 생각했다. 혹시 이곳 일대에 감도는 산신의 신기를 느낀 사람이 의뢰한 건지도 모르겠다고.

신들이 다들 지금은 감각이 뛰어난 사람들이 줄어들었다고 말한다. 오래 전부터 인간을 봐 온 그들이 하는 말이니 사실일 것이다.

음양사가 되기 위해 필수인 자질, 유전(피)을 통해 계승되는 영력을 지니고 태어나는 사람들도 계속 줄어들고 있다고 하리마가 말해주었다.

이제 얼마 없다. 하지만 결코 전혀 없는 건 아니다.

있다, 확실하게. 어딘가에는.

아직 뼈대만 있는 사당을 미나토가 눈부시다는 듯이 바라보았다. 그 모습을 보고 대장이 말했다.

"형씨, 예전에도 짓던 집을 빤히 보곤 했지? 목조 건물을 좋아하나?"

"뭐, 네. ……만들어지는 과정을 지켜보는 걸 좋아해요."

건물뿐만이 아니다. 특히 숙련된 장인의 손놀림을 지켜보는 것을 좋아한다.

봉황과 외출하면 발견한 장인의 기술을 내킬 때까지 지켜보는 경우도 있다.

참고로 미나토와 대장 사이에 앉아 있던 산신은 연달아 하품을 하고 있었다. 흥미가 전혀 없다.

"형씨, 혹시 목수가 될 생각은 없어?"

대장이 턱으로 사당을 가리키며 그렇게 말했다. 그곳에서는 연령이 다양한 남자들이 열심히 공사를 하고 있었다.

"지금부터는 좀……."

"무슨 소릴 하는 거야? 아직 젊잖아?"

동안이라는 사실을 자각하고 있는 미나토는 웃으며 둘러댔다.

10대 후반이라고 착각하는 사람도 있다. 그리고 이번도 그렇고 저번에도 평일 오전에 돌아다니다가 마주쳤다.

무직이라고 생각할지도 모르겠다.

조금 불안해졌다.

일단 지금 시점의 본업은 집의 관리인이고, 부업으로는 호부를 만들고 있다.

특이한 정원 덕분에 부지 안에는 손이 별로 가지 않지만, 부지 밖을 청소하는 건 꽤 힘들다.

그리고 최근에는 나무 조각까지 시작했다. 그쪽은 취미의 범주지만, 나름대로 열심히 하는 축에 들 것이다.

그리고 부업의 수입이 본업을 훨씬 뛰어넘는다는 것은 굳이 말할 필요도 없을 것이다.

이야기를 나누고 있던 대장과 미나토 곁으로 참새 두 마리가 날아왔다. 미나토가 아니라 대장의 발치에 날갯짓하는 소리와 함께 내려섰다.

폴짝폴짝 뛰어오르며 지저귀었다.

마치 '어서 일하러 가라'고 재촉하는 것 같았다. 사당 근처에 있는 동료 참새들도 날개를 퍼덕이며 시끄럽게 굴고 있었다.

"뭐야, 너희들, 재촉하는 거야? 조금만 기다리라고."

헬멧을 벗은 대장이 머리에 두른 수건을 고쳐 매었다.

"새를 거느리고 다니는 형씨만큼은 아니지만, 왠지 모르게 나도 새들이 다가오게 되어서 말이야."

곤란해하는 목소리로 말하긴 했지만, 눈빛은 부드러웠다.

새들이 따르는 것이 싫지만은 않은 모양이다.

예전에 집인 것 같은 건물 정원에서 새집을 만들고 있던 모습을 본 적이 있었다.

"그럼, 나는 일하러 가야지. 형씨, 목수가 되고 싶으면 언제든 나에게 오라고. 나이나 성별은 상관없어. 의욕이 있는 녀석이라면 언제든지 환영이니까."

대장이 자신의 머리를 집게손가락으로 가리켰다.

수건에 '휴가 공무점'이라고 적혀 있었다.

○

호수에서 돌아올 때 서양식 집이 늘어서 있는 길을 지났다.

그중 한 채, 모든 창문 아래에 놓인 화분에 은방울꽃이 피어나 있었다. 가련한 그 흰색 꽃들은 보기만 해도 시원스러웠다.

청량감이 드는 그 향기는 거리가 멀리 떨어져 있어서 즐길 수가 없었다. 코를 움찔거리는 산신은 만끽하고 있는 것 같았지만.

미나토는 담장 너머로 은방울꽃들이 바람에 흔들리는 모습을 감상하며 걸어갔다.

"은방울꽃투성이네. 다른 꽃들은 필요 없다는 느낌이야. 저 꽃을 정말 좋아하나?"

"통일감이 있는 것도 좋군."

"청초한 생김새가 좋단 말이지."

"독이 있다. 게다가 강력해서 죽음에 이르는 경우도 있지."

산신이 유쾌하다는 듯이 말하자 미나토는 복잡한 표정으로 중얼거렸다.

"그럴 수가……. 은방울꽃도 위험한 꽃이었다니, 몰랐어……."

조용히 은방울꽃에서 눈을 돌렸다. 생김새와는 어울리지 않는 흉악함을 느꼈다.

——딸랑, 딸랑.

나란히 서서 느긋하게 걸어가고 있자니 풍령 소리가 들렸다.

한두 개가 아니라 고저차가 있고, 음정이 뒤섞여서 여러 겹으로 겹쳐진 소리였다.

"엄청난 소리가 들리네. 몇 개나 있는 거지?"

소리에 이끌린 미나토는 산신과 함께 전통식 구조인 가게로 다가갔다.

가게 안팎 곳곳에 풍령이 달려 있었다.

재질이 다양한 풍령들이 모여 있어서 장관이긴 했지만, 아무리 음색이 시원하다고는 해도 셀 수 없을 만큼 많은 풍령들이 연주하는 그 소리는 소음에 가까웠다.

풍령에 매달린 종이가 세차게 회전하거나 옆으로 나부끼고 있던 것은 물론, 바람의 정들의 장난 때문이었다.

그리고 미나토의 머리카락까지 헝클어 놓았다.

"바람을 좀 약하게 해줘."

머리카락을 누르면서 쓴소리를 해봤지만, 바람은 약해지지 않았다. 오히려 강해졌다.

——띠리리리. 가게 안의 설치형 풍령만 마치 경종처럼 울려댔다.

'싫어~'라고 말하고 있다.

다음에는 유리로 만든 에도 풍령만, 철로 만든 남부 풍령만, 놋

쇠로 만든 오다와라 풍령만, 그렇게 차례대로 울려댔다. 장난이 멈추지 않았다.

가게 정면에서 미나토가 풍령과 함께 바람에 놀아나고 있었다. 그 옆에서 위를 올려다본 산신이 와구, 공기를 깨물자 바람이 딱 멈추었다.

앞머리를 쓸어올린 미나토는 쓴웃음을 지을 수밖에 없었다.

"바람의 아이들이 산신 씨 말은 따르는구나……. 나는 전혀 상대해주질 않아."

"어쩔 수 없을 게다. 변덕스러운 아이들이니."

산신의 등에 일렬 종대로 올라탄 바람의 정들이 휘이익~, 일제히 휘파람을 불었다.

표정과 태도가 매우 건방져 보였다.

그런 그들은 마음에 들지 않는 자들에게 장난을 치지도 않고, 곁으로 다가오지도 않는다.

미나토의 인간성을 시험해보고 있었다.

아무리 풍신이 힘을 빌려주었다고는 해도 자신들이 사이좋게 지내기에 합당한 사람인지 확인하려 하고 있었다.

자연의 바람이 살며시 불었고, 가게 앞에 매달려 있던 유리제 풍령이 울렸다.

——딸랑. 그 음색은 얌전하면서도 여운이 남았고, 마음속에 깊게 스며들었다.

미나토는 한동안 귀를 기울이며 그 소리에 빠져들었다.

"——좋은 소리야. 매우 정겨운 느낌도 들어. 작년에 잔뜩 들

었으니까."

머리 위에 있던 풍령에 그려진 금붕어를 보니 더더욱 작년에 넣어둔 풍령이 떠올랐다.

쿠스노키 저택 옷장 안쪽 깊숙한 곳에서 잠들어 있는 그 풍령에는 붉은색과 검은색, 금붕어 두 마리가 그려져 있다.

"정리하기 전에 금붕어들이 묘하게 축 늘어져 있었는데, 1년 정도 쉬었으니 이제 기운을 차렸겠지?"

그런 일이 있을 리가 없다. 그렇게 생각하면서도 반쯤 장난으로 물어보았다.

"으음, 충분히 쉬었을 게다."

매우 진지하게 대답한 산신의 말이 재미있었기에 미나토는 웃었다.

작년 늦여름. 희귀한 호부를 만들 수 있는 미나토를 이용하려는 속셈으로 쿠스노키 저택에 찾아와서 대문을 걷어차려 했던 음양사——, 이치죠 세이시로.

그 녀석에게 신벌을 내릴 때 대활약했던 풍령의 역할을 미나토가 알게 되는 날은 결코 오지 않을 것이다.

가게 앞에서 멀어져가는 큰 늑대를 따라 미나토도 걸어가기 시작했다.

"슬슬 풍령을 꺼낼까? 아니, 아직 이른가? 이제 막 장마에 접어든 참이니까."

"정원은 여름이다."

"그렇긴 한데. 요즘도 자주 외출할 때 입을 옷을 착각하니까, 한발 먼저 여름 기분에 젖어 있다가는 바깥 세상하고 감각이 더 어긋날 것 같아."

쿠스노키 저택의 대문을 통과한 순간, '옷을 너무 얇게 입었네……!'라고 생각하며 몸을 움츠리고 다시 돌아선 적이 셀 수 없이 많았다.

# 제 4 장 수수경단 가게를 함께

오래된 수수경단 가게——, 스오안은 오래된 건물이 늘어서 있는 거리의 모퉁이에 조용히 자리잡고 있는 점포 겸 주택의 2층 건물이었다.

산신이 '허름한 곳'이라고 한 그 가게는 지진이 일어나면 납작하게 뭉개져 버릴 것——, 같지는 않았다.

까만 기와 지붕. 하얀 벽, 까만 기둥. 대조가 선명한 전통식 구조인 그 가게는 요코즈나처럼 관록이 있었다. 출입구 옆에 펼쳐진 붉은색 야외용 양산이 눈길을 끌었다.

그 야외용 양산 아래에서 미나토와 산신이 긴 의자에 앉아 있었다.

"허름하다니, 실례잖아. 멋진 가게인데."

미나토가 외벽을 바라보며 그렇게 말했다.

"——개장한 지 얼마 안 되었을 게다. 냄새가 새로우니."

하얀 벽에 코를 가져다 댄 산신이 그렇게 말했다.

"허나, 외관의 형태 그 자체에 손을 대지는 않은 모양이로구나."

"소중히 여기고 있다는 건 분명하네."

산신이 코끝을 입구 쪽으로 돌렸다. 잠시 후, 쟁반을 들고 백의를 입은 가게 주인——, 정정한 영감님이 나왔다.

호오, 산신이 그렇게 감탄하며 목소리를 냈다.

“이 정도까지 피가 진하게 드러났군. 그 녀석과 많이 닮았다.”

산신이 알고 있던 사람의 자손인 게 분명한 모양이다. 몇 대 전 가게 주인은 산신을 인식할 수 있었다고 한다.

하지만———.

“주문하신 음식이 나왔습니다.”

“감사합니다.”

미나토와 산신 사이에 주문한 음식을 내려놓은 가게 주인은 그러지 못했다.

“느긋하게 지내다 가시길.”

웃으면서 주름을 드러낸 영감님은 산신을 거들떠보지도 않고 가게 안으로 돌아갔다.

산신이 일부러 모습을 드러내지 않으면 그게 당연한 상황이다.

물론, 미나토도 이해하고 있다. 하지만 마치 없는 것처럼 취급하는 것 같아서 이런 상황을 마주칠 때마다 기분이 조금 가라앉는다.

“먹도록 할까.”

“……아, 응.”

산신의 들뜬 목소리가 재촉하자 정신을 차린 미나토는 쟁반 쪽으로 의식을 돌렸다.

커다란 쟁반에 늘어선 것들은 스오안의 모든 수수경단이다.

콩가루, 흑설탕, 백도, 머스캣, 그리고 일반적인 수수경단. 각각 불룩하게 쌓여 있다.

미나토가 제일 먼저 손을 뻗은 것은 산신이 추천해준 일반적인 수수경단이었다.

통통한 생김새가 귀여웠고, 색 또한 꾸밈이 없었다.

쌀가루에 설탕과 엿을 섞어서 빚은 다음, 떡가루로 맛을 내기만 한 물건이다.

하지만 정석 중의 정석, 왕도 중의 왕도. 이걸 골라서 실패할 일은 없을 것이다.

색이 희미하게 비쳐보이는 그 경단은 한입 크기였다.

그것을 대나무 이쑤시개로 찍은 미나토가 눈앞에 들어올렸다.

"이렇게 작구나……. 만두 정도 크기가 아닐까 상상했는데."

"어찌하여? 경단이다만."

끊임없이 꼬리를 흔들며 앉아서 기다리던 산신이 어이없어 하는 듯한 목소리로 말했다.

"아니, 하나만 먹어도 배가 부르는 모양이니까……."

어떤 옛날 이야기에 나오는 동물들이 한 개만 먹고 만족했기 때문이다.

"―――우선, 잘 먹겠습니다."

"으음, 제대로 맛을 보도록 하거라."

왠지 모르겠지만 옆에서 산신이 빤히 바라보는 와중에 먹게 되었다. 과연 그 맛은―――.

"단맛이 부드럽네. 끈적한 느낌이 전혀 안 들어서 먹기가 편해."

"그 궁핍한 느낌이 좋지."

"―――말을 좀 조심히 했으면 하는데. 소박하다거나 심플하다는 말도 있잖아."

쩝, 쩝. 큰 늑대는 시원한 표정으로 차분히 먹고 있다. 두 눈을 슬쩍 가늘게 떴다.

"———변함이 없구나."

"잘 됐네."

"같은 맛을 이어가는 것은 꽤나 어려운 일일 게야."

담담한 목소리였지만, 왠지 애절한 느낌이 들었다.

"그러게……."

예전에 남부에는 그밖에도 마음에 드는 화과자집이 몇 군데 있었다고 한다. 이곳으로 오면서 찾아 보았지만, 지금은 가게 자체가 없어지거나 맛이 변하기도 했다. 산신은 완전히 흥미를 잃어버렸다.

산신은 보편적인 것을 좋아하는 경향이 있다.

에치고야의 감주 만쥬가 좋은 사례일 것이다. 고집스럽게 초대의 맛을 계속 지켜나가고 있는 에치고야 사람들이기에 신경 써주고 있다.

다른 말로 하자면, 전통의 맛이 끊긴 순간, 산신은 신경을 쓰지 않게 된다는 뜻이다.

신이란 정말 제멋대로 구는데다 잔혹하다.

산신은 시간을 오래 들여 한 종류씩 맛을 보았다.

"역시 평범한 수수경단을 이길 것은 없구나."

다른 것들은 마음에 들지 않은 모양이다.

미나토도 쓴웃음을 지으며 백도 퓌레가 든 경단을 대나무 이쑤시개로 찍었다.

그때, 가게 옆에서 어린 소녀가 쏘옥, 나타났다.

한아름이나 되는 인형을 끌어안고 있었다. 색이 조금 바래긴 했지만, 꽉 끌어안고 있는 모습을 보니 소중히 여긴다는 걸 알 수 있었다.

그렇게 앉아 있는 자세인 동물은 개일까 늑대일까.

"늑대다."

옆에 있는 큰 늑대를 자주 본 미나토는 곧바로 간파했다.

앞을 가로지른 어린 소녀가 그 목소리를 듣고는 미나토를 올려다보며 기쁜 듯이 웃었다.

"오빠, 보는 눈이 있네!"

"칭찬해줘서 고마워~."

미나토의 표정이 저절로 부드러워졌다.

부모를 흉내내는 건지, 꽤 어른스러운 애다.

어린 소녀는 어디에나 데리고 다니는 그 늑대 인형을 처음 본 사람이 '멍멍이 친구'라고 하면 '개 아니야, 늑대야!'라고 매번 따지고 들었다.

그렇게 늑대를 좋아하는 그녀도 파트너와 비슷하게 생긴 거대한 늑대가 보고 있다는 걸 전혀 눈치채지 못했다.

어린 소녀의 보호자는 나타나지 않았다.

아마 근처에 사는 아이겠지만, 혼자서는 위험할 것이다.

걱정이 된 미나토는 그녀의 뒷모습을 지켜보았다.

신이 난 것 같은 어린 소녀가 타박타박 입구 쪽으로 가자 마침 가게 주인이 나타났다.

어린 소녀가 활짝 웃었다.

"할아버지, 나 왔어! 머스캣 수수경단 하나 주세요~!"

"그래, 그래, 잠깐만 기다리렴~."

부드러운 미소를 지은 가게 주인이 익숙하게 대해주고 있었다.

아마 가족일 것이다.

어린 소녀가 두 팔을 뻗어서 인형을 할아버지에게 내밀었다.

"물론, 산신 몫까지!"

"그래, 그래, 알았다."

미나토가 눈을 크게 떴다.

그들은 산신을 알고 있다. 대대로 전해져 내려왔을 것이다.

몸을 약간 숙인 가게 주인이 늑대 인형과 시선을 맞추었다.

"그럼, 산신님, 오늘은 뭘 드릴까요?"

움찔, 산신의 귀가 움직였다.

인형으로 자기 얼굴을 가린 어린 소녀가 있는 힘껏 굵은 목소리를 냈다.

"'물로온, 평범한 수수경다안~'이래!"

그 성대모사는 미나토의 웃음보를 마구 흔들어놓았다.

"나는 저렇게 말하지 않는다."

산신은 무뚝뚝한 표정을 짓고 있었지만, 그렇게까지 기분이 상하진 않았을 것이다.

"———그런가? 꽤 비슷하던데."

미나토는 떨리는 목소리로 대답했다.

그 직후, 뒤쪽에서 시선이 느껴졌다.

한여름의 태양조차 뛰어넘는 열기였다. 그 시선의 주인은 항상 그랬듯이 기린일까. 거리에서 마주친 적도 드물지는 않다.

미나토는 은근슬쩍 뒤쪽을 보았다.

오가는 사람들 건너편, 건물 사이에 숨어 있던 것은 기린이 아니었다. 크기는 비슷했지만, 몸이 까만색이었다. 그늘보다 더욱 까만 그 털은 잘 아는 색이다.

산신의 본체인 산 근처에 있는 작은 산에 자리잡은 여우 신사에서 모시는 신의 권속———, 츠무기다. 벽에서 몸을 반쯤 내밀고 번뜩이는 한쪽 눈으로 미나토를 바라보고 있었다.

"산신 씨, 츠무기가 노려보고 있는데……. 이유가 뭘까?"

다시 산신을 돌아본 미나토가 힘없는 표정을 지었다.

"글쎄다. 저 녀석도 참으로 이상한 녀석이니."

물론, 산신은 이미 눈치채고 있었지만, 수수경단을 즐기느라 바빠서 내버려두고 있었다. 그 턱은 계속 움직이고 있다.

"부르면 와주려나?"

"시험해 보도록 하거라."

미나토가 슬쩍 손짓해서 불렀다.

눈빛을 반짝인 츠무기가 사람들을 슬쩍슬쩍 피하며 다가왔다.

그 네 다리는 땅을 딛고 있지 않았다. 경쾌하게 공중을 활보하며 산신과 미나토로부터 조금 떨어진 위치에서 공중에 뜬 채 앉아 있었다.

등에는 부풀어오른 보자기 꾸러미가 있었다. 오늘도 심부름을 하러 가던 도중이었던 모양이다.

츠무기가 고개를 살짝 숙였다.

"산신님, 미나토님, 오랜만이에요."

"으음."

"응, 약간. 그냥 말을 걸어도 되는데."

"방해하는 건 마음에 조금 걸려서……."

츠무기는 새침한 목소리로 말하고 있었지만, 그러면서도 시선은 고정되어 있었다.

수수경단이다. 산신의 입속으로 들어가는 모습을 고개를 뻗어 뜨겁게 바라보고 있었다.

"츠무기, 경단을 먹고 싶어?"

미나토가 그렇게 묻자 츠무기가 올려다보았다. 약삭빠르다.

"……조금 신경 쓰이네요."

"조금 정도가 아닌 것 같은데. 츠무기도 먹을래?"

"그, 그래도 되나요?"

파앗, 작은 꽃 환영을 흩뿌리며 몸을 앞으로 내밀었다.

기뻐하는 기색을 감추지 못하는 모습을 보고 미나토는 마음에 걸리는 게 있었다.

"설마, 먹어본 적 없어?"

"없어요. 가끔 신경 쓰이긴 했는데, 금전이 없어서요."

"그랬구나. 뭐, 가지고 있었다고 해도 계산을 하진 못했겠지. 같이 먹자."

"감사합니다!"

츠무기가 재빨리 다가와서 긴 의자 옆, 보이지 않는 자리에 앉았다.

"우선 일반적인 수수경단을 먹도록 하거라."

산신의 추천은 변함이 없었다.

"네, 그럼 그것부터 먹을게요."

츠무기는 순순히 일반적인 수수경단을 골랐다.

먹어본 적이 없는 것도 어쩔 수 없을지 모르겠다.

큰 늑대와 작은 여우를 바라보며 미나토는 그렇게 생각했다.

옛날이라면 모를까, 요즘 세상에서 모습을 드러내고 사람처럼 행동하는 건 위험하기 짝이 없는 짓일 것이다.

세상에는 착한 사람들만 있는 게 아니니까.

아무튼, 츠무기가 오자 긴 의자 주변에서 사람들이 피해가는 범위가 더욱 넓어졌다. 아무도 쳐다보지도 않고 큰길을 그냥 지나쳤다.

츠무기는 산신 이상의 신력을 지닌 천호의 권속이고, 자신도 강하기 때문이다.

놀랍게도 이 까만 여우는 사실 꼬리가 일곱 개나 있다.

얼마 전에 쿠스노키 저택에 왔을 때 그 모습을 보여주었기에 미나토와 세리 같은 권속들도 진실을 알게 되었다. 천 살이 훨씬 넘었다는 이야기도 들어서 깜짝 놀랐다.

츠무기는 아무리 나이가 많이 들어도 언제까지나 신입 같은 느낌인 작은 여우다.

그리고 심부름은 그냥 취미라고 한다. 신역에 틀어박혀 있으면 답답하기에 심부름이라는 명목으로 뛰쳐나오는 것 같다.

츠무기가 수수경단에 코를 가져다 댄 순간, 커다란 꼬리가 조금씩 떨렸다.

저번에는 꼬리가 떨린 뒤에 화악, 갯수가 늘어났는데, 이번에는 늘어나지 않았다.

"오늘은 꼬리가 하나구나."

"네, 평소에는 숨기고 다니거든요. 극히 드물긴 하지만, 하늘을 뛰어다니는 저를 볼 수 있는 사람도 있어서요. 일곱 개 전부를 드러내면 크게 놀라니까요."

"그렇구나."

꼬리의 숫자는 힘에 비례한다. 미나토는 알지 못했지만, 그 사실을 아는 사람도 꽤 있을 것이다.

잠시 수수경단의 향기를 맡고 있던 츠무기가 와구, 물어뜯었다. 천천히 씹었다.

"———호오, 이거 참. 이러한 맛이었나요? 단맛이 딱 좋네요."

"얼마든지 먹을 수 있지."

"그렇긴 하네요. 저희 신께서도 마음에 들어하시겠어요."

산신의 수염이 움찔거리며 움직였지만, 딱히 불평하진 않았다.

미나토는 그 모습을 시야 구석에서 보았지만, 아무렇지도 않은 듯이 츠무기에게 물었다.

"여우님은 잘 지내셔?"

"물론이죠. 그건 그렇고, 저희 신은 천호라고 불러주세요."

"천호 님?"

"이웃이잖아요. 마음 편히 천호 씨라고 부르세요."

그래도 되려나, 망설이다가 산신을 보니 고개를 살짝 끄덕였다. 천호가 그렇게 말한 것은 아니지만, 권속들 중에서 두목격인 츠무기가 허락해주었으니 괜찮은 모양이다.

"그럼, 그렇게 할게."

미나토는 거리낌없이 그렇게 부르기로 했다.

자세를 바로잡은 츠무기가 엄숙한 목소리로 말했다.

"미나토 님, 한 가지만 말씀드리죠. 저희 신은 여우신이 아닙니다."

"왠지 그럴 것 같다는 생각이 들긴 했어. 저번에 천호 씨를 여우님이라고 불렀더니 정말 싫어하는 기색을 보였으니까."

"여우신은 따로 있어요. 뭐, 저희도 유부초밥을 좋아하긴 하지만요."

후후후, 그렇게 슬쩍 웃었다. 이야기를 자세히 해줄 생각은 없는 것 같다. 미나토도 계속 캐물을 생각은 없다.

하지만 조금 신경 쓰이던 것을 물었다.

"그래도 여우 신사에서 살고 있지?"

"저희는 항상 신역에서 지내고 있고, 출입구를 거기로 삼았을 뿐이에요. 사람들이 멋대로 착각해서 그 신사를 지은 거고요. 저희가 다른 나라에서 그 산으로 옮겨왔을 때, 많은 사람들이 저희를 목격하고 여우신의 사자라면서 소동을 벌였거든요."

"그야 소동을 일으킬 만도 하지……. 응."

"네. 이곳에 사는 사람들은 신적 존재인 여우는 여우신과 관계가 있을 거라 믿는 것 같으니까요."

"나도 예전에는 그랬어. 여우님 자체가 여우라고 생각하는 사람도 많고."

"지금도 그렇군요."

츠무기는 입가에 앞발을 대고는 그릉그릉, 우아하게 웃었다.

"예전에는……, 특수한 눈을 지닌 사람들이 많았을까?"

눈을 내리깐 미나토가 혼잣말처럼 그렇게 중얼거렸다.

그 말을 들은 산신과 츠무기가 서로 눈짓을 주고받았다.

"그렇죠. 지금은 상상도 되지 않을 만큼 많았어요. 여기에서 집으로 돌아가는 동안에 모습을 완벽하게 감춰도 열 몇 명 정도는 합장하면서 배웅해주는 건 당연했고요."

"그렇게 많이……."

"지금은 볼 수 있는 사람이 거의 없으니까요. 아, 그래도 요즘은 가끔 보이긴 해요."

"우연인가?"

약간 진지한 표정을 지은 츠무기가 고개를 갸웃거렸다.

"우연일까요……. 아무래도 이 근처에 사악한 존재를 정화하는 자들이 모여들고 있는 것 같거든요."

"음양사들이려나."

"글쎄요? 사람이 뭐라고 부르는 건지는 모르겠지만, 정화하는 힘을 지니고 있다 해도 그리 대단하진 않아요. 그리고 바람직하지 못한 자들이에요."

츠무기는 불쾌하다는 듯이 눈살을 찌푸리고는 수수경단을 씹었다.

"아무래도 하리마 씨네는 아닌 것 같네."

산신에게 그렇게 말했지만, 수수경단을 입에 넣을 뿐, 전혀 흥미가 없는 것 같았다.

음양사들은 사람을 해치는 악령을 퇴치하기 위해 날마다 바쁘

게 돌아다니고 있다.

결코 츠무기가 그렇게 따질 만한 짓을 할 사람들이 아니다.

"츠무기, 바람직하지 못한 자들은 어떤 사람들이야?"

"괴로워하는 민초들에게 악령에 사로잡혀서 그렇다고 하고 정화해준다는 구실로 시늉만 하고 돈을 갈취하는 자들이죠."

"———사기구나."

"맞아요. 별로 효과가 없는 부적도 팔았고요."

츠무기가 뒤쪽을 슬쩍 보았다. 미나토도 마찬가지로 돌아보았지만, 지나가던 사람이 몇 명 있을 뿐, 차림새나 모습으로 보아 일반인으로만 보였다.

"딱히 수상쩍은 사람은 안 보이는데. ———내 눈썰미는 그리 대단하지 못하지만."

"없다."

산신은 돌아보지도 않고 그렇게 딱 잘라 말했다.

"그렇구나, 다행이야. 산신 씨는 등에 눈이 달린 것 같네."

"일일이 보지 않더라도 알 수 있다. 마음이 더러워진 인간의 혼은 악취를 풍기니."

까만 귀를 꿈틀대면서도 표정은 일그러지지 않았다. 그렇다면 이 근처에 악당은 없을 것이다.

"악취……, 어떤 냄새인지 지금은 물어보지 않는 게 나으려나?"

"모처럼 맛있는 것을 먹는데 다 망치겠구나."

산신은 매우 불쾌해했고, 츠무기도 비슷한 분위기를 풍겼다.

"맞아요. 그리고 그 녀석들을 방금 본 것도 아니고요. 여기에 오기 전에 봤죠."

"그랬구나."

조금 신경 쓰이긴 했지만, 산신의 시선이 말해주고 있다.

지금은 휴가 중이라고.

미나토도 일부러 골치 아픈 일에 뛰어드는 취미는 없다. 어느 시대, 어떤 세계라도 악당은 있다. 근절하는 건 불가능하다.

수수경단을 먹고 있던 복슬복슬한 존재들에게 다시 눈을 돌렸다.

"천호 씨에게는 츠무기 말고도 다른 권속이 있어?"

미나토는 이야기가 나온 김에 예전부터 신경 쓰였던 것에 대해 물었다.

산신네 집 식구는 네 마리지만, 잉어들은 수없이 많다. 신들이 많은 권속들을 거느리는 게 표준인지 알고 싶었다.

"네, 잔뜩 있어요."

상상이 되지 않은 미나토가 산신을 보았다.

"예전에는 수십 마리는 있었던 것 같다만, 지금은 더 많을지도 모르겠구나."

"역시 많구나……."

미나토가 츠무기를 빤히 바라보았지만, 콩가루맛 수수경단을 먹기만 할 뿐이었다. 정확한 숫자를 대답해줄 생각은 없는 모양이다.

"천호도 그렇고, 다른 권속들도 집에 틀어박혀 있으니 쉽사리 만날 수는 없을 게다."

예전에 천호가 모습을 드러낸 이유는 미나토에게 인사하기 위해서였다고 한다.

"그래도 예전에는 많은 사람들이 그 모습을 목격해서 소동을 벌였던 거지?"

"그건 전부 저예요."

"———그렇구나."

이 여우, 정말 자유롭다. 틈만 나면 인간계를 돌아다니는 츠무기만 이단 같은 존재라고 한다.

"그래서 그 신사에서 파는 영험한 물건들 중 대부분은 까만 여우고요."

츠무기는 유쾌하다는 듯이 그렇게 말했다. 호오, 미나토가 감탄하며 목소리를 냈다.

"그거 신기하네. 그런데 그게 사실이면 그 신사는 거의 츠무기를 모시고 있는 거나 마찬가지 아니야?"

복슬복슬한 꼬리를 뻗은 츠무기가 요염하게 웃었다.

"그렇다 하더라도 아무런 문제도 없어요. 저는 권속이고 저희 신인 천호의 일부니까요. 저를 모시고 신앙을 쏟더라도 그것들은 전부 저희 신의 양식이 되거든요."

츠무기는 가끔 일부러 모습을 드러낸다고 말했다.

"———그러면 소동이 일어나지 않아?"

"가끔 떠들썩해지기도 하지만, 그것 또한 여흥이죠. 때로는 서비스를 해야 하니까요. ———그러면 신앙심이 한층 더 강해지니 말이다."

마지막에는 천호의 목소리가 들렸다. 우아한 저음으로 슬쩍 미소를 지은 이마———, 연꽃 문양에 붉은색이 조용히 번졌다.

산신이 노려보자 문양이 다시 흰색으로 돌아왔다. 츠무기는 아무것도 모르는 듯한 표정으로 말차맛 수수경단을 대나무 이쑤시개로 찍었다.

잠시 후, 쟁반이 텅 비었다.

다양한 수수경단들은 산신과 츠무기의 뱃속으로 들어갔고, 결국 미나토가 먹은 것은 일반적인 수수경단 하나뿐이었다.

애초에 단것을 그리 좋아하는 편도 아니다. 복슬복슬한 존재들이 기뻐하는 모습을 본 것만으로도 만족스러웠다.

미나토는 다 마신 잔을 쟁반 위에 올려놓았다.

"호지차, 맛있네."

"———그대가 그렇다면 된 게지."

산신은 이미 포기했다.

잔뜩 먹은 츠무기도 꼬리를 흔들며 기뻐하는 눈치였다.

"정말 맛있었어요."

"그러게."

자세를 바로잡은 츠무기가 미나토를 올려다보았다.

그 표정은 당장 전장에 나갈 것처럼 절박했다.

"이 보답은 반드시, 반드시! 조만간 가져다 드릴게요!"

엄청난 기백이었기에 몸을 살짝 뒤로 뺀 미나토는 이렇게 생각했다.

츠무기는 빚을 지는 것을 정말 싫어한다. 받은 것과 동등하거나 그 이상으로 갚으려 한다.

아마도 그 혼의 근원———, 천호도 마찬가지일 것이다.

헌상품에 걸맞는 은혜를 내려줄 게 틀림없다.

그렇기에 그 여우 신사가 번창하는 건지도 모르겠다.

아무튼, 얼마 전에 선물로 받은 등나무꽃이라면 모를까, 불로불사 효과가 있는 복숭아만은 곤란하다.

그쪽 계열인 과일이라면 필요가 없지만, 거절할 수 있을 만한 분위기가 아니었다.

“으, 응. ……기대할게.”

미나토는 약간 굳은 표정을 지으며 쥐어짜낸 듯한 목소리로 말했다.

정말 긴장되는 대화였다.

○

하늘을 달려가는 츠무기를 배웅한 산신과 미나토는 다음 목적지를 향해 차도 옆을 걸어갔다.

그런 와중에 미나토는 계속 주위를 살피고 있었다.

산신님의 행차를 자기도 모르게 방해해 버리는 안타까운 사람이 생기지 않게끔.

저번에 작아진 산신과 외출했을 때, 앞길을 가로막아 버린 사람을 작은 늑대가 다리를 후려서 넘어질 뻔한 적이 있었다.

미나토가 재빨리 받쳐줘서 무사했지만, 쉽사리 일어나선 안 될 일일 것이다.

상대방은 산신을 인식하지 못하는데다 피할 수도 없으니까. 오늘은 아무도 곁으로 다가오지 않았다.

몸이 거대한 덕분일 것이다, 미나토는 그렇게 생각했다.

역시 몸은 커야만 한다. 힘을 소비해서 줄어들거나 비쳐보여서는 안 된다.

"산신 씨네 집을 얼른 정비해야겠어."

느긋하게 걸어가는 산신의 옆얼굴을 보며 미나토가 그렇게 말했다.

"뭐냐, 갑자기."

돌아본 산신은 이해가 되지 않는다는 듯한 기색이었다.

"계속 큰 몸으로 있어주었으면 하니까."

복슬복슬한 꼬리가 좌우로 크게 흔들렸다. 그럴 때마다 금빛 입자가 따라붙었다.

그 모습을 별 생각 없이 보고 있던 미나토의 귀에 이상한 소리가 들렸다.

두두두두두두. 뱃속까지 울리는 엔진 소리. 그 배기음을 통해 대형 오토바이라는 것을 짐작한 미나토가 돌아보았다.

차도 너머 가게 앞에 멈춰 있던———, 시동이 걸려 있던 것은 예상했던 대로 할리 데이비슨이었다.

"오오."

자기도 모르게 감탄하는 목소리를 냈다.

미나토도 대형 오토바이 면허를 가지고 있다. 하지만 전혀 활용하지 못했고, 타본 적도 없다. 동경하는 마음, 그리고 친구들과 어울리기 위해 땄다.

그렇기에 대형 오토바이와 그것을 타는 사람에게 눈길이 가곤 했다.

할리 옆에 어떤 남자가 헬멧을 옆구리에 끼고 서 있었다. 가죽 라이더 재킷을 입었고, 선글라스가 햇빛을 반사하며 빛나고 있었다.

흰 머리카락이 눈에 띄는 걸 보니 나이가 꽤 들었겠지만, 몸집이 커서 사람들에게 주목을 받고 있었다.

그 사람의 오토바이는 사이드카도 달려 있었다. 거기에 약간 답답한 듯이 앉아 있던 사람도 있었다. 풀페이스 헬멧의 바이저를 올리고 있어서 얼굴이 보였다.

그 얼굴을 본 적이 있던 미나토는 더욱 놀랐다.

"에치고야 씨다."

"음? ———12대인가. 평소처럼 에치젠테이와 함께 다니고 있겠지."

"사이가 좋구나. 아, 동갑이었나? 그럼 저 라이더가 에치젠테이 주인이야?!"

깜짝 놀란 미나토가 멈춰섰다.

이렇게 말하긴 좀 그렇지만, 부모 자식이라고 해도 될 만큼 나이 차이가 있어 보였다.

마찬가지로 멈춰 선 산신이 미나토를 올려다보았다.

"그러하다. 저 녀석이 젊게 보이는 건 그냥 핏줄 때문이다."

"그렇구나."

거리 건너편을 돌아보던 산신이 눈을 가늘게 떴다.

"저 녀석, 시간이 오래 지나도 시끄러운 장난감을 타고 다니는군……."

"장난감이라니. 뭐, 오토바이나 자동차에 흥미가 없는 분들은 배기음을 소음으로만 느끼겠지만."

헬멧을 쓴 에치젠테이 주인이 오토바이에 올라탔다.

"좋아, 에치고야. 그럼 소금 라멘을 먹으러 가자고."

사이드카에 타고 있던 에치고야는 고개를 숙이고 어깨를 떨면서 웃었다.

"허허허, 무슨 말인지……. 에치젠테이, 오늘은 돈코츠 라멘을 먹어야 할 텐데."

헬멧을 쓰고 있던 에치젠테이의 손이 멈췄다. 에치고야 옆얼굴을 향해 불만스러운 듯한 표정으로 말했다.

"저번에도 돈코츠를 먹었잖아. 이번에는 소금 라멘을 먹자고."

"아니, 오늘도 돈코츠야."

"아니, 아니, 오늘이야말로 소금 라멘이지."

"아니, 아니, 아니, 돈코츠라고."

서서히 열기가 달아올랐고, 그 영감님 콜라보 이중주가 바이크 배기음조차 능가했다. 지나가던 사람들이 시끄럽게 말싸움을 벌이는 두 사람에게서 눈을 피하며 떠나갔다.

에치젠테이는 점잖게 보였지만, 마음 편히 지내는 관계인 에치고야에게는 사정없이 대했다.

"소금이야. 소금밖에 없다고. 에치고야도 좋아하잖아."

"그렇긴 한데! 에잇, 말 좀 들어라, 에치젠테이! 오늘은 돈코츠라고 했잖아! 돈코츠 라멘이 나를 부르는 목소리가 끊임없이 들린단 말이다. 목이 빠지게 기다리고 있다니까!"

"그건 환청이야, 에치고야. 소금 라멘이 우리를 부르면서 계속 기다리고 있다!"

"뭐, 뭐라고……! 그렇다면 함께 가야겠군……. 아니, 아니, 아니, 아니, 역시 돈코츠야!"

"소금이라면 소금이지. 너야말로 내 말 좀 들어라, 에치고야. 소금~!"

"거절하겠어! 에치젠테이, 자네야말로 깔끔하게 물러서라고. 뭐든지 물러서는 게 중요해. 돈코츠!"

"쓸데없이 소리치지 말거라, 얼간이 녀석들. 소멘이나 먹거라."

산신이 어이없어하며 그렇게 중얼거린 목소리는 멀리 떨어져 있던 두 사람에게 들릴 리가 없었지만———.

"에치젠테이, 가끔은 다른 걸 먹어볼까?"

"———그렇군. 매번 라멘만 먹으면 몸에 별로 좋지 않을 테니까."

순식간에, 마치 찬물이라도 끼얹은 것처럼 냉정함을 되찾아 버렸다.

"그렇지, 안 되겠어. 나도 모르게 신이 나버렸다고. 요즘은 예전처럼 식욕이 없어지는 경우가 별로 안 생기니."

에치고야는 진지한 표정으로 배를 문질렀다. 꼬르륵~, 뱃속에서 소리가 울리자 힘없는 표정을 지었다.

그 모습을 보며 에치젠테이가 미소를 지었다.

"라멘은 우리가 기운을 낼 수 있는 원천이긴 하지만, 조금 삼가자고. 또 몸이 상하면 곤란하니까."

"———그래. 오늘은 속이 편하고 깔끔한 걸 먹어볼까?"

"———소멘은 어떨까?"

"으음, 그게 좋겠군."

흔쾌히 찬성한 에치고야가 헬멧 바이저를 내렸다.

"나가시소멘에 휘둘리고 싶은 기분이로군."

소리를 내며 웃은 에치젠테이가 핸들을 잡았다.

"결론을 내린 모양이네."

미나토가 밝은 목소리로 말했다. 미나토와 산신은 결판이 날 때까지 제자리에 멈춰 있었다.

한숨을 길게 쉰 산신이 몸을 일으켰다.

"저 녀석들, 쓸데없이 건강해져서는……."

함께 걸어가기 시작한 미나토는 헛웃음을 지었다.

에치고야, 에치젠테이, 그 두 사람은 산신 덕분에 건강한 몸을 되찾았다. 그 덕분에 좋아하는 라멘을 자주 먹으러 다니는 것 같은데, 뭐든지 적당히 먹는 게 중요할 것이다.

미나토와 산신 옆을 사이드카가 달린 할리가 큰 소리를 내며 지나쳤다.

중간에 에치젠테이가 한 손을 들었다. 눈이 좋은 그가 산신의 존재를 눈치채지 못했을 리가 없다.

에치고야는 마지막까지 눈치채지 못했지만.

손을 들어 인사한 미나토의 코를 좋은 향기가 간질였다.

옆을 보니 병원을 둘러싸고 있는 산울타리——, 치자나무꽃이 흐드러지게 피어 있었다.

"좋은 향기가 나네. 지금 필 시기구나. 아, 그러고 보니까 산책지도에서도 소개했었지."

볼만한 곳을 전부 소개해 두었다고 할 수 있을 것이다.

남부를 듬뿍 즐겨주었으면 한다. 그런 의지가 새삼 느껴지는 것 같았다.

그건 그렇고, 오늘 본 꽃들 중에는 공통점이 많은 것 같은데.

치자나무꽃 쪽으로 코를 들이댄 산신 뒤에서 미나토가 물었다.

"설마, 이 꽃에도 독성이 있는 거야……?"

"아니, 없다."

"다행이네."

안심한 것도 잠시, 산신이 코를 들어 옆쪽 건물을 가리켰다.

"저쪽 출입구 근처에 자라난 것들에는 독성이 있다."

"있구나……. 어떤 거지?"

큼직한 나팔모양 꽃들이 아래쪽으로 늘어져 있었다.

"저 나팔꽃하고 비슷한 꽃이야?"

"그러하다. 독말풀이라고 불리지."

"다른 집 정원에서 가끔 본 적이 있는데……."

"실수로 먹더라도 죽지는 않겠지만, 환각 증상으로 괴로워할 게다. 조심하거라."

"―――응, 뭐, 네."

이번에는 순순히 대답했다.

"그러게. 절대로 그럴 일이 없을 거라고 말할 순 없으니까."

미나토가 주위를 둘러보았다. 정원이나 길에 피어난 꽃들은 전부 어디선가 본 적이 있는 것들뿐이었다.

"흔해빠졌다고 하긴 좀 그렇지만, 낯익은 꽃들 중에 꽤 위험한 것들이 있다는 사실은 미처 몰랐어."

"어쩔 수 없을 게다. 유복해진 요즘 시대에는 굶주려서 근처에 있는 풀이나 꽃을 먹는 자들도 별로 없을 터이니. 몸소 그런 것들을 배울 기회도 없겠지."

산신이 씨익 웃으며 유쾌하다는 듯이 말했다.

"그대 근처에 독초에서 이름이 유래된 자들도 있다만."

"아, 세리네 말이지? 다들 이름을 독초에서 따왔던가?"

"그러하다."

세리는 도쿠제리(독미나리), 토리카는 토리카부토(투구꽃), 우츠기는 도쿠우츠기(코리아리아). 일본 3대 독초라 불리며 맹독을 지닌 유해물질이다.

"예전부터 신경 쓰였던 건데, 왜 독초에서 따온 거야? 신성한 신의 권속이잖아."

"사랑스러운 외모라고 해서 얕보지 말라는 의미를 담아 지은 이름이기 때문이다."

"———오늘 느꼈던 것들 중에 가장 큰 충격이네……."

잡담을 나누고 있던 산신과 미나토 아래쪽, 치자나무꽃 그늘에서 고개를 내민 청개구리가 목을 불룩, 부풀렸다.

# 제 5 장 가짜 퇴마사

쿠스노키 저택의 대문 앞에 택시 한 대가 멈췄다.

뒷자리에서 키가 작고 젊은 남자가 내렸다. 순식간에 표정이 일그러졌다.

"으앗, 푹푹 찌네! 습기가 장난 아니잖아!"

그렇게 불평하며 반팔에 화려한 무늬 셔츠를 퍼덕였다.

그 뒤를 이어 약간 나이 든 남자가 큰 키를 굽히며 나왔다.

"———정말이네, 최악이야."

벌어진 가슴팍을 더욱 벌리자 목걸이가 금색 빛을 뿜어냈다.

얼마 전, 마을 곳곳———, 야생동물의 보금자리에 악령들이 자리를 잡아버려서 곤란해진 동물들이 일치단결하여 미나토가 만든 부적을 마치 바통처럼 옮겨서 열심히 제령을 한 적이 있다.

그때, 마지막으로 운반하던 새가 땅바닥에 떨어뜨린 부적을 주운 사람이 두 번째로 차에서 내린 남자다.

그들은 퇴마사다.

퇴마사는 개인에게 의뢰를 받아 악령을 정화한다. 그것 말고도 요괴 퇴치나 사람들의 소원을 이루어주는 부적 제작, 나아가서는 저주, 주살까지 맡아서 진행한다.

그들(일부 제외)도 음양도에 기반한 술법을 행사하기에 정확하게 말하자면 음양사다.

예전에는 그렇게 자칭하고 다녔지만, 현대에서는 음양료에 소속된 술사만을 일컫는 칭호가 되었기에 어쩔 수 없이 퇴마사를 자칭하고 있다.

각지에 술법을 계승한 가문이 있긴 하지만, 조직을 이루지는 않았다.

음양사가 되려면 국가 자격이 필요하지만, 퇴마사에게는 그런 게 필요 없다.

그렇기에 무능력한 사람이 퇴마사를 자칭하거나 일반인에게 악령이 씌였으니 정화해주겠다고 속이는 사기 행위를 하는 녀석들도 잔뜩 있다.

그중 한 명이 키가 작은 남자였고, 키가 큰 쪽은 악령을 정화할 수 있긴 하지만, 중급 악령 상대로도 고전하는 정도의 실력이다.

전통식 대문 앞에 자칭 퇴마사들이 나란히 섰다.

키가 작은 남자가 창살문을 잡고는 거리낌없이 부지 안을 들여다 보았다.

"이 집, 새 집이죠? 전통식, 약간 요즘 스타일이긴 한데, 요즘 같은 시대에 이런 집은 별로 없잖아요."

"그래, 요즘은 잘 보이지 않게 되었지."

그렇게 대답한 키가 큰 남자가 문기둥 쪽으로 다가가 명패에 코를 가져다 대고는 깊게 들이마셨다.

악령과 다른 사람의 특수 능력을 알아챌 수 있는 그 뛰어난 후각을 행사했다.

희미한 향기를 맡고는 물러섰다. 그 시원한 느낌이 드는 향기는 주머니에 넣어두었던 열쇠고리와 길에서 주운 나뭇조각과 똑같은 냄새였다.

"틀림없어, 여기가 열쇠고리를 만든 녀석의 집이야."

명패에 새겨진 '쿠스노키'라는 글자를 보며 딱 잘라 말했다.

그들처럼 어설픈 퇴마사들과 친하게 지내는 야쿠자들이 가져온 '쿠스노키 여관'의 비품 등에 적힌 글자와 똑같은 글씨였다.

그리고 야쿠자들은 지독한 짓을 저지르고 다니기에 악령이 된 존재에 씌이기 쉽고, '쿠스노키 여관'을 정화처로 이용하고 있다.

키가 작은 남자가 인상을 쓰며 코 앞으로 손을 들어올렸다.

"여기 논밭 냄새가 나는데요. 저는 이런 비린내가 질색이에요, 진짜 안 되겠네. 논밭 같은 건 없애버리면 좋을 텐데."

"그러면 네가 좋아하는 덮밥을 앞으로 먹지 못하게 될 걸?"

키가 큰 남자가 그렇게 코웃음치며 놀리자 키가 작은 남자는 잠시 입을 다물었다.

"———얼른 안으로 들어가자고요. 요즘은 퇴마 일만 해서 피곤하니까."

"나와는 달리 정화도 못하는 네가 왜 피곤한 건데? 써먹지도 못하는 부적을 속여서 팔기만 하는 주제에."

"써먹지도 못한다니, 너무하시네. 제가 기합을 넣고 베낀 거라고요."

"그냥 흉내내서 적기만 해선 의미가 없다고. ――우선, 들어갈까? 얼른 이 열쇠고리를 싸게 팔아달라고 교섭하자고. 좋아, 인터폰을 눌러."

"네. 음, 인터폰이 어디 있지? 우와, 형식이 낡아빠진 집에 최신기기라니, 안 어울린다고~."

그렇게 비웃으며 버튼 쪽으로 손을 남자들을 높은 곳에서 내려다보는 존재들이 있었다.

전통식 대문 위에 앉아 있고, 꼬리의 색이 각각 다른 담비 세 마리다. 바로 산신의 권속들이다.

그 세 쌍의 까만 눈에는 힘이 바짝 들어가 있고, 신성한 존재임에도 불구하고 무시무시한 먹구름까지 등지고 있었다.

엄청나게 불쾌한 상태다.

"논밭보다 네놈들 냄새가 훨씬 더 지독하다."

양쪽 앞발로 코를 막고 있던 우츠기가 낮은 목소리로 그렇게 말했다.

"방금 그거, 혹시 산신님 흉내야?"

"비슷하던데요."

토리카와 세리가 맥빠지는 듯한 목소리로 말했다. 하지만, 표정은 굳어 있었다.

세리가 두 눈을 깜빡였다.

"저 녀석들의 냄새가 눈까지 파고드네요. 강렬해요."

"그래, 이렇게까지 혼에서 냄새가 나는 녀석들도 드문데. 아니, 처음이야."

토리카도 한없이 인상을 찌푸리고 있었다.

성격이 썩어빠진 인간의 혼은 악취를 풍긴다.

신적 존재들에게 있어서는 꺼림칙한 녀석들이다.

원래는 그런 녀석들에게 다가가지 않는다. 보는 것만으로도 참을 수가 없기에 곧바로 악취가 느껴지지 않는 곳으로 피했을 것이다.

하지만 지금은 그럴 수가 없다.

이 집을 지키는 건 맡겨달라고 미나토와 약속했으니까. 신은 결코 약정을 어기지 않는다.

세 마리는 한순간도 눈을 돌리지 않고 계속 감시했다.

에취. 재채기를 심하게 하던 우츠기가 코를 문질렀다.

"으으, 냄새나. 저 녀석들 냄새는 그거 같네. 작은 쪽은 달걀이 썩은 냄새. 악질적인 쪽은 우유가 썩은 거———."

"그만둬, 우츠기. 더 이상 말하지 마라. 달걀이나 유제품을 먹을 때 생각날 거다."

토리카가 말리자 우츠기의 꼬리가 화악, 부풀어 올랐다. 그렇지 않아도 촉촉하던 눈에 습기가 더욱 강해졌다.

"으으, 그렇겠지. 실수했다~."

버둥버둥, 재주도 좋게 지붕 위에서 굴러다니기 시작했다.

그 옆에서 턱을 든 세리가 산신에게 염화로 의사를 전달하기 위해 두 눈을 가늘게 떴다.

『산신님, 불청객들이 왔습니다.』

갑작스럽게 머릿속에서 세리의 목소리가 울리자 산신이 멈춰

섰다. 그 하얗고 커다란 몸집을 사람들과 자전거가 피해서 지나갔다.

그곳은 길 한복판. 산신과 미나토는 남부의 중심지에 있는 출판사로 가기 위해 길을 걸어가고 있었다.

정보지를 내려다보고 있던 미나토는 산신의 상태를 눈치채지 못하고 그대로 계속 나아갔다.

"———음. 스테이크집이 오른쪽에 있으니까, 조금 더 가서 첫 번째 교차로에서 오른쪽으로 꺾으면———, 되는 것 같아."

옆을 보고 큰 늑대가 없다는 것을 알고는 어깨 너머로 돌아보았다.

길 한가운데에 당당하게 선 산신이 눈을 반쯤 뜬 채 귀를 뒤쪽으로 접고 있다. 목소리를 내지는 않았지만, 입도 약간 벌렸다 다물고 있었다.

익숙한 그 모습은 권속들과 염화로 대화 중이라는 걸 금방 짐작할 수 있었다.

"집중하고 있는 모양이네……."

시간이 조금 걸릴 것 같다. 길에서 그냥 서 있는 것도 심심하다.

나무 조각상에 달 것을 찾기로 결심한 미나토는 주변을 둘러보았다.

고색창연한 전통식 상점이 늘어서 있는 그 거리에는 식당이 많았다. 잡다한 향기가 풍기는 그 근처에는 찾고 있던 잡화점이 없었다.

"조금 앞에 잡화점이 있을 텐데……."

다시 손 근처를 내려다 보려던 와중에 갑자기 어떤 골목이 시야에 들어왔다.

골목은 그곳 말고도 여러 군데 있을 텐데, 왠지 거기만 이상하게 신경이 쓰였다.

딱히 그곳에 무언가가 있는 것도 아니었다. 표식으로 삼을 만한 것도 없고 그냥 좁은 골목으로 들어가는 입구에 불과했다.

하지만 왠지 묘하게 끌렸다.

힐끔 돌아보니 눈을 가늘게 뜬 산신이 이쪽을 향하고 있었고, 보고 있다는 건 분명했다. 조금 떨어지더라도 문제는 없을 것이다.

산신은 나름대로 나이가 꽤 들었다.

미나토는 길을 메우고 있던 사람들 사이를 지나 골목으로 다가갔다.

마치 이끌리는 듯이 골목으로 다가가는 미나토를 시야 구석으로 보며 산신이 염화를 통해 세리에게 물었다.

『———그래서, 불청객들은 어떠한 자들이지?』

묵직하고 엄숙한 목소리가 대기를 뒤흔들었다.

그 등에 올라타서 긴 털로 장난을 치고 있던 바람의 정들이 일제히 하늘로 도망쳤다. 털이 갑자기 가라앉았다.

『냄새가, 엄청 심해! 이렇게 냄새나는 녀석들은 처음이야! 진짜! 토할 것 같아!』

힘차게 대답한 것은 우츠기였다.

『설명이 안 되잖아. 전부 사실이긴 하다만.』

토리카가 그렇게 말하자 산신이 코웃음치고는 콧등에 주름을 마구 드러냈다. 고개를 돌리고는 세 방향을 노려보았다.

혼에서 악취를 뿜어내는 자들은 그리 드물지 않다.

앞쪽에서 빠른 걸음으로 다가오는 젊은 여자도, 몸을 움츠린 채 옆을 지나친 중년 남자도, 뒤쪽에서 스마트폰을 향해 큰 소리로 말하고 있는 중년 여자도. 다들 마찬가지다.

『악취를 흘리고 다니는 자들은 세상에 차고 넘칠 만큼 많다. 요즘 산에 들어오는 자들은 그렇지 않으니 그대들은 모를 테지만.』

뒤쪽에 있던 중년 여자를 향해 권속들과 후각을 공유했다.

『자, 이처럼――.』

있는 힘껏 코로 악취――, 잔반 같은 냄새를 들이마셨다.

『끄아아악~!!』

세 마리의 비명이 머릿속에 박히자 산신의 털이 곤두섰다.

이심전심인 산신 가족이 멀리 떨어진 곳에서 동시에 끙끙댔다.

아무튼, 권속들이 입은 대미지는 원흉인 산신과 비교도 되지 않았고, 신음이 그치지 않았다.

곱게 자란 권속들에게는 자극이 너무 심했던 모양이다.

산신은 조금 반성했다.

권속 세 마리는 예전에 음양사인 하리마에게서 미나토가 부정함을 탄 신의 퇴치를 의뢰받았을 때 다른 현으로 가서 그 신의 신역을 억지로 열어주기 위해 함께 간 적이 있다.

그렇게 이동할 때 셀 수 없을 만큼 많은 사람들과 스쳐지나갔지만, 부적을 잔뜩 지닌 미나토 곁에서 한시도 떨어지지 않았다. 아니, 찰싹 달라붙어 있었다.

미나토가 정화의 힘을 담아 적은 글자는 시원스러운 향기를 뿜어낸다.

다시 말해, 그 향기가 지켜주었기에 산 자의 악취로 인해 피해를 입지는 않았다.

그밖에도 미나토가 아마테라스의 신역에 끌려들어가서 구해주러 갔을 때는 다른 곳을 쳐다보지도 않고 일직선으로 갔기에 산 자를 신경 쓸 여유조차 없었다.

가끔 산신의 본체인 산에 들어오는 인간도 있지만, 소수다. 매번 멀리서 감시하기만 할 뿐, 가까이 다가간 적도 없다.

그렇기에 그들은 산 자의 냄새를 미나토와 하리마 사이가의 냄새밖에 알지 못했다.

『성격이 썩어빠진 녀석들이 두 명. 미나토의 열쇠고리를 노리고 쳐들어 온 모양입니다.』

시간이 조금 지나자 힘없는 세리의 목소리가 산신에게 들렸다.

푸른 하늘을 올려다보고는 소리를 내며 코로 숨을 쉬면서 잠자코 들었다.

『퇴마 일이라고 했으니 음양사 아닐까요? 하지만 효과가 없는 부적을 속여서 판다고도 했으니 아닐지도 모르겠습니다. 그리고 이곳에 가끔 찾아오는 안경 쓴 남자와는 달리 차림새가 분위기가 경박합니다.』

신선한 공기로 기분 전환을 한 산신이 정면을 보자 사람들 사이에서 미나토의 모습은 이미 보이지 않았다.

하지만, 그 모습을 놓칠 일은 없다. 강렬한 빛에 감싸인 인간은 그밖에 없다. 그 사실을 본인도 이해하고 있기에 마음대로 행동하고 있을 것이다.

그런 미나토를 어떻게 해볼 만한 사악한 존재도 이 세상에 그리 많지 않을 테고.

그리고 딱히 걱정할 필요는 없을 것이다. 지켜줄 필요가 있는 나이도 아니고, 이곳 일대는 치안이 딱히 안 좋은 곳도 아니다.

『세리. 잠시 상황을 지켜보거라.』

『알겠습———.』

『아!』

세리의 목소리를 우츠기의 큰 목소리가 밀어냈다.

그 목소리가 머릿속에 울리자, 산신이 짜증난다는 듯이 고개를 저었다.

『시끄럽다. 무슨 일이냐.』

『달갈이 썩은……, 아니, 냄새나는 쪽이 문을 열어젖히려 하고 있어!』

『억지로 열려고 한다는 게 정확한 표현이겠지』

의외로 꼼꼼한 토리카가 그렇게 정정했다.

실제로 키가 작은 남자가 큰 소리로 외치며 문을 두드리고는 억지로 열려 하고 있었다. 아무런 대답도 들리지 않는 인터폰 때문에 인내심이 바닥난 모양이다.

그 모습은 마치 깡패 같았다. 결코 부탁을 하려고 찾아온 사람의 집에서 해도 되는 행동이 아니다.

우츠기가 인간들을 노려보았다. 괘씸하기 짝이 없는 짓을 하고 있는 건 키가 작은 남자뿐이지만, 키가 큰 남자도 말리지 않았으니 마찬가지다.

『몇 번을 불러도 나오지 않았으니 집을 비웠다는 건 알고 있겠지? 믿기지 않네, 문도 잠겨 있는데. 저번에도 문을 걷어 차려 했던 녀석이 있었고, 인간들 중에는 이렇게 예의가 없는 녀석들이 많나……?』

우츠기의 목소리는 분노로 인해 떨리고 있었다.

『많다고는 하기 힘들겠다만, 적다고도 할 수는 없을 게다.』

산신은 그렇게 말하면서 머리 한구석으로 생각했다.

쿠스노키 저택에 찾아노는 사람 자체가 극단적으로 적음에도 불구하고 이번에도 그렇고 저번에도 그렇고, 악질적인 인간들만 오는 것 아닐까.

미나토가 분에 넘치는 행운을 끌어들여 버린 반동일지도 모르겠다.

『아! 영력을 지닌 녀석이 문 옆에 침을 뱉었어!! 정말! 미나토가 날마다 깨끗하게 청소하는데!』

우츠기의 성난 목소리로 인해 생각이 중단되었다.

산신은 세 마리의 분노를 똑똑히 느끼고 있었다.

『―――그대들 마음대로 하거라.』

묵직한 목소리를 염화에 실어 보냈다.

『앗싸~!』

제일 먼저 기뻐한 우츠기가 뛰어올랐다.

『네, 그렇게 하겠습니다.』

『그래, 반드시 후회하게 해주겠어.』

눈을 번득이던 세리와 우츠기가 마치 한파처럼 싸늘한 목소리로 대답했다.

○

그리고 미나토.

그가 훌쩍 발을 내디딘 곳은 평범한 골목에 불과했다. 벽으로 둘러싸여 있고, 건물의 그늘이 드리운 길이 뻗어 있기만 했다.

그곳을 천천히, 신중하게 걸어갔다. 자신의 감을 믿고.

미나토는 악령의 기척을 감지하지 못한다.

하지만, 주위의 공기 차이를 느끼는 것 정도는 할 수 있다.

건물 하나를 지나자 뒤쪽에서 들리던 시끌벅적한 소리가 들리지 않게 되었다. 조금 넓어지거나 좁아지는 골목을 조금씩 나아갈 때마다 공기의 층이 바뀌었다. 반팔 너머로 드러난 팔에 닿은 바람이 축축해지기 시작했다.

주위에는 사람뿐만이 아니라 동물이나 벌레도 없었다.

무엇보다, 바람의 정이 전혀 없었다.

평소였다면 뭔가 장난———, 바람을 불어대거나 몸통박치기를 했을 텐데, 전혀 그러지 않았다.

감각을 곤두세우고 평소와의 차이와 변화를 머릿속에 새겨 넣었다.

잠시 후, 앞쪽에 T자 골목이 보였다.

여기까지 오니 습도와 불쾌감이 더욱 강해졌다. 숨이 조금 막히는 느낌도 들었다.

T자 골목까지 열 몇 발짝 떨어진 위치에 다가간 순간, 한쪽 길에서 까맣고 작은 동물이 불쑥 튀어나왔다.

미나토가 눈을 크게 떴다.

펭귄이다. 왠지 모르겠지만 뒷골목에 펭귄이 있다.

말도 안 되는 조우로 인해 여우에게 홀린 듯한 기분이 들었다. 물론, 좀 전에 헤어진 츠무기가 아니다.

그건 그렇고, 펭귄의 키는 미나토의 무릎 정도였다. 까만 정수리에 흰색 머리띠 같은 무늬가 있었고, 부리와 다리는 선명한 주황색이었다.

젠투펭귄이다.

머릿속으로 그렇게 생각하던 미나토를 펭귄은 전혀 신경 쓰지 않았다. 지느러미 날개를 펼치고 아장아장 걸어가더니 다음 순간에는 급가속했고, 대각선 위쪽으로 높게 뛰어올라서 부리로 악령을 찔렀다. 그리고 입을 크게 벌리고는 곧바로 다물고 착지했다.

꿀꺽. 위쪽으로 향한 그 목 안으로 덩어리가 떨어져 내렸다.

가만히 서 있던 미나토는 그 동작을 그저 멍하니 바라보고만 있었다.

악령은 보이지 않았지만, 답답한 느낌과 습기가 희미해졌다는 건 느껴졌고, 펭귄이 악령을 먹었다고 짐작할 수 있었다.

약간 징그러운 느낌이 들긴 했지만, 그 통통한 체형과 눈을 가늘게 뜬 채로 만족스러워하는 옆얼굴은 꽤나 사랑스러웠다.

꺼억, 트림을 한 펭귄이 그제야 미나토 쪽을 보았다. 잠시 빤히 바라본 다음, 미나토를 향해 타박타박 걸어왔다.

곁으로 다가온 걸 보니 진짜가 아니라 인형이라는 걸 눈치챘다. 게다가———.

2

"———아, 너, 그때 그……?"

그 하얀 배 아래쪽에 적힌 '2호'라는 글자를 예전에도 본 적이 있었다.

———미나토가 초등학생이었을 무렵, '쿠스노키 여관'에 찾아온 숙박객의 부탁으로 해양 생물 도감을 빌려준 적이 있었다.

그때 그 손님이 물었다.

'넌 이 도감에 나온 것들 중에 뭘 좋아하니?'라고.

당시에 마음에 드는 생물들을 솔직하게 가르쳐 주었다.

그 이후에 도감을 돌려주면서 '만들었어'라고 하며 보여준 인형 중에 그 펭귄이 있었다.

그리고 '번호를 매겨줬으면 좋겠다'고 했기레 미나토가 매겨주었으니 이름을 지어준 거나 마찬가지다.

발치에서 올려다보고 있는 그 정겨운 펭귄을 보고 미나토의 기억이 더 생생하게 되살아났다.

"너 말고도 잔뜩 있었지."

무심코 평소 버릇으로 말을 걸자, 고개를 끄덕인 펭귄이 지느러미 날개를 퍼덕였다. 미나토는 놀라운 기색을 감출 수가 없었다.

펭귄은 그냥 인형이었을 텐데. 어째서 진짜 생물처럼 움직이고, 사람의 말까지 알아들을 수 있는 걸까.

의문만 들긴 했지만, 태어났을 때부터 요괴들과 함께 살았고, 지금은 신적인 존재들에게 둘러싸여 살고 있고, 현직 음양사 중에 아는 사람도 있다.

어느 정도 기묘하다고 해서 소동을 피울 필요는 없다.

수상쩍은 분위기도 사라졌기에 미나토는 마음 편히 물었다.

“그 커다란 흑고래나 상어들도 지금 함께 지내는 거야———?”

갑작스러웠다. 그림자가 드리우나 싶더니 머리 위에서 거대한 백상아리가 덤벼들었다.

아니, 아양을 떨고 있다. 미나토의 몸이 비스듬이 기울 정도로 몸을 비벼대며 지느러미도 파닥이고 있다.

마치 생이별한 가족과 다시 만난 것처럼 힘찬 반응이었다. 그 하얀 배에는 ‘1호’라고 적혀 있었다.

“기, 기운이 너무 넘쳐……! 아프진 않지만.”

상어처럼 꺼끌꺼끌하지 않고 푹신푹신했다.

워, 워, 그렇게 두 팔로 끌어안고 달래주고 있자니 다른 녀석이 나타났다.

끼익, 모퉁이를 직각으로 돌아온 흑고래가 달려들었다. 그들은 공중을 마치 물속처럼 헤엄쳤다. 상어 반대쪽에서 머리를 슥 내밀어서 시야가 가로막혔다.

———기억하고 있나. 눈빛으로 그렇게 물으며 배에 적힌 ‘5호’라는 글자를 보여주었다.

“기억하고 있어. 그런데, 어째서, 움직이는……, 자, 잠깐만 기다리라니까.”

거대한 몸집 사이에 낀 미나토가 파묻혀 버렸다.

잠시 그렇게 놀고 있자니 펭귄이 고개를 번쩍 들었고, 다른 인형들도 미나토에게서 물러섰다.

바다의 생물들이 미나토를 중심으로 한바퀴 돌고 나서 원래 왔던 골목으로 헤엄쳐갔다.

"이봐~, 얘들아~, 돌아가자~!"

그와 동시에 모퉁이에서 어떤 남자가 소리치며 나타났다.

거대한 몸집들 사이에 슬쩍 보인 그 사람을 보고 미나토는 오늘 두 번째로 여우에 홀린 듯한 기분이 들었다.

"멋대로 돌아다니면……, 아니, 헤엄쳐 다니면 안 되잖아."

그렇게 쓴소리를 하던 전통복 차림의 중년 남자는 파나마 모자를 쓰고 있었다. 차림새와 특이한 모습뿐만이 아니라 얼굴도 예전에 본 적이 있었다.

"카츠라기 씨……?"

예전에 서투르게 만든 명패를 매우 칭찬해주었을 뿐만이 아니라 거금까지 지불하며 사주었던 그 손님이다.

그리고 해양 생물의 도감을 참고해서 바다 생물 시리즈를 만든 장본인———, 카츠라기 스미노죠다.

한 번만 왔던 손님이긴 하지만, 그 이름을 잊을 리가 없다. 처음으로 명패에 새긴 다른 사람의 이름이기도 했다.

놀랍게도 그 외모는 전혀 변하지 않았고, 감색 전통복과 파나마 모자도 기억하는 모습과 마찬가지로 과거 그대로였다.

어째서 늙지 않은 걸까.

그 이후로 세월이 10년 넘게 지났는데.

왜냐하면, 미나토 앞에 있는 사람은 하리마의 동료, 카츠라기 코테츠이기 때문이다.

어렸을 때 만난 사람은 카츠라기의 아버지였다.

카츠라기 부자는 마치 동일 인물인 것처럼 닮았고, 특이한 그 파나마 모자까지 쓰고 있으니 착각하더라도 어쩔 수 없을 것이다.

그 사실을 알지 못하는 미나토는 두 눈을 크게 뜬 채 멍하니 서 있었다.

"자, 가자고. 서둘러, 서둘러. 잔소리가 심한 녀석이 화가 잔뜩 났다고. 아얏."

코테츠는 미나토를 보지 못했다. 상어에게 머리를 물어뜯긴 채 돌아서서 멀어져 갔다.

"이놈, 적당히 깨물라니까."

그런 목소리가 들리긴 했지만, 깨문다는 수준이 아니었다.

눈 깜짝할 새에 기묘한 무리가 떠나버리자 미나토는 마치 꿈이라도 꾼 것 같다는 생각이 들었다.

미나토는 카츠라기의 아버지가 퇴마사라는 사실을 모른다.

손님들에게 직업이나 사는 지역에 대해 묻는 것을 금지하고 있었기에 물어보지도 못했다.

온천 여관에는 일상을 잊기 위해 찾아오는 손님들도 많다.

그럼에도 불구하고 종업원이 일상을 떠오르게 만드는 질문을 적극적으로 한다면 주객전도나 마찬가지다. 아무리 어린아이라 해도 용납될 일이 아니다. 그것이 쿠스노키 가문의 규칙이었다.

하지만, 손님들이 먼저 말하는 경우도 있다.

카츠라기도 그중 한 명이었고, 이렇게 말했다.

'아저씨는 전국을 여행하면서 나쁜 녀석들을 퇴치하고 있어'라고.

"카츠라기 씨가 음양사였구나."

그 무리가 골목 모퉁이를 돌아갈 때까지 바라보던 미나토가 감정을 담아 그렇게 말했다.

그 착각을 바로잡아줄 친절한 사람은 없었다.

"———그러고 보니 3호하고 4호가 없던데……."

범고래 한 쌍이다. 일반적인 범고래처럼 등이 까맣고 배가 하얀 범고래와 그 배색을 반전시켜 흰색 기반인 범고래가 있고, 그 두 마리가 카츠라기 곁을 항상 따라다녔는데.

"카츠라기 씨, 잘 지내는 모양이네."

부드러운 표정을 지으며 발걸음을 돌렸다.

○

미나토의 존재를 전혀 눈치채지 못했던 카츠라기 코테츠는 식신 일행을 데리고 빠른 걸음으로 좁은 골목을 걸어가고 있었다.

길이 식신 군단으로 막혀 있어서 아무도 없는 지금은 문제가 없지만, 길이 열리면 문제가 될 것이다.

"슬슬 틀로 돌아가고 싶은 식신~?"

명령이 아니라 질문이었다.

틀의 지정석인 품속을 살짝 보여주며 그렇게 말했지만, 아무도 대답하지 않았고, 돌아오지도 않았다. 딴청을 피우며 카츠라기 앞에서 뛰쳐오르거나 양쪽을 날아다니고 있다.

다들 단호하게 거부한다. 고집이 너무 세다.

"———돌아와줘. 조만간 다시 불러낼 테니까, 응?"

흥, 그렇게 제각각 고개를 돌렸다. 오랜만에 실체를 얻었기에 악령을 더 먹고 싶어했다.

식신들은 아버지가 만들어내고 아들에게 맡긴 존재들이다. 그렇기에 코테츠는 식신들을 소중하게 대해주었고, 최대한 그들의 의지를 존중해 주었다.

좋은 말로 하면 그렇지만, 사실은 엄청나게 응석을 받아주고 있다.

그런 식신들을 달래고 부탁하던 동안, 목적지가 보이기 시작했다. 좁은 구역 양쪽에 붙어 있는 집 세 채, 전부 빈 집이다.

좀 전까지 가득 차 있던 독기가 가신 그곳 일대에는 사람들에게 버려진 쓸쓸한 풍경만 펼쳐져 있을 뿐이었다.

그곳 가운데 근처, 민가 틈새에서 어떤 남자가 비틀거리며 나왔다.

오늘 악령 정화 임무를 함께 맡은 상대———, 이치죠였다.

음양사는 반드시 두 명 이상 함께 행동할 의무가 있고, 단독행동은 용납되지 않는다.

물론, 악령 퇴치가 위험하기 때문이다.

식신들은 이치죠를 보자마자 차례차례 틀로 되돌아갔다. 샤샤, 샤샤, 스스로 카츠라기의 품속으로 뛰어들었다.

"뭐야, 갑자기……. 그렇게 싫어하더니……. 너희는 정말 변덕스럽구나. 누굴 닮은 건지."

아버지도, 오랫동안 함께 지낸 코테츠도 닮지 않았다.

아무튼, 이치죠는 잠깐 떨어져 있던 동안에 왠지 모르겠지만 정말 불쌍한 꼴이 되어 있었다.

옷과 머리카락은 흐트러지고 지저분해져서 마치 태풍 속을 억지로 뚫고 온 것 같았다. 식신들을 찾으러 가기 전에는 흰색 정장 차림이라 엉뚱한 방향으로 눈에 띄는 모습이긴 했지만.

"———이치죠. 너, 무슨 일이야?"

카츠라기가 말을 걸었지만, 무릎에 손을 대고 몸을 앞으로 숙인 이치죠는 신음 소리만 내고 있었다. 필사적으로 산소를 들이마시고 있다.

그렇게 지친 모습이긴 했지만, 짜증난다는 걸 숨기지 않는 표정을 보니 걱정할 필요는 없을 것 같았다.

카츠라기가 이치죠의 얼굴을 들여다 보며 물었다.

"회오리바람에라도 휩쓸린 거야?"

오랫동안 침묵한 다음, 이치죠가 숨을 크게 내쉬었다.

"……아무것도, ……아닙니다."

자세를 바로잡고는 옷깃도 가다듬었다. 매우 태연한 척하고 있다.

이치죠는 자존심만은 다른 사람들보다 훨씬 강했고, 약한 모습을 보이는 것을 극단적으로 싫어한다. 불평이나 불만을 털어놓는 것은 소꿉친구 겸, 절찬리에 짝사랑 중인 호리카와 시오리뿐이다.

호리카와가 보기에는 한없이 민폐에 불과하지만.

"호오, 그러셔?"

알고 지낸 지 오래 된 카츠라기도 그 사실을 알고 있었기에 더 이상 캐묻지는 않았다.

그런 한편, 이치쵸는 떨리는 두 다리에 힘을 주고 서 있었다. 등을 쭉 펴는 것조차 기력과 체력이 많이 필요했다.

좀 전에 나에게 쏟아져 내린 재난이라고 할 수밖에 없는 사건은 대체 뭐였을까. 전혀 이해가 되지 않는다.

하지만, 산신으로 인해 등골이 오싹해지는 경험을 하게 되었던 남자는 사고가 중단되는 것은 익숙했다.

오늘 임무는 카츠라기와 함께 악령의 소굴이 된 거주 구역의 악령을 정화하는 것이었다.

조금 골치 아픈 악령을 처치한 뒤에는 떨거지 무리에 불과하다.

형태도 잡히지 않을 만큼 약한 악령이라면 카츠라기의 식신이 큰 도움이 된다.

그들에게 맡기고 마지막 한 채의 악령들을 거의 다 정화했을 때, 갑자기 카츠라기의 식신들이 그곳을 떠나버렸다.

『얘들아, 어디 가는 거야?! 이치쵸, 미안해, 뒷일은 부탁한다!』

대답을 기다리지도 않고 쫓아간 카츠라기를 생각하니 어이가 없었다.

자신의 식신을 제어하지도 못하다니, 음양사라고 할 수도 없다.

"애초에 대체 뭐냐고, 그 식신들은……."

돌멩이를 걷어차며 짜증난다는 듯이 말했다.

왜 해양 생물들뿐인데?

그리고 귀여운 생김새 때문에 긴장감이 떨어지는 것도 문제다. 악령들을 모조리 먹어치우는 모습은 무시무시하지만.

게다가 1회용도 아니고 몇 번이나 실체를 얻어 명령을 수행하는 식신은 있을 수 없을 텐데.

———이치죠 가문에 전해져 내려오는 술법으로는 결코 만들어 낼 수가 없다. 그렇게 강력하고 써먹기 편한 것을.

혀를 세게 찬 이치죠가 이번에는 길가에 굴러다니던 고무공을 걷어차려 했다.

그 순간, 돌풍이 불었다.

아무런 전조도 없이 집들의 창문과 나무가 크게 흔들릴 정도로 센 바람이 이치죠의 등을 덮쳤다.

비틀거리던 이치죠의 온몸에 식은땀이 흘렀다.

이 바람은 다르다.

작년 늦여름, 그 기묘한 영역에서 끊임없이 몰아치던 풍압 정도는 아니다. 신위가 진하게 담겨서 숨이 막히는 바람도 아니다.

머리로 그 사실을 이해하고 있으면서도 몸이 조건반사적으로 반응을 보였다.

이곳에서 한시라도 빠르게 도망쳐야만 한다.

신속하게, 가급적 빠르게, 조금이라도, 약간이라도 멀리.

순간적으로 솟구친 충동으로 인해 이치죠의 가죽 구두가 땅을 박찼다.

불행히도 그곳은 좁은 골목이었다.

포장도 제대로 되어 있지 않아 기복이 심했고, 하수구 덮개도 제대로 닫혀 있을지 수상쩍었다.

그중 한 곳에 발이 걸렸나 싶더니 앞에서 굴러다니던 고무공을 밟아버렸다.

기세를 이기지 못한 몸이 벽에 정면으로 충돌했고, 시끌벅적한 소리를 내며 튕겨져 나왔다.

하지만, 그 정도로 이치죠의 도주를 가로막을 수는 없었다.

지금은 업무 중이라 해도 상관없다. 목숨이 무엇보다 중요하다.

어서, 어서, 그렇게 마음이 급해졌고, 그에 따라 다리도 저절로 앞으로 나아갔다.

초조한 마음이 시야를 좁게 만들었고, 사고력도 빼앗아 갔다.

다시 담장에 살짝 부딪힐 뻔하다가 그 담장을 손으로 밀쳐낸 반동으로 인해 비틀거렸지만, 버티고 서서 넘어지는 상황을 피했다.

안심한 것도 잠시, 퍼억, 등에 충격이 느껴졌다.

"야옹~!"

담장에서 뛰어내린 커다란 들고양이가 밟은 것이다.

"냐아~!"

메인쿤이 한 번 더.

"야아~!"

그리고 브리티시 숏헤어가, 랙돌이 달려들었다. 대형 고양이 무리가 술래잡기를 하던 도중에 이치죠의 등을 발판으로 삼아 차례차례 담장을 뛰어넘어갔다.

그럴 때마다 하얀 등이 짓밟혔고, 골목 안쪽으로 밀쳐졌다.

그리고 마지막. 두 팔로 공중을 헤집던 이치죠의 옆구리를 쿠웅, 짓밟은 라거머핀이 뛰어갔다.

가엾은 이치죠는 결국 땅에 엎드려 버렸다.

길 위에서 주먹을 꽉 쥔 이치죠는 알지 못했다.

그 근처 골목에서 미나토가 신중하게 걸어가고 있다는 사실을.

미나토에게는 사령이 가호를 내려주었다.

네 발자국 형태인 그 가호는 미나토의 양쪽 어깨, 등에 달라붙어 있고, 복을 가져다 주는 효과뿐만이 아니라 악연이 따라붙지 못하게 해주는 효과도 있었다.

그렇기에 그 가호가 풀가동되며 인간성에 문제가 매우 많은 자신이 그 효과로 튕겨져 나와버렸다는 사실을 전혀 알 수가 없었다.

———이상이 이치죠를 덮친 사건이다.

앞으로도 이 남자가 미나토를 만날 수 있을 확률은 0에 가까울 것이다.

하지만 이치죠에게도 그게 더 좋은 일일지도 모른다.

○

어둑어둑한 골목을 나아가던 미나토의 앞쪽에 사람들이 오가는 길이 보였다. 밝은 그곳은 마치 다른 세계처럼 느껴졌다.

그곳까지 몇 발짝 남은 위치에 갔을 때, 밝은 덩어리가 들어왔다.

산신이다. 떠다니는 듯이 걸어다니는 눈부신 몸이 골목을 밝게 비추었다.

"산신 씨."

그렇게 부른 미나토를 힐끔 본 산신이 미나토의 뒤쪽을 보았다.

"무슨 일이 있었는가."

"정겨운 사람을 만난 것 같기도 하고, 못 만난 것 같기도 하고……?"

"그게 무슨 소리인고."

소리를 내며 코웃음친 산신이 돌아섰다.

그 뒤를 따라가던 미나토가 약간 걱정되는 듯이 물었다.

"아무것도 아니야. 산신 씨는? 집에 무슨 일이 생겼어?"

"아니, 딱히 아무 일도 없다."

산신은 담담한 목소리로 말했다.

"그렇구나. 그럼, 출판사로 갈까?"

"그러기 전에 끌리는 향기가 있구나. 이건 틀림없이 극상의 으깬 팥소다."

"그래, 그래, 그쪽으로 먼저 가야겠네."

신이 난 발걸음으로 걸어가는 하얀 몸과 느긋한 발걸음으로 걸어가는 날씬한 몸이 길로 나선 순간, 많은 사람들이 길을 슬쩍 비켜주었다.

# 제 6 장 닿지 않는 연문

산신이 애독하는 것은 무사시 출판사에서 발행하는 정보지뿐이다.

왜 그 잡지만 편애하는가 하면, 무사시 출판사 사장의 조상과 친밀한 사이였기 때문이다.

당시에는 정보지가 아니라 찰흙판의 시대였다.

산신은 꽤 자주 산에서 내려와 거리를 돌아다녔다. 물론, 단것을 찾아서.

그렇게 돌아다니던 와중에 쫓아와서 앞으로 돌아온 다음, 엎드려 절하며 앞을 막은 중년 남자가 있었다.

그 사람이 무사시다.

사람들과 말들이 잔뜩 오가면서 흙먼지를 피우고 있는 길 한복판에서 그런 일이 벌어진 것이다.

『늑대님, 부디, 부디 저희 아이를 살려주십시오.』

무사시는 그렇게 말하며 엎드리고는 반쯤 깎은 머리를 땅에 조아리며 몇 번이나 큰 소리로 애걸했다. 한 마디도 말을 하지 않은 큰 늑대를 향해서.

아무리 사람이 아닌 존재를 인식할 수 있는 자들이 많았던 시대라고는 해도 모두가 그런 것은 아니었다.

이 마을의 유명인이 갑작스럽게 이상한 행동을 하자 그 모습을 목격해버린 마을 사람들은 의아해하는 눈빛으로 보며 고개를 돌렸다.

무사시의 어린 외아들은 팔에 큰 상처를 입었고, 제대로 치료도 받지 못한 채 떨어져 나갈 상황에 처해 있었다. 의학 지식이 발전되지 않았던 무렵에는 그리 드문 일이 아니었다.

산신은 어떤 요구와 맞바꾸어 아이를 구해주었다.

예전부터 산신은 민초들에게 하고 싶었던 말이 있었기에 마침 안성맞춤이기도 했다.

산신의 본체인 산에 공물을 바치는 자들이 예전부터 있었지만, 그들과 대화가 제대로 성립되지는 않았다. 험상궂은 큰 늑대를 두려워하며 산신이 요구하지도 않은 술이나 날곡식 같은 것들만 바치고 있었던 것이다.

그리고 산 제물――, 인신공양 또한 이루어지고 있었다.

그런 것을 바치더라도 전혀 양식이 되지 못한다. 찌거나 구워서 먹을 생각이 들지 않는다.

그렇기에 '신은 산 제물(인육)을 원하지 않는다고 세상에 널리 알리거라'라고 요구했다.

'나는 단것을 좋아한다. 으깬 팥소는 더욱 좋지. 제철 음식도 선호한다'라고 덧붙여 말했던 것은 장난기에서 나온 발언이었다.

'반드시 널리 알리겠습니다', 그렇게 약속한 무사시는 그 약속을 충실하게 지키며 찰흙판, 구전, 온갖 방법으로 진실을 전했고, 몇 년 정도 지나자 산 제물을 바치는 일은 거의 없어졌다.

완전히 사라지지 않았던 이유는 끔찍한 인습을 고집스럽게 지키려 하는 녀석들이 언제 어디에나 있기 때문이다.

그 자들을 깊은 산속 신역에 슬쩍 던져놓고 '그대들이 제물이 되거라'라고 협박하면서 하룻밤 내내 쫓아다닌 적도 있긴 하지만.

무사시는 그밖에도 산신이 거리에 나타났을 때는 반드시 단것 가게로 안내해주고 아낌없이 공물(단것)을 바쳤다.

그리고 산신이 가끔 찰흙판을 본다는 사실을 알자마자 거기에 단것 가게의 정보를 싣게 되었다.

그런 모습은 정보지로 바뀐 지금도 계속 이어지고 있고, '언제든 마을로 와 주십시오'라는 의미가 담겨져 있다.

그런 무사시가 세운 출판사는 건물들이 모여 있는 남부 중심에 있다.

몇 달 전, 이곳으로 옮겼다고 한다. 폭 차이가 두 배 이상 나는 건물 옆에 서 있는 길고 얇은 철근 콘크리트 건물은 새로 지었다는 것만이 장점이었다.

그 건물의 현관———, 양쪽으로 열리는 방식인 유리문으로 다가가는 한 남자가 있었다.

아직 20대지만, 그 평범한 외모에서 생기가 빠져나가 있었고,

몸을 움츠리고 있기도 했기에 열 살은 더 들어보였다. 앙상해진 그 모습은 건강에 문제가 있는 것처럼 보였다.

그 남자는 무사시 출판사의 기자———, 토와다 카오루라고 한다.

취재를 하고 오는 그 어깨에는 대형 가방을 메고 있다.

토와다는 한숨을 크게 쉬며 유리문을 밀어서 열었다. 무게로 인해 비틀거렸고, 가방 사이드 포켓에서 저번 달 잡지가 흘러내렸다.

"아……, 이런."

그렇게 떨어져서 펼쳐진 페이지는 화과자 특집 기사였다.

토와다는 온도가 없는 눈으로 그 기사를 바라보았다.

"———모든 과자가 잘 찍혔어. 맛있을 것 같아. 글도 짧긴 하지만 매력을 제대로 전하고 있고. 역시 나야. 이 기사를 보면 분명히 가고 싶어질 테고, 먹고 싶어지겠지. 틀림없어……."

말하던 중간부터는 목소리가 작아졌고, 자화자찬에 허무함을 느껴서 헛웃음을 지었다.

이 남자가 현재 화과자 기사의 담당자다.

입사한 직후에 정보지 창간호부터 화과자 특집 기사 페이지가 확보되어 있는 이유에 대해 들었다.

그리고 예전에는 산신님께서 가끔 마을로 내려오셔서 사장님의 조상과 술잔을 기울이고 함께 마을의 단것을 먹었다는 이야기도.

그 옛날 이야기는 한 번뿐만이 아니라 여러 번 들었다.

현재 사장이 틈만 나면 자신의 무용담처럼 떠들어대기 때문이다.

자신의 눈으로 직접 본 것도 아니고, 확실한 물적 증거가 남아 있지도 않은데——, 실제로 일어난 일인지 의심스러운데도 불구하고.

하지만, 그 사실을 굳게 믿고 있는 사장은 정보지를 읽은 산신님이 언제 올지 목이 빠져라 기다리고 있다.

산신은 몇 년 동안 남부에 오지 않았다.

토와다가 화과자 기사 담당——, 별칭 산신님 담당이 된 5년 전 이후로는 한 번도 오지 않았다. 예전 담당자 때도, 그 전에도 그랬다.

산신을 위해서만 작성된 기사만이 계속 양산되고 있다. 읽을지 어떨지도 모르는 기사만이——.

"애초에 산속 깊은 곳에 살고 있는 것 같은 신이 어떻게 지역 정보지를 손에 넣어서 읽는다는 거야? 일부러 매달 정보지를 바치는 별종이 있다는 건가?"

토와다가 어이없어하며 코웃음치는 소리가 현관 홀에 메아리쳤다.

사장의 개인적인 감정에 휘둘리고 있는 사원들은 참을 수가 없었다.

"정말, 요즘 세상은 그런 으깬 팥소 과자만으로 돌아가는 게 아니라고……."

으깬 팥소를 가장 좋아하는 것 같다는 사실로 인해 역대 담당자들은 항상 고민해 왔다.

그리고 '반드시 제철 음식을 넣을 것'이라는 명령도 받았기에 사계절마다 화과자를 주요 기사로 삼아 특집을 내놓고 있다.

저번 달 기사는 오랜만에 남부 중심이었기에 평소보다 더 기합을 넣고 썼다.

항상 그랬던 것처럼 보답받지는 못했지만.

그렇게 생각한 토와다의 표정은 어두웠다.

"그냥 마음 편히 놀러 와주면……, 그것만으로도 좋은데. 잘생겼는지 여부는 신경 쓸 필요도 없을 테고. ——늑대니까."

담당자에게 대대로 전해져 내려오는 정보다.

"우리(인간) 눈으로는 늑대가 아름다운지 추한지 알아볼 수도 없고."

늑대가 회사 로고 마크와 똑같이 생겼다는 이야기도 귀에 딱지가 생길 만큼 자주 들었다.

"꽤 험상궂은……, 아니……, 꽤 사나운, 아니야, 아니라고. ——드, 듬직한 생김새 아니야?"

빈말을 잘 하지 못하는 토와다의 눈이 이리저리 떨렸다. 무언가를 떨쳐내려는 듯이 말을 빠르게 늘어놓았다.

"산신님이 좋아할 것 같은 것들만 골라서, 산신님을 위해서만! 그런 마음을 듬뿍 담아서 매번 쓰고 있다고. 질투가 심한 모양이니까."

그렇게 전해져 내려오고 있기에 역대 기자였던 남자들은 그저 산신만 생각하며 열심히 기사를 써 왔다.

우리는 마치 닿지 않는, 읽지도 않을 것 같은 연문을 계속 보내고 있는 것 같다며 허무함만 느끼고 있었다.

"——이렇게 오랫동안 해 왔는데 전혀 와주지도 않는 산신님은 정말 매정하신 분이야, 진짜……."

평소에 쌓인 불만을 잔뜩 쏟아내며 손을 천천히 뻗어 바닥에 떨어진 잡지를 주워들려 하자——.

"윽."

웅크리고 있었던 등에 무게가 실려서 비틀거렸다.

"젠장, 아직 있었나……."

욕설을 내뱉은 그 목소리는 묻혀버릴 것 같았고, 떨리기도 했다.

후훗. 끔찍한 웃음소리와 함께 귀에 미지근한 입김이 닿자 토와다는 식은땀을 잔뜩 흘렸다.

그 몸에는 헝클어진 머리카락을 늘어뜨린 여자 악령이 달라붙어 있다.

내게서 떨어져! 사라지라고!

그렇게 있는 힘껏 소리치고 싶다. ——하지만, 그럴 수는 없다.

안쪽 문 너머에서 사람들이 이야기를 나누는 소리가 들렸다. 그 사람들뿐만이 아니라 다른 사원들도 많이 있는 직장에서 추태를 보일 수는 없을 것이다.

"크윽."

그리고 악령이 두 손으로 목을 조르고 있었기에 물리적으로도 불가능했다.

토와다는 매우 씌이기 쉬운 체질이었다.

날마다, 가는 곳마다 영적 장애를 겪곤 했다.

이 건물은 지은 지 얼마 안 되었지만, 내부는 어두워졌고, 공기도 심하게 탁했다.

애초에 주위에 있는 건물들이 더 커서 햇볕이 잘 들지 않는 탓도 있긴 하지만, 이곳은 악령들이 모여들기 쉬운 곳이기도 했다.

토와다는 이곳으로 회사를 옮긴다는 이야기를 들었을 때 반대했지만, 아무도 그의 말을 들어주지 않았다.

며칠 전부터 이 건물에 나타나게 된 여자 유령은 꽤 악질적이었다. 오늘도 최대한 취재 시간을 늘려서 버텼지만, 소용이 없었다.

아직 여기에 머물러 있었던 모양이다.

토와다는 숨을 헐떡이며 생각했다.

———산신님이 그냥 놀러 와주기만 해도 된다.

그런 순수한 마음만으로 기사를 쓰고 있다는 건 거짓말이다. 변명에 불과하다.

산신님께서 부디 악령을 정화해주셨으면 한다.

신이 마을을 돌아다니면 최근에 악령들이 묘하게 늘어나기 시작한 남부 전체도 깔끔해질 것이다.

단것을 먹으러 온 김에 오더라도 상관없다. 아주 잠깐, 여기에 들러주기만 해도 되니까———.

숨이 막히기 시작한 토와다는 매정하고 대답이 없는 산신에게 기대고 싶어졌다. 하지만———.

"———나도 안다고. 이렇게 기원해봤자 와주지 않을 거라는 사실은…….”

지금까지 몇 번이나 기원했다. 산신뿐만이 아니라 온갖 신이나 부처님에게도, 다른 나라의 신에게도.

그런 존재들이 구해준 적이 있었나. 기적이 일어난 적이 한 번이라도 있었나.

전혀 없다, 몸소 겪어 알고 있다. 셀 수 없을 만큼 절망을 많이 맛봐 왔다.

토와다는 식은땀을 흘리며 정보지를 놓았다. 그런 다음, 품속을 더듬거리며 뒤졌다.

“나도 안다고. 이 세상에는 신이나 부처님이 없다는 것도!”

종이 조각을 쥐고 뒤쪽으로 휘둘렀다.

‘악령퇴산’이라고 적혀 있다는 것을 간신히 알아볼 수 있는 그 한지가 등에 붙자, 악령이 물러났다.

———정화했나.

안심하던 토와다를 비웃는 듯이, 무게가 더욱 늘어났다.

다시 묵직하게 짓누른 악령이 독기를 뿜어내며 손으로 기자의 목을 졸랐고, 다리로 몸통을 얽어매고는 긴 머리카락으로 허공에 뻗은 팔을 휘감았다.

토와다는 몸을 굽히면서도 욕설을 내뱉었다.

“젠장, 이 부적은 뭐야! 엄청나게 비싼데 효과가 전혀 없잖아!”

짜증이 나서 견딜 수가 없다.

한 장에 20만엔 넘게 주고 샀는데 악령 한 마리조차 정화하지 못하다니, 문제가 너무 심각한 것 같다.

『이것만 있으면 악령 따위는 금방 어디론가 가버릴 겁니다!』

그렇게 말하며 부적을 판 젊은 퇴마사가 밉살스럽다.

엄청난 효과를 발휘하는 부적에 대해 알고 있기에 더욱 짜증이 났다.

3년 전, 친구에게 받은 물건이었다.

여행을 떠났던 그 친구가 우연히 만난 떠돌이 퇴마사에게서 양심적인 가격으로 샀다고 했다.

멋지게 적힌 글자와 범고래 두 마리가 그려진 그 부적을 써보니 순식간에 주위를 둘러싸고 있던 악령들을 모조리 없애주었다.

바다의 갱(킬러)이라는 별명과도 같이, 폭력적인 정화였다.

하지만, 효과는 영원히 지속되지 않는다. 몇 번 쓰자 정화하지 못하게 되어버렸다.

어떻게 해서든 그 부적을 손에 넣기 위해 친구에게 물어보니 파나마 모자를 쓰고 다니며 요즘 세상에서는 드물게 전통복을 입고 다니는 남자였다고 한다.

그 퇴마사를 찾아다녔지만, 만날 수는 없었다.

그 범고래 부적만 있으면 악령 한 마리 때문에 고생하지도 않았을 것이다.

삐걱대던 토와다의 한쪽 무릎이 바닥에 닿았다.

그 순간, 기적이 일어났다.

귀를 찌르는 듯한 악령의 단말마가 들렸다.

깜짝 놀란 토와다가 어깨 너머로 본 것은 머리카락 끄트머리부터 흩어지기 시작한 악령의 모습이었다.

그 몸에 실려 있던 무게도, 숨이 막히는 느낌도, 미지근한 온도도, 전부 사라졌다.

토와다는 무슨 일이 일어난 건지 곧바로 이해할 수가 없었다.

악령을 정화하는 속도와 위력이 그 범고래 부적에 필적, 아니, 그 이상이었다.

게다가 부드러운 바람까지 불어왔다. 온화하고 따스한 파동. 그것이 무엇인지는 알 수가 없다.

하지만, 가슴속에서 뜨거운 곳이 북받쳤고, 왠지 눈물까지 났다.

자세를 바로잡은 토와다가 큰길 쪽을 보았다.

흉폭한 비취색 빛이 느긋하게~, 천천히~, 길을 걸어오고 있었다. 그는 그 색을 인식하지 못했다.

멈춰 선 청년———, 미나토가 들고 있던 잡지와 건물을 번갈아 보는 모습은 보였다.

정말 호감 가는 청년 같은 외모였고, 매우 건강해 보였다. 그늘진 구석이 없는 표정에서 평소에 얼마나 충실하게 생활하고 있는지 알아볼 수 있었다. 토와다는 직업상 다양한 분야의 인재들과 많이 만났다.

———저 청년도 분명히 그럴 것이다. 직감적으로 그런 생각이 들었다.

건물 벽에 붙어 있던 간판을 본 미나토는 대각선 아래쪽을 향해 작은 목소리로 말을 걸었다.

"무사시 출판사, 여기인 것 같아."

거기에는 아무도 없다, 아무것도 없다. 그의 행동은 이상하게 보일 것이다, 보통이라면.

하지만, 악령에게 익숙해진 토와다는 거기에 무언가가 있다는 것을 깨달았다.

청년의 모습을 보니 사악한 존재는 아닐 것이다.

혹시나———.

멈칫, 토와다의 시선과 사고가 굳어버렸다.

강한, 강한 압박감이 느껴진다. 등에 소름이 끼쳤다.

이해가 되지 않는 공포로 인해 자기도 모르게 몸이 조금씩 떨리기 시작했다.

좀 전에 사라진 악령과는 비교도 되지 않는 중압이다. 압박감이 가장 심하게 느껴지는 곳은 명치 근처. 토와다의 시선이 천천히 내려갔다.

거기에는 사원증이 매달려 있었다. 산신은 거기에 적힌 이름을 바라보고 있었다.

"어라, 산신 씨, 출판사에 찾아가려고?"

청각을 신경 쓰지 못한 토와다는 미나토의 목소리를 듣지 못했다.

그저 피부가 따끔거리는 압박감이 다가온다는 것만 생생하게 느끼고 있었다.

지금 당장 여기서 도망치고 싶다!

도망쳐, 어서 도망쳐!

그런 뇌의 신호를 다리가 전부 무시했기에 한 발짝도 움직이지 못하고 몸을 뒤로 젖힌 토와다의 다리가 한계를 맞이하려 했다.

그때, 큰 늑대가 갑작스럽게 모습을 드러냈다.

몇 발짝 앞에서 새하얀 신수가 서 있다. 토와다의 눈과 입이 크게 벌어졌고, 어깨에서 가방이 큰 소리를 내며 바닥에 떨어졌다.

"그대가 화과자 기사를 쓰고 있는 자인가."

확신을 품고 묻자, 토와다는 매우 동요했다. 의미도 없이 두 손을 휘저으며 알아들을 수 없는 목소리로 말을 꺼냈다.

그러자 미나토가 동정어린 시선으로 바라보았다.

"산신 씨, 너무 갑작스럽잖아. 깜짝 놀랐다고……. 안녕하세요."

평범하게 인사를 받아버렸다. 그리고 엄한 목소리로 신을 나무라고 있다.

그렇게 알 수 없는 사람에게도 두려움을 품고 제대로 말을 꺼내지도 못한 토와다는 고개가 떨어져 나갈 것 같을 정도로 세게 끄덕일 수밖에 없었다. 사람이 아닌 존재가 한 질문에 대답하고 미나토에게 인사를 하는 의미도 담아서.

"———산신 씨, 모습을 드러내기 전에 전조 같은 걸 보여줄 순 없어?"

약간 뒤쪽에 서 있던 미나토가 산신의 뒷모습을 향해 비난하듯이 말했다. 고개를 갸웃거리던 산신이 돌아서 올려다보았다.

“호오, 어떠한 식으로 말인가?”

“그 왜, 천천히 모습을 드러낸다거나, 신적인 소리를 울린다거나?”

“좋다. 그렇다면 다음부터는 먼저 울음소리를 들려주도록 하마. 비브라아토라는 형식으로 말이다.”

“더 악질이잖아.”

슬쩍 코웃음치며 의욕을 보이는 큰 늑대에게 미나토가 어이없어 하고 있었다.

갑자기 느슨한 분위기로 바뀌자 토와다는 긴장이 풀렸다. 어느새 중압도 가벼워진 이유는 산신의 의식이 미나토에게 쏠렸기 때문일 것이다.

토와다는 다시 큰 늑대를 빤히 바라보았다.

날마다 보고 있는 정보지 로고 마크와 똑같이 생긴 늑대다. 그 흰 모습은 정말 눈부셨고, 금빛 눈은 마치 태양 같았다. 풍기는 숲의 향기는 콧속이 시원해질 뿐만이 아니라 마음속에 흐려진 부분을 걷어내주는 것 같았다.

그리고 밝은 목소리로 인간의 말도 하고 있다. 전부 사장님에게 들은 이야기 그대로였다.

틀림없이 산신님이다.

사장 일족과 역대 화과자 담당 기자들이 애타게 기다리던 산신님이 지금 눈앞에 있다.

확고한 존재감을 드러내며 여기 있다.

신은 이 세상에 있었던 것이다.

믿기지 않는다. 하지만, 몸을 뒤로 너무 젖혀서 아파진 허리가 현실이라고 가르쳐 주었다.

그리고 악령이 사라진 것이 무엇보다 확실한 증거다.

그는 그렇게 큰 착각을 해버렸지만, 만약에 미나토가 그 사실에 대해 알았더라도 딱히 신경 쓰지는 않았을 것이다.

큰 늑대의 압박감이 사라지자, 토와다는 원래 모습으로 돌아왔다.

그리고, 가장 마음에 걸렸던 것에 대해 소리쳤다.

"아니, 산신님! 그 목소리, 나, 남자, 아니, 남신이야?! 게다가 아저씨 같잖아!"

"실례가 되는 녀석이로군."

똑바로 선 토와다는 다시 말을 꺼냈다.

"아, 아뇨, 저, 저기, 정말 중후하고 멋진 목소리시네요!"

턱을 살짝 들고 가슴을 편 산신은 그런 김에 후광도 세게 비추었다. 이것이 바로 신이다, 그런 느낌으로 위광을 드러내고 있다.

"당연하다."

"아, 산신 씨가 여신님인 줄 알았구나. 그래서 기사가 여자들 대상이라는 느낌이었고."

의문이 풀리자 미나토는 속이 시원해졌다.

일반적으로 '산의 신'은 여신이라는 설이 주류다. 그리고 외모가

볼품없는데다 질투가 심하다는 이야기가 전해져 내려오고 있다.

언젠가부터 사원들은 모두 그 정보를 사실로 믿으며 혼동하고 있었다.

지금도 여자들을 들어오지 못하게 막는 산이 있다. 여자가 산에 들어오면 질투로 인해 재앙을 불러일으킨다는 설도 있기에 산신님 담당은 전부 남자들만 맡게 되었다.

큰 늑대가 토와다를 돌아보자 그 눈빛을 정면으로 본 토와다는 숨이 막혔다. 산신의 얼굴 위치는 토와다보다 낮았다.

그럼에도 불구하고 어째서 자신을 내려다보고 있다는 느낌이 드는걸까.

혼란스러워하던 토와다를 향해 산신이 온화한 목소리로 말했다.

"나는 언제나 화과자 기사를 기대하고 있다."

"네……."

토와다는 곧바로 대답하지 못했다.

읽어주셨던 건가. 닿았던 건가. 자신과 역대 담당자들의 마음이 전부――.

유리문에 등을 기대고 있던 토와다는 감격한 나머지 몸을 떨고 있었다.

그 모습을 본 미나토는 진심으로 여기에 들르길 잘했다고 생각했다.

토와다의 말과 행동을 보니 기사는 역시 산신을 위해 쓴 것 같다고 짐작했다.

특집 기사는 항상 신경을 많이 써서 만들어져 있었고, 그러면서도 화사한 느낌이라 보기만 해도 즐거웠고, 무심코 사먹으러 가보고 싶어질만큼 매력적이었다.

실제로 미나토도 북부의 가게를 소개하는 기사가 나오면 반드시 사러 가곤 했다.

이제야 산신을 만났으니 더욱 기쁠 것이다.

훈훈해하던 미나토를 산신이 돌아보았다.

"———가자꾸나."

"어? 벌써 가게?"

"이제 여기에는 용건이 없으니."

미나토가 눈을 깜빡이고 있자니 산신이 곧바로 돌아섰다.

"자, 잠깐만 기다려 주십시오! 산신님!"

토와다의 필사적인 목소리를 듣고 미나토만 그쪽을 보았다.

"부탁드립니다, 사장님을 만나고 가 주십시오! 계속 산신님을 기다리고 있었습니다. 사장님뿐만이 아니라 저보다 먼저 담당 기사를 쓰던 사람들도 기다리고 있었습니다! 지금 당장 전부 불러올 테니 잠깐만 여기———."

그 목소리를 가로막으려는 듯이 후다다닥, 큰 발소리가 울렸다. 로비 안쪽 계단을 뛰어내려오며 어떤 중년 남자가 거의 굴러떨어질 듯이 나타났다.

연한 회색 정장을 입은 무사시 출판사의 사장이었다. 어깨를 들썩이며 숨을 쉬던 그는 신성한 큰 늑대를 정신없이 바라보면서, 비틀거리면서 다가오고 있었다.

그 표정은 마치 꿈을 꾸고 있는 것 같아서 조금 위태로워 보였다.

그리고 위층에서 남자들이 웅성대며 내려왔다.

그 화과자 특집 기사 관계자들을 향해 토와다가 소리쳤다.

"산신님께서는 계속 기사를 읽어주셨다고 한다!"

"우오~!"

일제히 소리쳤고, 사람들이 주먹을 천장으로 들어올렸다. 잔향이 가시지 않은 와중에 사원 일동이 산신 앞에 후다닥 엎드렸고, 흐느껴 울기까지 했다.

지금 서 있는 사람은 미나토뿐이다.

껄끄러운 느낌이 들었기에 눈을 이리저리 돌렸다. 바로 옆 가판대에 진열된 지방 신문이 시야에 들어왔다.

'귀가 도중에 행방불명된 20대 여성, 4년이 지난 지금도 발견되지 않음.'

그 기사가 이상하게 눈에 띄었다.

그리고 유리문 근처에 떨어져 있던 종이 조각도 눈에 띄었다. 주워들고 뒤집어보니 '악령퇴산'이라고 적혀 있었다.

이게 자기가 만든 부적과 똑같은 물건인지, 미나토는 판단할 수가 없었다.

표면을 손가락으로 쓰다듬었다.

"질이 안 좋네……."

꺼끌꺼끌하게 걸리는 그 질감은 평소에 쓰는 메모장과 큰 차이가 없을 것이다. 많이 번진 글자를 보니 종이와 먹, 아마 붓도 조악한 물건을 썼을 것이다.

미나토가 부적을 만들 때 쓰는 한지, 붓, 먹, 신수는 최고급품이다. 눈이 높아질 수밖에 없었다.

그 이후로 사원 일동이 다시 소리치게 되었다.

물론, 산신이 위엄이 넘치는 바리톤 보이스를 뿜어냈기 때문이었다.

○

———시간을 조금 거슬러 올라간다.

산신과 미나토가 자리를 비운 쿠스노키 저택을 지키려는 듯이 솟아 있는 녹나무들이 세게 부는 바람에 나뭇가지와 나뭇잎을 흔들고 있었다.

전통식 대문에 버티고 선 담비 세 마리가 내려다보던 키가 작은 남자는 창살문을 계속 흔들고 있었다. 뒤쪽에 서 있던 키가 큰 남자는 그 모습을 그냥 지켜보고만 있었다.

인터폰을 몇 번 눌렀는데도 대답이 없자 짜증이 나서 직접 현관문을 두드릴 생각이었던 모양이다.

"뭐야, 이 문. 안 열리잖아!"

"잠가두었겠지."

"아마 안에서 자고 있을 거라고요. 벌써 낮인데도 팔자가 좋네요. 현관문을 두들기면 일어날 수밖에 없겠죠. 오!"

스윽, 창살문이 열렸다.

"뭐야, 열렸잖아. 역시 시골이라 그런지 조심성이 없네요."

창살문은 매우 자연스럽게, 소리도 없이 쉽사리 열렸다.

"실례합니다~!"

쾌활하게 그렇게 말한 키 작은 남자와 키가 큰 남자가 전통식 대문 안으로 들어갔다.

신이 난 발걸음으로 들어선 키가 작은 남자가 현관문을 여러 번 두드렸다.

"쿠스노키 씨~! 이봐~, 쿠스노키 씨~! 벌써 낮이라고요~!"

자던 아이도 벌떡 일어날 만큼 시끄러운 소리가 울리는 와중에 두 사람 뒤에서 스륵스륵 창살문이 움직였고, 꽉 닫혔다.

좀 전까지 문 위에 있던 권속 세 마리는 이미 보이지 않았다.

사람이 없는 자갈길에 흩어진 낙엽들이 바람을 타고 굴러갔다. 녹나무들의 나뭇가지와 나뭇잎도 거세게 흔들렸고, 그와 동시에 산신의 본체인 산에 있는 나무들도 몸을 세차게 흔들었다.

그렇게 웅성이는 소리는 부지 안으로 들어선 퇴마사들의 귀에 들리지 않았다.

# 제 7 장 초대받지 못한 손님들

기묘하게 조용한 쿠스노키 저택의 현관 앞에 두 퇴마사가 나란히 서 있었다.

좀 전까지 들리던 자연의 숨결———, 야생 동물들의 울음소리, 바람의 소리가 전혀 들리지 않게 되었다는 사실을 그들은 눈치채지 못했다, 눈치챌 수가 없었다.

예의가 전혀 없는 키 작은 남자가 현관문을 두드리고는 문손잡이를 돌리며 소리쳤다.

"쿠스노키 씨~, 이제 좀 일어나서 나오라고……. 어라?"

철컥, 현관문이 열렸다.

"진짜로? 대문뿐만이 아니라 현관문까지 열어놓고 자는 건가요?"

"조심성이 전혀 없군."

"그러게요."

웃으며 현관문을 열었다.

———화악, 부드러운 향기가 흘러와 두 사람을 감싸고는 지나쳤다.

"이 집, 귤 냄새가 엄청 나네요."

"그래……. 그런데 금방 사라졌군."

"정말이네. 대체 뭘까요?"

두 사람은 현관을 지났다. 키 작은 남자가 집 안을 둘러보며 들어가려다가.

"아얏~!"

비명을 질렀다. 현관 턱에 발가락을 부딪혔다. 한쪽 발로 뛰어오르고 있다.

약간 뒤쪽에 서 있던 키가 큰 남자가 껄껄 웃었다.

"촌스럽다, 너."

"너무하시네, 걱정을 좀 해줘도 되잖아요? 저, 요즘 운이 진짜 없거든요."

"그냥 착각한 거 아니야? 아니, 그거네, 나쁜 짓만 하고 다니니까 벌을 받은 거라고."

"지금까지는 딱히 아무 일도 없었는데요……. 그런데 이걸 훔친 뒤로 왠지 나쁜 일만 계속 벌어지는 것 같기도 하네요."

반바지 주머니에서 꺼낸 것은 길고 얇은 나뭇조각. '쿠스노키 여관·수성 머큐리'라는 글자와 쿠스노키 나뭇잎이 새겨져 있었다.

그 '쿠스노키 여관'의 객실용 열쇠고리를 본 순간, 키가 큰 남자의 안색이 바뀌었다.

"———너, 설마……. 그걸 훔치고 나서 돈을 두고 오지 않은 거야?"

"당연하잖아요. 이런 거에 돈을 왜 내요?"

"멍청한 녀석! 훔칠 거면 반드시 돈을 내고 오라고 했잖아!"

키 작은 남자가 눈살을 찌푸리며 입을 삐죽댔다.

"아니, 돈이 아깝잖아요."

키가 큰 남자가 일행으로부터 거리를 벌렸다.

일반 가정에서 자란 키 작은 남자와는 달리, 키가 큰 쪽은 대대로 퇴마사 가문이었고 인간이 아닌 존재가 얼마나 무시무시하고 사정없는지 알고 있기 때문이었다.

'쿠스노키 여관'에는 인간이 아닌 존재———, 사랑방 동자가 자리 잡고 있다.

요괴는 은근슬쩍 인간 세상에 함께 존재하고 있고, 장난을 좋아하긴 하지만, 기본적으로는 해롭지 않은 경우가 많다.

하지만 그들과 맺은 서약을 한 번 어길 경우, 사정없이 이빨을 들이민다.

미나토는 친가에서 나온 지금도 어머니를 통해 선물을 보낼 만큼 사랑방 동자와 사이가 좋다.

그런 미나토가 만든 물건을 멋대로 훔친 녀석을 사랑방 동자가 그냥 내버려둘 리가 없다.

몇 년 전, '쿠스노키 여관'의 특이성———, 악령조차 순식간에 잿더미로 만들어버리는 명패와 열쇠고리를 눈치챈 한 퇴마사가 있었다.

그 퇴마사가 열쇠고리를 슬쩍하려던 순간에 나타난 사랑방 동자와 교섭을 시도한 결과, '대가를 치른다면 봐주겠다'고 했다.

그 이후로 그 소문을 들은———, 실력에 자신이 없는 퇴마사들과 야쿠자들이 여관에 와서 대가를 지불하고 열쇠고리를 가져가곤 했다.

"애초에 일부러 그런 시골까지 갔는데 맨손으로 돌아올 수는 없잖아요."

도둑질을 하고도 전혀 반성하는 기색이 없는 그 키 작은 남자의 팔다리에는 곳곳에 크고 작은 상처가 있었다.

———전부 새로 난 상처였다.

이 남자는 사랑방 동자의 분노를 사버렸다.

앞으로 살아가면서 온갖 운이 떠나갈 것이고, 불행만 찾아들 것이다.

그렇게 확신한 키가 큰 남자는 이번 일이 끝나면 이 녀석과 연을 끊어야겠다고 마음속으로 결심하고는 턱으로 앞을 가리켰다.

"———얼른 집을 살펴보고 나가자고. 앞장서."

복도를 나아간 키 작은 남자가 미닫이문을 열었다.

그곳은 전통식 방이었다.

"우와, 다다미 냄새!"

살풍경하고 좁은 방. 정면에는 맹장지문. 정원 쪽이 칸막이로 나뉘어 있고, 그 앞에는 낡은 전통식 서랍장만 하나 있을 뿐이었다.

"오, 척 보기에도 보물이 있을 것 같은데."

키 작은 남자가 신이 나서 전통식 서랍장 쪽으로 다가갔다. 마치 먹잇감을 발견한 것처럼 활기가 넘치는 모습으로 3단 서랍장을 아래쪽부터 차례대로 열기 시작했다.

키가 큰 남자는 나무라지도 않고 뒤쪽에 서서 바라보고 있었다.

도둑질을 하고 있지만, 이제 와서 따질 일은 아니다.

무단침입한 시점에서 변명할 여지가 없다.

아래쪽 서랍과 가운데 서랍은 텅 비어 있었다.

"어라, 안 열리네……."

뭔가 걸린 것 같았던 위쪽 서랍을 키 작은 남자가 억지로 열었다.

거기에는 한자 다발이 있었고, 낯익은 형태였다.

"오, 부적 발견!"

"너, 진짜 손버릇 안 좋다."

"말은 그렇게 해도 흥미가 있죠? 쿠스노키라는 사람은 부적도 만드나 보네요. ……응?"

뒤집어져 있던 한지를 돌려보았다.

"이거, 감주 만쥬라고 적혀 있네……. 이거 부적 맞나요? 그냥 장보려고 메모한 건가?"

능력을 지닌 일행에게 슬쩍 들어보였다.

그 순간, 키가 큰 남자가 뒷걸음질쳤다.

그들은 '쿠스노키 여관'의 간판, 명패, 열쇠고리만 알고 있다. 그것들을 만든 미나토의 부적은 이번에 처음 보았다.

게다가 그 부적은 미나토가 얼마 전에 시험삼아 지금 지니고 있는 정화의 힘을 모조리 쏟아부어 만든 부적이었다.

게다가 미나토는 그 부적을 만든 다음에 쓰러졌다.

"———대체 뭐야, 그거……."

인상을 찌푸린 키가 큰 남자는 코 근처를 손으로 가리고는 쥐어 짜낸 듯한 목소리로 말했다.

팔랑팔랑 흔들리는 그 부적은 코뿐만이 아니라 뇌까지 뒤흔드는 냄새를 풍겼다. 아무리 상큼한 향기라고 해도 이렇게까지 진하면 해롭기만 하다.

"너허!"

"네? 방금 뭐라고 하셨어요?"

눈을 꽉 감고는 손을 떼고 소리쳤다.

"———그걸 서랍장 안에 다시 넣어!"

"왜요? 조금만 가져가면 되잖아요. 당신이 반응을 보이는 걸 보니 정화 효과가 있는 거죠?"

키가 큰 남자는 벌벌 떨었다.

효과가 있는 수준이 아니다. 지나치게 있다.

차원이 다른 것도 정도가 있다. 완전히 인간이 행사할 수 있는 힘을 넘어섰다. 한데 뭉친 악령조차 당해내지 못할 것이다. 순식간에 잿더미가 되어버릴 것이다.

그것은 인간이 만들어낼 물건이 아니다.

———신의 영역이다.

"됐으니까, 얼른 다시 넣어. 코가 아프다고!"

얼굴을 팔로 가리며 급하게 소리쳤다.

키 작은 남자는 투덜거리면서 부적을 다시 넣었다.

하지만, 몸을 숙이고 신음하는 일행을 보고는 몰래 부적 쪽으로 손을 뻗었다.

콰당! 서랍장이 큰 소리를 내며 닫혔다.

"뭐어?! 왜 멋대로 닫히는 건데! 이 고물 서랍장!"

손잡이를 힘껏 당겨보았지만, 이번에는 꿈쩍도 하지 않았다.

그제야 키가 큰 남자가 원래대로 돌아와서는 투덜거리고 있던 일행, 능력을 지니지 못한 그 키 작은 남자를 부럽다는 듯이 바라보았다.

"……이제 돌아가자고."

키가 큰 남자의 목소리에는 패기가 없었다. 단숨에 기력이 사그라들어 버렸다.

키 작은 남자가 서랍장을 주먹으로 내려치고는 일어섰다.

"그래요. 그럼, 마지막으로 벽장 구경 좀~."

맹장지문을 힘차게 열었다. 타앙, 시끄러운 소리가 울렸다.

"뭐야, 여기, 벽장이 아니잖아……."

또 다시 전통식 방이었다.

약간 넓은 방. 서랍장은 없었고, 정면에 맹장지문만 두 개 있을 뿐.

키 작은 남자가 인상을 찌푸렸다.

"왠지 다다미 냄새가 더 심해진 것 같네요……."

가장자리를 힘껏 밟으며 맹장지문을 열자 다음은 더 넓은 방이 보였다. 키 작은 남자가 성질을 냈다.

"이 집은 대체 뭔데요! 다다미만 있네! 냄새!"

"이봐, 잠깐만!"

초조해하며 큰 소리로 외치자 키 작은 남자는 맹장지문에 손을 댄 채 뒤를 돌아보았다.

키 큰 남자는 처음 방에서 움직이지 않았다.

"선배, 얼른 가자고요. 저는 다다미를 진짜 싫어하거든요."

"너, 눈치채지 못했어?! 아무리 생각해도 이상하잖아!"

키가 큰 남자의 안색은 창백했다. 그 모습을 보고도 키 작은 남자는 멈추지 않았다. 맹장지문에 대고 있던 손에 힘을 주고 열자 더 넓은 방이 나왔다. 가장 안쪽에는 맹장지문이 네 개 있었다.

그 모습을 멀리서 본 키 큰 남자는 한쪽 발을 움직여 물러섰다.

"잘 생각해 보라고. 이, 이 집……, 이렇게 길게 이어지는 방이 있을 것 같아?! 잘해봐야 방이 세 개 정도밖에 없는 크기였잖아! 그런데도……, 어째서, 방이 이렇게 계속 이어져 있는 건데……. 이, 있을 수 없는 일이잖아!"

거품을 물며 돌아섰다. 그 앞에서 미닫이문이 쏜살같이, 무자비하게 닫혔다.

화악, 어디선가 새콤달콤한 향기가 풍겼다.

키가 큰 남자는 미닫이문에 얼굴을 부딪혔고, 방이 이상하다는 것을 눈치챈 키 작은 남자가 뛰어서 돌아왔다.

그 두 사람을 여름귤 향기가 부드럽게 달라붙는 듯이 감쌌다.

미닫이문을 두드리고, 걷어차고, 소리를 지르고.

계속 추태를 보이고 있는 퇴마사 두 명을 천장 구석에서 권속 세 마리가 어이없어 하는 듯이 바라보고 있었다.

물론, 모습은 숨기고 있다.

굳이 말할 필요도 없겠지만, 이곳은 권속들의 신역이다.

발판이 없는 공중에 여름귤을 든 세 마리가 나란히 떠 있었다.

둥실둥실. 여름귤에 바싹 붙어있는 세 코가 끊임없이 킁킁거리고 있다. 우츠기가 가장 찰싹 붙어 있었고, 그 여름귤은 반쯤 까진 상태였다.

얼마 전에 퇴마사들을 감싼 향기의 정체다.

"조홍 향기가 나하~."

"그러헤. 이헤 있어서 살았허."

"너희들, 목소리를 낼 때는 코를 떼고 내야지."

이상한 목소리로 말하던 우츠기와 토리카를 세리가 나무랐다.

순순히 코를 뗀 두 마리가 아래쪽을 노려보았다.

"정말 여름귤이 있어서 다행이야. 이게 없었다면 저 녀석들의 악취 때문에 우리 코가 떨어져 버렸을지도 모르잖아."

"그러게. 미나토에게 고마워해야지."

마찬가지로 생각한 세리도 노란 과일 너머로 방안을 뛰어다니는 키 작은 남자를 바라봤다.

그 심장부———, 혼을 둘러싸고 있는 까만 소용돌이가 보였다.

세리는 세 마리 중에서 시각이 가장 뛰어나다.

"작은 쪽은 혼에서 독기 같은 게 나오고 있네요."

"그렇게까지 썩은 건가? 아직 젊을 텐데……. 인간은 이 정도로 타락하는 건가?"

토리카가 답답하다는 듯이 그렇게 중얼거렸다.

세리가 눈을 움직여서 미닫이문에 몸통박치기를 하고 있던 키 큰 남자에게 초점을 맞췄다.

“이쪽은 영력이 나름대로 있고, 냄새도 맡을 수 있을 것 같긴 한데요…….”

세리의 시야에 보이는 키가 큰 남자의 코는 푸르스름하게 빛나고 있었다.

특수 능력을 나타내는 빛이다. 지금은 가지고 있는 인간이 드문 편이지만, 이 남자의 능력은 마치 뿌연 유리를 두른 것처럼 매우 희미했다.

세리는 눈을 흘겼다.

“———거의 단련하지 않았네. 아무리 비범한 능력을 지니고 태어나더라도 갈고 닦지 않으면 힘을 충분히 발휘할 수가 없죠.”

“돼지 목에 진주구나.”

“네. 이대로 가다가는 저 능력도 언젠가 잃게 될 거예요.”

우츠기에게 대답한 세리는 키가 큰 남자에게서 눈을 돌렸다.

“흐음~.”

“그런가.”

우츠기와 토리카도 딱히 상관이 없다는 듯이 여름귤 냄새를 맡고 있었다.

그들은 퇴마사들에게 흥미가 없었다.

선천적인 특수 능력을 단련할지 여부는 본인의 자유일 것이다.

타고났으니 그 힘을 갈고 닦아서 활용하라는 생각을 하는 것은 아니다.

하지만, 키가 큰 남자는 악령 정화를 생업으로 삼았으면서도 그 직업에 필수인 영력과 유용한 특수 능력을 제대로 다루지 못하고

있다.

나이 차이가 거의 나지 않는 음양사———, 하리마 사이가가 자신의 한계까지 영력을 키웠다는 사실을 알고 있기에 실망한 마음이 컸다.

아무튼, 그 키가 큰 남자는 의외로 끈질긴 모양이었다.

일행은 금방 나가 떨어졌지만, 주먹과 어깨, 무릎까지 동원해서 미닫이문에 계속 도전하고 있었다.

"젠장! 왜 안 열리는 건데!"

하지만, 그 문은 열리기는커녕, 흠집 하나 나지 않았다.

아무리 소리를 쳐도 듣는 사람은 없었다.

지금쯤 진짜 쿠스노키 저택에서는 사령과 신령이 마음 편히 지내고 있을 것이다.

"우리에게는 엄청 폐가 되는데~."

불만을 드러낸 우츠기가 여름귤 껍질을 까기 시작했다.

"그렇지. 나도 여름귤을 조금만 먹어야겠군."

"그러게요. 저도."

토리카와 세리도 껍질을 까기 시작했다.

퇴마사들의 혼은 더러워졌다. 특히 키 작은 남자의 혼은 매우 더러웠기에 가능하다면 이렇게 지저분한 자를 자신들의 방(신역)에서 쫓아내고 싶지만, 그럴 수는 없다.

아직 신벌이 내려지지 않았으니까.

두 사람이 어떤 행동을 할지 지켜보고만 있었지만, 정말 어이

없는 행동만 저질렀다.

자칫하다가는 인간을 혐오하게 될 것 같았다.

한숨을 크게 쉰 세리가 답답하다는 듯이 중얼거렸다.

"———인간이 모두 몹쓸 존재가 아니라는 건 알고 있긴 하지만……."

표정이 굳어진 우츠기도 고개를 끄덕였다.

"그러게. 일단은 지식으로 알고 있으니까."

"그렇지. ———우리도 인간들과 직접 엮이면서 좀 더 자세히 알아보아야 하는 건가……."

약간 표정이 굳어진 토리카가 여름귤을 입에 넣었다.

권속들은 미나토가 산을 정비해서 사람들이 오게끔 하려는 것을 당연히 알고 있다.

그것에 대해 산신은 정말로 아무런 생각이 없었다. 그저 예전 상태로 돌아가는 것뿐이기 때문이다.

하지만, 권속들은 그렇지 않았다.

지내기 편한 집이 어떻게 바뀌어버리는 걸까.

그런 불안함을 품고 있었다.

권속들은 산신과 마찬가지로 다른 곳에 관심이 없고, 적극적으로 산에서 내려갈 생각도 없고, 실제로 지금도 쿠스노키 저택에만 있다.

하지만 지금 이대로도 괜찮은 걸까. 우리가 세상 물정을 너무 모르는 것 아닐까.

"———우리도 가끔 나가볼까요? ……견식을 좀 더 넓혀야 할 것 같은데……."

"그렇군. 이것저것 익숙해질 필요도……, 있으니까."

"그, 그래도 말이야. 저, 저렇게, 한동안 움직이지도 못하게 될 정도로 냄새나는 인간들이 잔뜩 있는 곳에 간다는 거지?!"

구역질이 나는 잔반 냄새가 되살아나자 식은땀을 흘리던 세 마리가 여름귤에 다시 달라붙었다.

완전히 트라우마가 되어 버린 모양이다. 산신도 정말 심술이 심하다.

하지만, 강제로 그렇게 세례를 받은 뒤라 아래쪽에서 악취를 풍기며 소동을 피우는 자들을 오랫동안 신역에 가두었는데도 그리 큰 대미지를 입지 않았다.

권속들은 그 사실을 눈치채지 못했다.

울상을 지은 세리가 토리카를 보았다.

"뭐, 그건 나중에 다시 생각하도록 하죠."

"그, 그래. 인간들이 산에 오게 되려면 시간이 더 걸릴 테니까."

"미나토, 천천히 해도 돼……."

본심을 드러낸 우츠기를 아무도 혼내지 않았다.

그때, 갑자기 권속들의 머릿속에 산신의 목소리가 울렸다.

『오늘 선물은 푸딩 케이크다.』

세 마리가 얼어붙었고, 뒤에 번개의 환상까지 나타났다.

푸딩에는 달걀과 우유가 듬뿍 들어간다.

『미나토는 외출하기 전부터 신선한 우유와 달걀을 잔뜩 넣은 그 케이크를 염두에 두고 있었던 모양이구나.』

권속들이 뿌득뿌득 이를 갈았다.

미나토는 아무런 잘못도 없다. 아무것도 모르니까.

『푸딩은 세 층이다. 찐득한 푸딩층, 씁쓸한 맛이 나는 층, 시럽을 듬뿍 넣은 층. 조금 단단하겠군. 보기 드문 명품이라고 하는 모양이다.』

그 들뜬 말투는 마치 악마의 속삭임 같았고.

하필이면 왜 푸딩인데. 세 마리가 여름귤을 이마에 댔다.

한 마디도 대답하지 않았는데 산신이 계속 말했다.

『미나토가 물어보고 싶어하는구나. '커다란 푸딩 케이크 하나하고 작은 병에 든 일반적인 푸딩, 어느 쪽이 더 좋아?'라고.』

위쪽을 보고 있던 세 마리가 재빠르게 시선을 교환했다.

고개를 든 토리카가 세리와 우츠기를 번갈아가며 보았다.

"미나토가 준 것 중에 맛이 없던 적은 한 번도 없었지."

진지하게 확신하며 그렇게 말하자 세리와 우츠기가 여름귤을 꼬옥 끌어안았다.

"———그러게요."

"응. 항상 맛있어."

왜냐하면, 고급 음식들뿐이기 때문이다.

그리고 미나토가 먹어보고 고른 것이 아니라 '잘 팔립니다!' '이 가게에서 가장 잘 나가는 상품!'이라는 선전 문구를 보고 의심하지도 않고 곧바로 사온 덕분이기도 하다.

거짓 없는 선전 문구, 먼저 사 갔던 많은 사람들에게 고마워해야 할 것이다.

그건 그렇고, 아무리 멀리 떨어져 있더라도 산신은 권속들의 상태를 전부 알고 있었다. 그들이 얼마나 비참한 상황인지 전부.

산신도 악귀는 아니다.

격려하는 의미를 담아 멋진 향기를 보내줘야겠다.

『자, 이게 푸딩 케이크다.』

권속들의 코를 직접적으로 타격한 것은 달콤한 향기였다. 강한 바닐라 향기로 인해 세 마리의 털이 저절로 느슨해졌고, 침이 흘러내렸다.

“오골계 노른자를 많이 넣었군.”

가장 코가 좋은 토리카가 입가를 닦으며 그렇게 딱 잘라 말했다.

행복한 향기에 젖은 먹보들에게서 비장한 느낌이 날아가 버렸다.

표정을 바로잡은 세리가 산신에게 말했다.

“산신님, 미나토에게 전해주세요. 부디 큰 쪽으로 부탁한다고요! 저희 일동이 정말 기대하고 있다고도요……!”

『으음, 전해주마. ———열심히 하거라.』

“물론입니다.”

“그래.”

“맡겨줘~.”

토리카는 기척을 곤두세웠고, 우츠기는 한쪽 발을 들며 대답했다.

후각 공유가 끊겼다. 곧바로 피어오르는 악취가 코를 찔렀다.

으으. 미간에 주름을 드러낸 우츠기가 여름귤에 달라붙었다. 재주도 좋게 입만으로 껍질을 벗겨 나갔다.

토리카가 우츠기 쪽으로 코를 들이밀었다.

“우츠기. 단숨에 입에 넣으면 금방 바닥나서 저 녀석들의 악취를 견딜 수 없게 될 거다.”

"응. 조심할게."

한 조각만 빼낸 우츠기가 고개를 흔들며 콰직, 절반만 베어물었다.

"어째서, 어째서 여름귤 향기가 더 강해진 건데요!"

방구석에서 웅크리고 앉아 있던 악취의 근원이 그렇게 소리쳤다.

하지만, 전혀 아랑곳하지 않았다. 이 향기를 잘 기억해 두도록 해라.

○

퇴마사들은 전통식 방이 이어지는 곳에서 한 발짝도 나가지 못했다.

한참을 날뛰면서 맹장지문과 칸막이를 찢어내기도 했지만, 가장 안쪽에 있는 맹장지문 네 개에는 손을 대지 못했다.

그 너머에도 방이 계속 이어져 있을지도 모른다.

만약에 그 모습을 봐 버리면 무언가가 확실하게 망가져버릴 것 같았기에 다가가지도 못했다.

기운이 넘치던 키 작은 남자도 지금은 방에 누운 채 움직이지 않았고, 끈질긴 키 큰 남자도 미닫이문에 몸을 기댄 채 무릎을 끌어안고 있었다.

그 문도, 정원에 맞닿아 있는 창문도, 전혀 열리지 않았다.

하지만, 그것뿐이다. 딱히 무시무시한 일이 일어난 것은 아니었다.

그 사실을 눈치채자 그들은 무기력해졌다.

골치 아픈 일을 싫어하고, 얼마나 편하게 돈을 얻을지만 생각하는 인간들이 끈기와 의욕을 계속 보인다는 건 불가능한 일이었다.

"……배가 고프네요."

키 작은 남자가 시선조차 움직이지 않고 중얼거리자 어떤 냄새가 풍겼다.

여름귤이 아니었다. 그 냄새는———.

"된장국 냄새야……!"

곧바로 일어나 냄새가 풍기는 쪽———, 가장 안쪽 맹장지문을 향해 뛰어가기 시작했다.

이곳에 갇힌 지 몇 시간이 지나서 참을 수 없이 배가 고팠다.

똑같은 처지인 키가 큰 남자도 그 뒤를 따라갔고, 가장 안쪽에 도착한 키 작은 남자가 맹장지문을 열었다.

훨씬 넓은 방이었다. 가운데에 좌탁만 놓여 있었고, 전통식 식사가 2인분 차려져 있었다.

쌀밥, 된장국, 생선찜. 매우 검소한 차림이었지만, 적당히 담긴 밥, 채소가 듬뿍 들어 있는 된장국, 간이 잘 된 금눈돔 찜에서 김이 피어오르고 있었다.

"엄청 맛있을 것 같네!"

환호성을 지으며 곧바로 자리에 앉아 시원스럽게 된장국을 마셨다.

"맛있다! 된장국이 오장육부에 스며들어!"

맛있다, 맛있다. 그렇게 절찬하며 채소를 마구 먹어댔다.

마찬가지로 자리에 앉아 있던 키가 큰 남자가 쌀밥을 휘젓고 있자니, 화악.

———여름귤 향기가 두 사람을 감쌌다.

투욱. 키 작은 남자의 손에서 떨어진 국그릇이 엎어지며 좌탁 위에 내용물을 쏟아냈다.

"……윽!"

두 손으로 자신의 목을 조르는 듯이 잡고는 뒤쪽으로 쓰러졌다. 변색된 입에 거품을 물고는 발버둥쳤다. 서서히 움직임이 둔해졌고, 나중에는 경련도 멎었다.

키가 큰 남자는 그 모습을 멍하니 바라보고 있었다.

"———이, 이봐……, 왜 그러는 건데……!"

숨이 멈춘 그 목은 대답하지 않았다.

"서, 설마, 주, 죽은 거야?!"

키가 큰 남자가 벽 쪽으로 뒷걸음질쳤다. 그로 인해 엎어진 국그릇이 눈을 뒤집고 쓰러진 남자의 옆얼굴에 닿았다.

철퍽. 좌탁에서 쏟아진 된장국이 다다미 바닥에 튀었다.

○

쿠스노키 저택 현관 앞에 두 퇴마사가 나란히 서 있었다.

예의가 전혀 없는 키 작은 남자가 현관문을 두드렸다. 그리고 문손잡이를 돌리며 소리쳤다.

"쿠스노키 씨~, 이제 좀 일어나서 나오라고……. 어라?"

현관문이 열렸다.

———첫 번째와 마찬가지로.

“진짜로? 대문뿐만이 아니라 현관문까지 열어놓고 자는 건가요?”

“조심성이 전혀 없군.”

“그러게요.”

웃어대며 현관문을 열었다.

시원스러운 향기가 또다시 그들의 코를 간질이며 스쳐갔다.

“이 집, 귤 냄새가 엄청 나네요.”

“그래……. 그런데 금방 사라졌군…….”

———괘씸한 자들은 눈치채지 못한 사이에 두 번째 행동을 반복했다.

무단침입한 그들이 그 이후로 거친 과정은 첫 번째와 거의 비슷했다. 그리고 키 작은 남자가 죽고 끝났다.

사인은 독이다.

권속 세 마리 이름의 유래인 독미나리, 투구꽃, 코리아리아의 독 성분을 강화시키고 전부 섞어서 만든 된장국 때문이다.

하지만, 실제로 죽지는 않았다.

권속들이 신역 안의 시간을 조작해서 키 작은 남자가 독으로 인해 죽으면 현관 앞———, 다시 처음으로 되돌리고 있었다.

기억도 원래대로 되돌리긴 했지만, 완전하진 않았다.

공포스러운 체험을 한 기억에 뚜껑을 덮었을 뿐, 반복할수록 그 기억이 무의식적인 영역에 축적된다.

그리고, 어떤 것을 계기로 그 뚜껑이 느슨해지게끔 해두었다.

여름귤 향기다.

후각은 뇌의 편도체와 해마라는 기억과 감정을 처리하는 부위에 이어져 있고, 특정한 향기가 기억을 연상시키는 방아쇠가 된다.

여름귤 향기를 맡을 때마다 소름이 오싹해지고 공포스러운 체험이 되살아나게 된다.

퇴마사들은 자기도 모르는 사이에 그런 상태가 되었다. 반복 횟수가 늘어나자 조금씩 변화가 생겨났고, 여름귤 향기를 맡으면 정서가 불안정해졌다.

어느새 여름귤 껍질이 마치 인테리어처럼 서랍장 위에 쌓여 있었다.

물론, 껍질만. 권속들이 먹고 남은 잔해였다.

낙숫물이 바위를 뚫는다. 하면 된다. 그런 신조를 가지고 있는 권속들이 집요하게 반복하기를 108번째.

키가 큰 남자가 현관문을 연 순간, 진한 여름귤 향기가 두 사람을 둘러쌌다.

그 결과, 극적인 변화가 일어났다.

단숨에 안색이 안 좋아진 두 사람이 돌아섰다. 어깨를 서로 붙잡고, 팔을 서로 붙잡고, 부딪히며 나 살려라 대문을 빠져나갔다.

키가 작은 남자가 먼저 자갈길을 밟았다. 뒤에 있던 키가 큰 남자가 일행의 어깨를 붙잡고 밀쳐내자 날아간 키가 작은 남자가 얼굴로 자갈을 밀쳐내며 슬라이딩했다.

드러나 있던 팔다리에 쓸린 상처가 더 늘어났지만, 뛰어가던 일행은 아랑곳하지 않았다.

"젠장."

차림새가 완전히 흐트러진 남자들이 좁은 길을 엎치락뒤치락하며 멀어져 갔다.

그 모습을 전통식 대문에 나란히 서 있던 권속 세 마리가 바라보았고, 그와 동시에 앞발로 허공을 한 번 갈랐다. 그러자 소리도 없이 창살문이 닫혔다.

갑자기 쿠스노키 저택 부지를 뒤덮고 있던 공기가 바뀌었다. 권속들이 신역을 풀고 예전처럼 산신의 영역으로 되돌렸다.

부지 밖에 있던 녹나무들이 웅성대며 흔들리는 와중에 숨을 살짝 내쉰 세리가 앞발을 지붕 위에 디뎠다.

"이제 정신 차리고 이 근처에 두 번 다시 오지 않으면 좋겠는데요……."

"그렇지. 낙관적으로 볼 수는 없겠지만."

"그러게. 향기를 꽤 끈질기게 마시게 했지만, 인간은 시간이 지나면 금방 잊어버리는 생물이니까~."

인상을 쓰고 있던 세 마리가 서로 마주보며 고개를 끄덕였다.

퇴마사들은 여름귤 향기를 맡았을 때만 엄청난 공포에 사로잡힌다. 하지만, 이유는 알 수가 없다.

원인이 짐작되지 않으니 더욱 간담이 서늘해질 것이다.

그리고 여름귤이 아닌 다른 감귤류 향기로도 같은 효과를 기대할 수 있다.

"그 녀석들이 또 오면 귤을 퍼부어주자."

세리가 그렇게 말하자 다른 두 마리도 고개를 크게 끄덕였다.

"그래. 그렇게 하자고."

"물론, 껍질만으로!"

"현관에 귤 방향제를 놓자고 미나토에게 제안해볼까?"

"신의 열매가 더 낫지 않나? 인공적인 것과는 달리 반영구적으로 향기가 지속될 테니까. ———어디서 입수할지가 문제이긴 하지만……."

"츠무기에게 물어보자. 그쪽으로는 잘 알 것 같으니까!"

그렇게 하자, 밝은 목소리로 그렇게 말하던 권속들이 지붕을 따라 산쪽 담장을 넘어갔다.

그 아래쪽, 신의 정원에서는 아무 일도 없었던 것처럼———, 실제로도 아무 일 없이 평소와 같은 풍경이 보였다.

경쾌한 소리를 연주하는 폭포를 거슬러 올라가는 응룡. 큰 바위에서 자고 있는 영귀. 쿠스노키에 몸을 기댄 채 졸고 있는 기린.

핑크 펄색 빛이 깜빡이는 석등에서는 봉황이 푹 쉬고 있다.

다른 쪽 석등은 유리창이 열려 있었다.

그곳을 통해 신령이 고개만 슬쩍 내밀고 있었다. 하지만 그 작고 하얀 동물은 권속들을 보자마자 곧바로 고개를 집어넣어 버렸다.

담장에서 산신의 본체인 산으로 뛰어넘으려 하던 세리가 멈췄다. 뒤에서 따라오던 토리카가 고개를 갸웃거렸다.

"왜 그래?"

"신입에게 말을 걸어야 하나 싶어서……."

토리카는 돌아보지 않았다. 대각선 아래쪽에서 유리창이 재빨리 닫힌 것을 기척만으로 감지했다.

"아직은 괜찮겠지. 이것저것 준비가 안 된 모양이니까."

"———그런 것 같네요."

이미 산신의 본체인 산 쪽으로 뛰어오른 우츠기의 궤적을 따라 세리와 토리카도 화려하게 뛰어올랐다.

# 제 8 장 요괴는 남몰래 존재할 거라는 보장이 없다

슬슬 점심 시간이 끝나가는 거리는 오가는 사람들도 왠지 나른해 보이는 분위기를 두르고 있다.

그 사람들을 헤치고 꼬리를 흔들며 나아가는 큰 늑대와 몸을 움츠린 미나토가 느릿느릿 걸어가고 있었다.

한쪽은 신이 났고, 한쪽은 배가 고팠다. 산신이 곳곳에서 단것을 먹는 동안, 미나토는 차만 마셨기 때문이다.

수분만으로는 배를 채울 수가 없다.

생기가 별로 없는 미나토가 배를 문질렀다.

"배고프네……."

산신이 주위를 둘러보며 이런저런 냄새를 맡았다.

"으음. 먹고 싶은 게 무엇인고? 이곳에는 어지간한 음식들이 다 있을 터. 다양한 식당이 늘어서 있으니."

"그러게……. 오랜만에 외식하는 거고, 모처럼 나왔으니까 내가 잘 해먹지 않고 손이 많이 가는 걸 먹어볼까———."

문득 미나토의 후각이 거역할 수 없는 향기를 포착했다. 그 코끝이 대각선 앞쪽을 향했다.

길모퉁이에 있는 빨간 벽돌 건물 1층. 유리 진열장이 있는 식당이 있었다. 가게 앞에 있는 줄무늬 텐트가 눈길을 끌었다. 예전부터 있었던 양식당 같은 느낌이다.

"저기에서 카레 냄새가 나네. 맛있을 것 같아……."

카레는 가끔 만들어 먹잖나.

산신은 그렇게 말하면서도 소리 내어 말하지는 않았다.

미나토는 이미 그쪽으로 가고 있었다.

"단숨에 카레 기분이 되기도 했지만, 저 가게에서 점심을 먹어 보고 싶어. 왠지 끌리거든."

"———때로는 흐름에 몸을 맡기고 들어가 보는 것도 좋다."

산신은 미나토의 옆얼굴을 올려다보며 그렇게 말했다.

"설득력이 엄청나네. 오늘 산신 씨도 그렇게 새로 마음에 드는 화과자를 만났으니까."

"그러하다."

복슬복슬한 꼬리로 바람을 일으킨 산신과 미나토가 빨간 벽돌 건물 앞에 섰다.

———미마사카 식당. 입구 위쪽 간판에 자그마한 글씨로 적혀 있었다. 자기주장이 부족하다는 게 인상적이었다.

하지만, 진열장에 늘어선 식품 샘플은 정말 눈부셨다. 진짜로 착각할 만큼 리얼해서 지나가는 사람들의 시선을 모을 것이 틀림없다.

미나토도 마찬가지로 쇼 윈도우에 달라붙었다.

산신은 그 모습을 곁눈질하며 약간 안쪽에 있는 가게의 문을 힐끔 보았다. 짧은 계단 몇 개부터 입구까지 약간 빛나는 입자가 떠돌고 있었다.

산신이 금빛 눈을 가늘게 떴다.

"그대가 끌렸다면 이 가게에 특별한 무언가가 있을지도 모르겠구나."

"그런가?"

"감각이 꽤 민감해졌을 게야."

"예전하고 비교하면 말이지. 우선 안에 들어가 보자."

"으음."

나란히 올라간 계단 한구석, 화분에 피어난 보라색 꽃창포가 환영하는 듯이 흔들렸다.

희미한 광택을 뿜어내는 목제 문을 미나토가 열었다.

———딸랑, 딸랑. 머리 위에서 도어 벨이 울렸다.

그 시원한 음색은 몸 안쪽까지 울리는 것 같았다. 그렇게 생각한 미나토를 가장 먼저 맞이해 준 것은 진하고 톡 쏘는 향기였다.

에취이. 약간 늦게 가게에 들어온 산신이 힘차게 재채기를 했다.

"다른 메뉴도 많이 있는데 이렇게까지 카레 향기가 많이 남아있는 걸 보면 점심 시간에 카레를 주문한 사람이 많았던 건가……?"

인상을 쓰고 있던 산신은 코를 문지르느라 정신이 없어서 대답해주지 못했다.

미나토는 쓴웃음을 지으며 가게 안을 둘러보았다.

널찍하고 기둥이 없는 실내에 딱 좋은 간격으로 테이블이 놓여있다. 앞쪽이 나무 의자가 놓인 자리, 안쪽은 소파 자리. 넓긴 하지만 천장이 낮고 창문도 작아서 어둑어둑했다. 하지만 천장에 일정한 간격으로 매달린 주황색 전등이 부드러운 공간을 연출해주고 있었다.

그 가게의 자리는 군데군데 채워져 있었다.

안쪽에 있는 카운터 건너편에서 요리사가 조리 중인 모양이었다. 하얀 요리복을 입은 남자가 냄비를 젓고 있었다.

카레 냄새의 근원지가 판명되었다.

납득한 미나토 곁으로 점원이 곧바로 다가왔다. 방긋 웃으며 안쪽 자리로 안내해 주었다.

그곳은 널찍한 소파 자리였다. 이곳이라면 느긋하게 시간을 보낼 수 있을 것이다.

하지만 미나토는 혼자 왔다. 산신도 따라오긴 했지만, 점원은 인식하지 못할 것이다.

이 자리를 차지해도 되는 걸까, 미나토는 약간 망설였다.

"주문하실 것을 정하시면 불러 주십시오."

그렇게 말한 점원은 테이블 위에 메뉴판을 두 개 내려놓았다.

"아, 네."

반사적으로 대답한 미나토는 그제야 눈치챘다. 처음 왔을 때 '몇 분이신가요?'라고 묻지 않았다는 것을.

자리에 앉은 미나토는 몸을 앞으로 내밀고 맞은편에 있던 산신 쪽으로 얼굴을 가져다 댔다. 주위에 들리지 않게끔 조용히 물었다.

"방금 그 분, 산신 씨를 보진 못했겠지?"

"못 보았을 게다. 시각뿐만이 아니라 감지할 수 있는 능력을 하나도 지니지 못하였으니."

단호한 말투였다.

산신과 몇 번이나 함께 외출했던 미나토는 신적 존재를 감지할 수 있는 사람과 그러지 못하는 사람의 차이를 구분할 수 있다. 시

MENU

선을 움직이는 방식이나 태도로 알 수 있다.

지금, 가게 안에 여러 명 있는 점원 중에서 산신을 눈치챈 사람은 아무도 없는 게 분명하다.

그럼에도 불구하고 점원은 마치 산신이 있다는 전제로 행동하는 것 같았다.

산신이 슬쩍슬쩍 허공을 가르며 메뉴를 자기 쪽으로 끌어당겼다. 그리고 당당하게 펼쳤다.

보이지 않는 자에게는 괴기 현상으로만 보일 것이다.

"산신 씨."

미나토가 약간 초조해졌지만, 산신은 전혀 신경 쓰지 않았다.

"주위를 잘 보거라."

미나토는 당황하면서도 메뉴판을 들었다. 그것을 펼쳐서 방패 삼아 몰래 사방을 관찰했다.

한 사람씩 앉아 있는 자리가 세 군데 있었다.

앞쪽에 40대 남자가 있었고, 정장 윗도리를 벗어둔 채 카레도리아의 늘어나는 치즈와 씨름하고 있었다. 모차렐라 치즈가 듬뿍, 햄버그에도 얹혀 있었다.

욕심이 너무 많은 세트 메뉴 아닐까. 미나토의 눈이 약간 커졌다.

——카레도리아도 괜찮을 것 같다.

대각선 앞쪽에는 20대 중반 정도로 보이는 여자가 있다.

그 여자도 정장 차림이었고, 긴 머리카락을 뒤로 묶은 채 오므라이스 카레를 맛보고 있다.

놀랍게도 얇은 계란 오므라이스였다. 역시 오므라이스는 그게 제일이다. 가게의 겉모습을 배신하지 않는 고전 감성이 듬뿍 담긴 그 메뉴는 멋지다는 말만 나왔다.

———오므라이스 카레도 포기하기 아까운데.

“아얏.”

고개를 숙이다가 방패처럼 내세우고 있던 메뉴판에 이마를 부딪혔다.

이마를 문지르면서 옆에 있던 청년을 보았다.

균형이 잘 잡힌 몸집, 검은색으로 통일된 복장. 모자를 깊게 눌러쓰고 있었기에 인상을 알아볼 수는 없지만, 비슷한 나이 또래일 것이다.

손목에 무늬가 복잡한 끈팔찌를 차고 있었고, 미나토는 거기에 시선이 쏠렸다.

언젠가 본 적이 있는 것 같았다.

그렇다, 하리마에게 다른 현에 가서 부정함을 탄 신을 퇴치해달라는 의뢰를 받았을 때다.

가기 전에 받았던 주머니의 주둥이에 묶여 있던 끈이 비슷한 모습이었다.

그 끈은 어떤 봉술사가 부적의 효과를 막아주는 술법을 걸어둔 물건이고, 실제로 정화의 힘이 완벽하게 막혀 있다면서 권속들도 감탄했다.

그리고 하리마의 까만 장갑도 그 봉술사가 만든 물건이라고 했다.

그 사실을 떠올린 미나토는 생각했다.

나무 조각상에 끈을 다는 것도 괜찮지 모르겠다고.

청년은 심플한 카레라이스를 먹고 있었다.

"맛있네. 매운 맛이 딱 좋아. 여기 카레는 최고인데?"

꾸밈없는 칭찬과 미소로 인해 카레를 만든 요리사도 부드러운 표정을 지었다.

정면을 돌아본 미나토가 메뉴판을 접었다.

"결심했어. 나도 그냥 카레를 먹을래."

메뉴판을 바라보고 있던 산신이 코웃음쳤다.

"그래서, 뭔가 알아냈는가?"

원래 목적을 완전히 잊고 카레 계열 메뉴에만 정신이 팔려 있었다.

"———아니, 아직. 전부 맛있을 것 같아서……."

껄끄러워하던 미나토는 다시 주위를 꼼꼼하게 살폈다.

샐러드를 먹기 시작한 40대 남자 근처에는 딱히 이상한 부분이 없었다. 일반인일 것이다.

하지만, 머리를 묶은 여자는 그렇지 않았다.

그녀 옆에 놓인 커피잔이 저절로 올라갔다.

미나토는 깜짝 놀랐지만, 목소리를 내지는 않았다. 집중해보니 그 근처에서 신기가 희미하게 감도는 것이 느껴졌다.

떠오른 커피잔 바닥이 천장을 향했지만, 내용물은 한 방울도 흘러내리지 않았다.

그렇게 이상한 커피잔을 향해 여자가 평범한 목소리 크기로 물었다.

"커피를 더 마시고 싶어? ———그래, 한 잔 더 말이지. 그럼 주문할게."

뒤쪽을 보고는 점원을 불렀다.

그 동안, 미나토는 커피잔에만 의식을 쏟고 있었다.

그러자 주변 공간이 파도치기 시작했다.

서서히 떠오르기 시작한 것은 테이블 위에 책상다리를 하고 앉은 난쟁이의 모습이었다.

머리를 양 옆으로 둥글게 묶고 간소한 흰색 옷을 입은 그 몸집은 커피잔 2개 정도 크기에 불과했다.

하지만 온몸에 금빛 입자를 두른 채 신이라는 것을 주장하고 있었다.

눈이 마주치자 자그마한 남신이 한쪽 손을 흔들어 주었다. 미나토가 반사적으로 손을 흔들자 방긋 웃은 다음, 녹아내리는 듯이 사라져 버렸다.

일부러 모습을 보여준 모양이었다.

다음으로 미나토는 새까만 옷을 입고 있는 청년 쪽으로 의식을 집중했다.

그도 혼자 왔지만, 소파 자리에 앉아 있다. 그 맞은편과 양쪽 옆에서는 이상한 점이 보이지 않았다.

하지만, 카레가 줄어드는 방식이 기묘했다.

청년이 스푼으로 뜨고 있는 반대쪽이 조금씩 줄어들고 있다. 무언가와 나눠먹고 있는 것 같았다.

하지만, 잘 살펴봐도 그밖에는 이변이 일어나지 않았다.

그럴 만도 하다, 식사 중이다. 더 이상 불쾌한 시선을 보내며 방해해선 안 될 것이다.

미나토가 돌렸던 고개를 다시 앞으로 돌리자 산신이 찬물을 핥고 있었다.

“저 형 근처에도 신이 있는 걸까……? 신기는 느껴지지 않는데…….”

“저건 모르겠나? 친가를 떠나 시간이 조금 지나서 감지력이 둔해진 모양이로구나.”

“설마, 요괴가 있어?”

“그러하다. 게다가 저 자를 잔뜩 둘러싸고 있구나.”

보고 싶은 마음을 억눌렀다. 실례일 테니까.

친가에서 지낼 때는 항상 요괴를 의식하며 살았다.

하지만 지금은 특별히 신경 쓰진 않는다.

“지금은 주위에 요괴가 전혀 없으니까 그런가…….”

“그 집 주변에는 별로 없다만, 산에는 꽤 있다.”

“있구나……, 몰랐네. 산신 씨네 집에 꽤 자주 갔는데 마주친 적은 한 번도 없어. ——나를 피하는 건가?”

“글쎄다. 그런데 카레는 주문하지 않을 겐가?”

“아, 맞다.”

깜빡 잊고 있던 미나토는 점원에게 말을 걸었다.

잠시 후, 주문한 음식이 미나토 앞에 놓였다. 그와 동시에 청년에게도 똑같은 음식이 나왔다.

“이 카레가 마지막이야, 알겠지? ……너희들, 떼쓰지 마. 이번

달에는 여유가 없단 말이야."

청년이 공중을 향해 작은 목소리로 나무랐다.

"———아까 끈을 팔고 오긴 했지만 말이지……. 돈이 입금될 때까지는 며칠이 걸린다고."

팔 수 있을 만한 실력이라면 팔에 차고 있는 끈팔찌도 청년이 손수 만든 건지도 모르겠다.

딱히 들을 생각 없이 듣고 있던 미나토의 귀에 찰칵찰칵, 기묘한 소리가 날아들었다.

미나토는 스푼을 든 채 청년 쪽을 보았다.

그의 무릎 위———, 가방에서 가위를 든 손이 나와 있었다. 꽤 커다란 재봉 가위였다.

그것이 혼자 움직이고 있었다.

경쾌하게 칼날을 울리는 모습은 마치 웃고 있는 것 같았다.

멍해진 미나토가 다시 고개를 앞으로 돌리자 산신이 입을 크게 벌리고 있어서 빨간 목이 다 보였다. 졸린 모양이다.

"———산신 씨, 저 재봉 가위, 혼자서 움직인 거지?"

힐끔 본 산신은 늘어지는 목소리로 말했다.

"저건 츠쿠모가미가 되었다."

"처음 봤어. 친가에는 없었으니까……."

소중하게 여겨준 도구는 오랜 시간이 지나면 영혼이 깃들어 츠쿠모가미가 된다고 한다.

산신이 소파에 누우며 목을 울려 웃었다.

"이 가게 문에 달린 도어베엘이라는 것도 마찬가지다."

미나토가 입구 쪽을 보았다. 문 위쪽에 달린 그 종은 카우벨이었다. 쇠가 녹슨 느낌이라 마치 골동품 같은 분위기였다.

"———백년 이상 지난 물건 같은 풍격이 느껴지는 것 같기도 한데."

잠시 바라보았지만, 저절로 울릴 낌새는 없었다.

"그대 집에도 있다만."

예상하지도 못했던 정보였기에 다시 앞쪽으로 고개를 돌렸다.

"있었구나. 어떤 거?"

쿠스노키 저택의 옷장 안에는 고인의 물건이 몇 개 남아 있다. 가끔 청소를 하기 위해 전부 파악하고 있지만, 오래된 물건은 없었을 텐데.

교차시킨 앞다리에 턱을 얹으며 산신이 말했다.

"풍령 말이다."

풍령은 하나밖에 없다. 금붕어 두 마리가 그려진 유리제 풍령.

작년 여름에 처마 밑에 달았던 그 풍령은 미나토가 가지고 온 것이 아니다. 원래 쿠스노키 저택에 보관되어 있던 것도 아니다.

초여름 무렵, 아침에 일어나 보니 당연하다는 듯이 처마 밑에 달려 있었다.

'뭐야?!'라며 깜짝 놀랐던 것이 먼 옛날 같다. 여름이 끝날 무렵에 산신이 '손질해서 보관해두거라'라고 말했기에 그대로 했다.

"그런데, 그 풍령도 멋대로 움직이진 않잖아."

"그 녀석은 그저 풍령으로 존재하고 싶어하니."

그렇기에 쿠스노키 저택에서 지내는 걸 허용해주었다고 한다.

"작년에 피곤해 보였던 게 착각이 아니었다는 뜻이야?"

"———그러하다."

"일을 너무 많이 시켰나……?"

거의 감았던 눈을 뜬 산신이 숨을 크게 내쉬었다.

"신경 쓰지 않아도 된다. 올해도 마음껏 써주는 것이 좋을 게야. 가끔 손질을 해주면 기뻐할 터."

"알겠어. 그렇게 할게."

돌아가면 손질해야지, 미나토가 그렇게 계획을 세우던 와중에 청년 앞으로 케이크가 두 개 나왔다. 많이 있는 것 같은 요괴에게 결국 떠밀린 건지도 모르겠다.

여자 점원이 테이블에 쟁반을 내려놓자마자 케이크 두 개가 사라졌다. 하지만, 점원은 동요하지 않았다.

"접시 치워드릴게요~."

기분 나빠하지도 않고 빈 접시를 들고는 가게 안쪽———, 주방으로 돌아갔다.

미나토는 감탄하며 친가를 떠올렸다.

어머니와 형도 방금 그 점원과 마찬가지로 요괴를 전혀 감지하지 못하지만 그 존재를 당연하다는 듯이 받아들였다는 것을.

사랑방 동자도 꽤 대식가였다는 것을.

○

———미나토가 떠올리고 있던 멀리 떨어진 친가에서.

시간을 약간 거슬러 올라가 어중간한 오전 시간대.

오래된 전통식 주택에 살고 있는 가족들은 옆 건물인 '쿠스노키 여관'에서 일을 하고 있었다.

제대로 문단속이 된 실내, 햇님 덕분에 따스해진 안쪽 마루에 사람이 아닌 존재가 홀로 앉아 있었다.

수수한 유카타를 입은 다섯 살 정도의 여자 아이. 어둑어둑한 거실을 등진 채 밝은 정원 쪽으로 뻗은 다리가 움직일 때마다 나비매듭으로 묶인 허리띠도 흔들렸다.

그녀가 바로 사랑방 동자다.

그 무릎 위에 길고 얇은 그릇에 든 껌이 세 개 있었고, 고개를 숙인채 미간에 주름을 깊게 드러내고 있었다.

사랑방 동자는 매우 고민하고 있었다.

———미나토에게 받은 껌을 어떤 것부터 먹어야 할까.

그녀는 그중 하나가 엄청나게 신맛일 거라며 경계하고 있다.

예전에 미나토가 제단에 바쳐준 것을 먹고 화들짝 놀란 경험이 있었다.

『어떤 걸로, 할까……. 오른쪽……, 아니, 왼쪽……. 아니, 가운데……?』

아무래도 가운데 쪽으로 시선이 가버린다. 저번에는 그 껌이 엄청나게 신맛이었다.

『———결심했어. 가운데……, 그래! ……응, 아마 이거, 괜찮아!』

사랑방 동자는 말투가 조금 이상했다.

『괜찮아. 예전하고 똑같은 위치면 재미가, 없으니까.』

터무니없는 소리를 하고 있는 그녀 옆에는 나무 조각상이 슬쩍 놓여 있다.

미나토가 보내준 선물인 병아리 조각상이다. 봉황을 모델로 만든 그 조각상에는 볏이 없긴 하지만, 날카로운 눈매는 건재했다.

그런 병아리가 지켜보는 와중에 통통한 어린애 손이 가운데에 있는 껌을 집었다. 아앙, 크게 벌린 입에 넣었다.

따악, 어금니로 씹은 순간, 타닥타닥 터졌다. 동그란 눈을 부릅떴다.

『후오오옷……!』

힘차게 뒤쪽으로 넘어져 버렸다.

시진 않았지만, 너무나도 예상하지 못했던 맛이었다. 발버둥도 치고 있지만, 두 손으로 감싸인 그 얼굴은 웃고 있다.

미나토는 어렸을 때부터 사랑방 동자를 자신의 여동생처럼 대했다.

사랑방 동자의 겉모습은 여전히 어린애지만, 사실은 어린애가 아니다. 미나토가 태어나기 전에, 아버지가, 돌아가신 할아버지가 태어나기 전에도 존재했다.

그렇게 훨씬 연상인 존재를 연하처럼 대하는 건 원래 이상한 일이다.

우물우물 껌을 먹으며 사랑방 동자가 슬쩍 웃었다.

———하지만, 기쁘다.

미나토의 이웃 아이들 중에는 연상밖에 없었기에 모두의 동생 취급을 받으며 자랐다.

그렇기에 사랑방 동자가 자기보다 어린 모습이라는 사실을 할아버지에게 들었을 때는 매우 기뻐했다.

오빠 행세를 하고 싶었던 것이다.

이유가 어찌 되었든, 소중한 가족의 일원으로 봐 주는데 안 좋은 감정이 생길 리가 없다.

쿠스노키 가문의 피를 지닌 자는 대부분 요괴를 감지할 수 있고, 다들 사랑방 동자를 소중하게 대해준다. 날마다 빼먹지 않고 음식을 제단에 마련해 주는 것이 관례다.

하지만, 집을 떠난 뒤에도 선물을 계속 보내주는 사람은 미나토뿐이었다.

소매로 입가를 가린 사랑방 동자가 쿠후후, 웃었다.

천장을 향해 다리를 버둥거리자 그 충격으로 병아리 나무 조각상이 넘어졌다.

그와 동시에 뻐꾹~, 뻐꾹~. 거실의 뻐꾸기시계가 활기차게 시간을 알려주었다.

사랑방 동자 전체의 움직임이 딱 멎었다.

조용히 일어나서는 소맷자락 안에서 쌈지를 꺼냈다. 나무 조각상과 과자를 넣고 끈을 꾸욱 조였다.

그것을 품속에 조심스럽게 넣고는 일어섰다.

타박타박. 잘 닦인 바닥을 나아가는 경쾌한 발소리를 들은 사람은 아무도 없다. 사랑방 동자가 지나가던 복도에 늘어선 문에 화이트보드가 걸려 있다. 글자가 적혀 있기도 했고, 텅 비어 있기도 했다. 뭐든지 적는 버릇이 있는 미나토의 영향으로 가족들은 지금도 화이트보드를 활용하고 있다.

그것들이 내려다보고 있던 사랑방 동자가 허리띠를 나부끼며 나아갔다. 긴 복도를 지나 부엌을 거쳐 쪽문에 도착하자 후욱, 사라졌다.

자연이 풍요로운 산기슭에 흐르는 계곡을 따라 전국적으로 유명한 온천 마을이 있다.

그곳에 몇 군데 있는 오래된 여관 중 한 곳이 '쿠스노키 여관'이다. 미나토의 친가에 딸린 본채에 객실이 세 군데, 별채가 두 곳 있고, 담장으로 둘러싸인 그곳도 사랑방 동자에게는 자신의 집이었다.

쿠스노키 여관과 대문 사이에 사랑방 동자가 홀연히 나타났다.

자그마한 맨발이 돌바닥을 밟고는 문기둥으로 다가가 올려다보았다.

거기에는 미나토가 손수 만든 간판이 있다.

'쿠스노키 여관'이라는 글자와 녹나무 잎 그림이 새겨져 있고, 붓글씨로 적힌 유려한 글씨 자체는 검은색이지만, 비취색 빛을 뿜어내고 있다.

그것을 빤히 바라보고 있던 사랑방 동자가 턱을 내렸다.

그 시야에 들어온 것은 완만한 언덕을 느릿느릿 올라오고 있던 어떤 남자였다.

아직 젊은 것 같지만, 노인처럼 등이 굽었고 흙빛 피부는 마치 죽은 사람 같았다. 비쩍 마른 입술로 거친 숨을 내쉬는 그 모습은 보는 사람을 불안하게 만들었다.

매우 피곤한 모양, 아니, 매우 심하게 씌인 모양이다.

양쪽 어깨, 몸통, 양쪽 팔다리에 여러 악령이 찰싹 달라붙어 있다. 원망스러워하는 표정을 지은 악령들이 원념이 담긴 목소리를 흘리고 있었다.

남자를 저주하며 달라붙어 있다는 건 분명했다. 남자가 걸어간 뒤에는 진한 독기로 인해 길까지 생겨났다.

질색이라는 듯이 두 눈을 흘기던 사랑방 동자가 옷 너머로 나무 조각상을 꼬옥, 쥐었다.

『지지…….』

오늘도 마찬가지로 정말 지저분한 인간이 와 버렸다. 틀림없이 성격이든 뭐든 썩었을 것이다.

쫓아내고 싶지만, 손님은 손님이다. 그냥 돈줄이라고 생각하면 된다.

요괴에게 있어서 악령은 전혀 위협적이지 못하다. 하지만, 인간인 쿠스노키 가문 사람들에게 있어서는 해롭기만 하다.

사랑방 동자는 꿈쩍도 하지 않고 새까만 그림자가 된 그 남자가 다가오는 모습을 그저 바라보기만 했다.

대문을 뒤덮고 있던 비취색 빛에 닿은 독기가 흩어졌고, 그 뒤를 이어 악령도 먼지처럼 사라졌다.

마치 거북이처럼 걷던 남자의 발걸음이 조금씩 빨라졌고, 지저분해진 신발이 문지방———, 문의 경계를 넘어섰다.

그곳에서 전혀 움직이지 않았다.

남자는 온몸의 고통이 가시는 것을 실감하고 있었다.

골치 아프던 어깨 결림이 사그라들었다. 전혀 올라가지 않던 팔도 가벼워졌다. 계속 답답하던 심장의 통증도 완화되었다.

그리고, 그리고———.

살짝 입을 벌린 남자의 볼에 여러 줄기의 눈물이 흘러내렸다.

그것을 닦지도 못하는 모습을 발치에서 눈을 흘기며 바라보던 사랑방 동자가 흥, 코웃음쳤다.

씌인 녀석은 보통 이렇게 된다.

편해져서 좋긴 하겠지만, 신체적인 고통이 사라졌다고 해서 썩어빠진 성격을 바로잡을 수 있을 리가 없다.

다시 또 씌여서 돌아올 것이다. 단골 손님들 중 절반 이상이 그렇기에.

『돈줄……, 돈줄.』

사랑방 동자는 자신을 타일렀다.

아무리 인간성에 문제가 있더라도 이곳이 악령을 정화하는 효과가 있다는 사실을 알고 찾아오는 사람들은 가문 사람들에게 폐를 끼치지 않을 것이다.

남자에게서 눈을 돌린 사랑방 동자는 희미한 발소리를 듣고는 여관 현관 쪽을 돌아보았다.

여주인———, 미나토의 어머니가 나왔다. 전통식 여관 유니폼을 입은 그녀는 눈물짓고 있던 남자를 보고도 당황하지 않았다. 이런 상황이 자주 일어나기에 이미 익숙해졌다.

"어서 오십시오, ———님, 기다리고 있었습니다. 자, 안으로 들어오시지요."

부드러운 목소리로 말을 걸면서 웅크리고 있던 남자의 등에 손을 대고 안내했다.

오열하는 목소리가 멀어져가는 와중에 사랑방 동자는 다시 간판을 올려다보고 있었다.

비취색 빛이 희미해졌고, 그 범위도 좁아졌다. 정화하는 효과는 아직 남았지만, 새로운 것으로 교환해야 한다.

만약에 이 대문에서 완전히 정화하지 못하더라도 접수처에 놓여 있는 열쇠고리나 각 객실용 명패로 정화할 수는 있다.

하지만, 역시 대문에서 깔끔하게 박살 내는 것이 바람직하다.

『지지는, 싫어.』

자신의 집에 지저분한 것을 들이고 싶지 않다.

『야압!』

힘차게 소리를 내며 뛰어올랐다. 그 수도가 간판 한가운데를 쳤다. 쩌억, 직선 형태로 금이 갔고, 맨발이 돌바닥에 내려왔다.

생각한 대로 금이 간 간판을 올려다보고 매우 만족스러워하며 미소를 지었다.

요즘은 자주 교환하게 되어 얇은 판자로 바뀌었지만, 두 동강 내는 실수는 하지 않는다.

너무 불길하기 때문이다.

자주 반복해 온 그녀의 기술은 숙련된 영역에 도달했다.

그런 다음, 사랑방 동자가 나타난 곳은 별채였다.

본채에서 따로 떨어져 있는 두 별채는 높은 담장으로 둘러싸여서 개인적인 공간과 시간을 완벽하게 확보할 수 있다.

방 하나뿐이라 조촐하긴 하지만, 편백나무 실내탕과 원천에서 끌어온 노천탕을 갖추고 있다.

여관 객실에는 행성의 이름이 붙어 있고, 별채 두 곳은 '수성'과 '금성'이라고 한다.

그중 한 곳, 수성 현관문은 닫혀 있었다.

사랑방 동자가 그곳을 통과해서 실내로 들어갔다. 물리적 장애물 따위는 요괴에게 있어서는 없는 것이나 마찬가지다.

투욱, 맨발이 복도 바닥을 밟은 직후에 실내에 있던 손님이 소리쳤다.

"감사합니다!"

젊은 남자의 목소리가 메아리친 그 방에 사랑방 동자가 들어섰다.

그 방을 며칠 동안 빌린 것은 어떤 젊은 남자였다. 척 보기에도 그쪽 업계인 듯한 모습이었고, 기본적으로는 다른 사람을 거만한 태도로 대한다. 친하게 지내고 싶지 않은 타입이다.

그 남자가 벽을 향해 엎드려 있었다.

"감사합니다! 감사합니다!"

계속 고맙다고 인사를 하고 있었다. 아무리 말해도 부족하다는 것을 그 목소리와 진지한 태도가 말해주고 있었다.

남자의 정수리가 향한 곳에는 아무도 없었다.

판자 받침대에 항아리가 놓여 있었고, 벽에는 그림이 걸려 있었다.

단, 한 가지 묘한 것이 있었다.

항아리 밑에 깔려 있는 봉투였다. '사죄'라고 손글씨로 적혀 있었다.

물론, 그 글씨를 적어놓은 것은 바닥에 이마를 조아리고 있는 남자다.

남자가 고개를 번쩍 들었다.

"이 은혜는 결코, 평생 잊지 않겠습니다———."

한쪽 무릎을 들고 한쪽 팔을 걷어붙였다. 탄탄한 그 팔뚝에 새겨진 멋진 용. 그 모습을 벽에 보여주려는 듯이 내밀었다.

"저희 용신께 맹세코!"

남자는 진지했다.

그 기상천외한 행동을 사랑방 동자가 방 한가운데에서 싸늘한 표정으로 바라보고 있었다.

"주신 열쇠고리는 반드시, 반드시 소중히 간직하겠습니다!"

『안 줬어.』

사랑방 동자가 중얼거린 목소리는 남자에게 들리지 않았다.

하지만———.

벽 쪽을 힐끔 보았다.

일부러 확인하지 않아도 안에 지폐가 들어있다는 건 알고 있다. 그게 얼마인지, 어느 정도 가치를 지니고 있는지는 이해하지 못하지만.

예전에 서약을 맺은 퇴마사에게 요구한 대가에 대해 금전이라고 말하지도 않았고, 금액도 정하지 않았다.

하지만, 그들은 멋대로 대가가 돈이라고 판단하고는 시세를 정했고, 가끔은 꽤 두둑하게 얹어서 주곤 했다.

이번에도 마찬가지다. 봉투가 두껍다.

이 남자는 서약을 지켰다. 그러니 아무 짓도 하지 않는다.

사랑방 동자는 약간 긴 앞머리 너머로 그저 바라보고만 있었다.

그제야 남자가 차림새를 가다듬었다. 이마에는 다다미 자국이 뚜렷하게 남아 있지만, 매우 만족스러운 모양이었다.

그리고 얼굴은 매끈매끈했다. 이른 아침부터 늦은 밤까지 몇 번이나 온천에 몸을 담근 효과가 잘 나타나고 있었다.

남자는 자그마한 캐리어를 끌어당겼다.

"정말 아쉽습니다만, 비행기를 타야 해서 이만 실례하겠습니다……."

이곳에서 공항까지는 꽤 멀리 떨어져 있다.

하지만 멀리 있는 집으로 돌아가려면 비행기를 꼭 타야만 한다. 일부러 시간과 돈을 들여 거리가 먼 이곳까지 왔다.

남자는 그럴 만한 가치가 충분히 있다고 생각했다.

온갖 명의를 찾아다녔고, 수상쩍은 영매사에게까지 부탁했는데도 전혀 좋아지지 않았던 건강이 완전히 회복되었으니까.

동료에게 이곳 소문을 들었을 때는 반신반의했지만, 지푸라기라도 잡는 듯한 심정으로 오길 잘했다.

현관을 나선 남자는 열쇠고리를 훔친(빼낸) 열쇠로 문을 잠갔다.

다시 문을 향해 고개를 크게 숙였다.

"정말 감사합니다! '쿠스노키 여관'의 수호신님!"

야쿠자 업계에서 열쇠고리 제작자(미나토)는 그렇게 불리고 있다.

——'쿠스노키 여관'에 묵으면 악령 관련 문제는 해결할 수 있다. 그리고 객실의 열쇠고리에도 정화 효과가 있다. 그런 소문이 북쪽으로는 홋카이도부터 남쪽으로는 큐슈까지 널리 퍼져 있다.

하지만 그런 명패 같은 것들을 만드는 사람이 이 여관의 차남이라는 사실은 알려지지 않았다.

손님들이 떠보더라도 미나토의 가족들은 입을 열지 않기 때문이다.

아무리 손님이라 하더라도 외부인은 외부인이다. 게다가 일반인이 아니라는 사실을 척 봐도 알 수 있는 사람들뿐이다. 가족을 팔아넘길 리가 없다.

캐리어를 끌고 가던 남자는 의기양양하게 샛길을 지나 본채 쪽으로 갔다.

함께 바깥으로 나와 있던 사랑방 동자가 그 모습을 바라보고 있자니 그 손님과 교대하듯이 남자가 이쪽으로 걸어왔다.

여주인과 비슷한 차림새인 그는 미나토의 형——, 와타루다. 어머니의 부드러운 외모를 닮은 미나토와는 별로 닮지 않았고, 눈가가 시원스러운 아버지를 닮았으며 근육질이다.

와타루는 별채를 청소하기 위해 마스터 키를 들고 왔다.

그 모습을 본 사랑방 동자가 팔을 뻗어 문 손잡이를 건드렸다.

철컥, 문이 열렸다.

저절로 문이 열린 모습을 본 와타루는 한숨을 크게 쉬었다.

"또 열쇠고리를 훔쳐 간 거냐고……."

그 사실을 알리는 신호였다.

"팔아달라고 말해도 될 것을……. 안 그래? 동자님."

아래쪽을 향해 그렇게 물어보았지만, 그녀는 이미 그곳에는 없었다. 인접한 다른 쪽 별채———, 금성 쪽으로 유카타를 나부끼며 달려갔다.

투덜거리며 실내로 들어간 와타루는 벽 근처에서 봉투를 발견했다.

"있네~, 미나토 저금이……."

괘씸한 녀석들이 사죄하는 의미로 두고 가는 돈은 '미나토 저금'이라 불리며 전부 계좌에 넣어두고 있다.

꽤 큰 금액이지만, 미나토는 그 사실을 모른다. 언젠가 큰 돈이 필요하게 될 경우에 건네줄 예정이다.

와타루는 봉투 안을 힐끔 보고는 앞주머니에 집어넣었다.

그런데 금성 쪽 숙박객들은 어떨까.

거기에는 며칠 전부터 젊은 남자들 두 명이 묵고 있었고, 오늘 체크아웃할 예정이다.

양쪽 소맷부리를 잡고 있던 사랑방 동자가 들뜬 발걸음을 보이며 현관문으로 침입했다.

짤막한 복도 너머에 방과 마루가 이어져 있다. 커다란 유리창이 칸막이 역할을 맡고 있었고, 목제 틀이 드러난 노천탕이 존재를 주장하고 있었다.

그곳을 볼 수 있는 마루, 탁자를 두고 마주보고 있는 소파에 젊은 남자들이 앉아 있었다.

거만하게 다리를 꼬고 있는 금발. 한데 모은 무릎 위에 손을 올려두고 몸을 움츠린 갈색 머리.

양쪽 다 퇴마사다. 그들은 악령을 퇴치하다가 오히려 씌여버렸기에 정화하기 위해 이곳에 와 있었다.

갈색 머리가 이리저리 눈을 돌리다가 조심스럽게 말했다.

"열쇠고리 대금을 지불해야……."

금발은 힘없는 그 충고를 듣지도 않고 손가락에 걸고 있던 열쇠고리를 돌렸다. 비취색 빛이 흩뿌려지자 방 가운데에 서 있던 사랑방 동자가 눈을 가늘게 떴다.

"안 내도 괜찮다니까. 잃어버렸다고 둘러대면 된다고 들었고."

금발이 웃으면서 말하자 갈색 머리가 숨을 살짝 내쉬고는 손 근처를 내려다보았다.

그는 소심했고, 말로 표현할 수 없는 불안한 느낌이 들었다.

금발은 열쇠고리를 들고 일어섰다.

"온 김에 명패도 가져가자고."

"――――응."

짐을 챙긴 두 사람이 방을 나섰다. 현관문이 닫혔다.

물론, 사랑방 동자는 그 모습을 처음부터 끝까지 보고 있었다.

나갔다. 저 녀석들은 이 방에서 나갔다.

———대가를 치르지 않고.

『훔쳤어. 미나토 거, 훔쳤어…….』

파직파직, 허공이 찢어지는———, 랩 현상으로 인해 발생한 소리가 실내에 울렸다.

분노가 단숨에 부풀어 오르자 사랑방 동자의 머리카락도 곤두섰고, 나비 매듭으로 묶인 허리띠가 솟구친 순간, 그 모습이 사라졌다.

금발이 현관문 옆에 걸린 명패 쪽으로 손을 뻗었다.

“그럼, 가져간다~.”

그 순간, 뒤쪽에 사랑방 동자가 나타났다.

“어라, 이거 뭐야. 안 떨어지는데.”

제대로 박힌 명패 때문에 금발이 애를 먹고 있었다.

그런 반면, 사랑방 동자는 특기를 화려하게 선보였다.

훌쩍 뛰어올라 그 어린 손이 금발의 견갑골 근처에 박혔다. 곧바로 빼낸 다음, 양쪽 발이 땅바닥으로 내려왔다.

그 손이 쥐고 있는 것은 일그러진 덩어리. 금발의 심장———, 혼으로부터 쭈욱~, 얇은 실이 늘어져 있었다.

『에잇!』

팔을 들어올린 다음, 그것을 단숨에 뜯어냈다.

사랑방 동자가 혼을 세게 쥐었다. 파앙, 큰 소리를 내며 터진 뒤에 모래 형태로 바뀌었고, 어린 손바닥에 전부 흡수되었다.

“아~, 이제야 빠졌네.”

명패를 든 금발은 통증을 느끼지 않았다.

———타고난 운이 자신의 혼에서 떨어져 나갔는데도.

"정말, 왜 명패 따위를 이렇게 세게 박아둔 거야?"

"훔쳐가지 못하게끔 그런 거 아닌가……."

갈색 머리의 힘없는 목소리를 금발이 무시하고는 명패를 아무렇게나 자신의 가방에 집어넣었다.

사랑방 동자는 집에 자리 잡은 요괴다.

소중히 대해주면 보답으로 번영을 가져다 주는 존재다.

하지만, 한 번 토라져서 집을 떠나버리면 그 집에 사는 사람들은 불행을 맞이한다.

사랑방 동자가 그곳을 떠날 때 일가의 운을 떼어내서 가지고 가버리기 때문이다. 지금까지 사람들에게 주었던 분수에 맞지 않는 행운을 되찾으려는 듯이.

그렇기에 미나토의 친가에서 사는 그녀도 사람의 운을 떼어내는 것은 특기 중의 특기다. 무시무시한 그 실력을 발휘해서 모든 절도범에게서 운을 떼어냈다.

퇴마사들은 짐을 챙겨서 본채 쪽으로 향했다.

우르르 멀어져 가던 와중에 금발의 어깨에 새똥이 떨어졌고, 옆얼굴까지 튀었다.

"으앗! 더러워!"

노려본 곳, 범인———, 말똥가리가 푸른 하늘을 유유히 날아갔다.

금발은 더러워진 어깨에 정신이 팔린 채 걸어갔다.

"아얏!"

이번에는 돌멩이를 밟고 발목이 삔 채 꼴사납게 쓰러졌다.

사소한 불행이 연달아 일어났다.

하지만, 이제 시작에 불과하다. 앞으로 불행의 수준이 더욱 올라가는 것은 이미 확정이다.

소리를 지르는 금발 옆에 있던 갈색 머리는 당황할 뿐이었다.

아무리 불안하더라도 아무런 행동도 하지 않으면 의미가 없다. 그리고 앞으로도 함께 행동한다면 그도 불행의 파도에 삼켜지게 된다.

악운은 전염되는 법이니까.

아하하하핫! 갑작스러운 웃음소리가 별채 상공에 울려 퍼졌다. 성대한 박수 소리까지 함께.

시끌벅적한 그 소리가 쏟아져 내리자 사랑방 동자가 하늘을 올려다보았다.

별채 지붕 위에 비비가 있었다.

원숭이와 비슷하게 생겼고 털이 무성한데다 몸집이 크다. 뒤집어진 입술로 뒤덮인 눈가. 그렇게 이상하게 생긴 존재가 처마 끄트머리에 앉아 손뼉을 치고 있었다.

근처 산에 살면서 가끔 놀러오는 요괴다.

비비는 입술을 되돌리고는 드러난 빨간 눈으로 사랑방 동자를 내려다보았다.

『오, 무섭네, 무서워. 동자님은 여전히 자비심이 없군.』

그렇게 말하면서도 유쾌한 기색이었다. 처음부터 끝까지 지켜보고 있었던 것이다.

이 집에는 비비 말고도 많은 요괴들이 드나들고 있다.

다들 온천을 즐겼고, 사랑방 동자에게 바친 술이나 과자까지 가로채곤 했다. 그 덕분에 쿠스노키 일족은 사랑방 동자가 뭐든지 먹고 마신다며 오해하고 있다.

하지만, 사랑방 동자는 신경 쓰지 않았다. 그리고 집 안에서 마음대로 행동하는 요괴들을 나무라지도 않았다.

그녀는 떠들썩한 것을 좋아하기에 자신과 이 집 사람들을 해치지 않는 요괴들을 받아들였다.

단, 사랑방 동자가 고른 뒤에 남은 공물에만 손을 대야 한다는 불문율은 있다.

요괴들은 그 규칙을 잘 지키고 있다. 그러지 않으면 두 번 다시 여기에 올 수 없게 되기 때문이다.

뒷짐을 진 사랑방 동자는 비비를 올려다보면서 입을 꾹 다물었다.

『미나토 거 훔치면, 안 돼!』

『그렇긴 하지요.』

비비의 목소리는 담담했다. 불행을 향해 일직선으로 돌진하게 된 인간 따위는 흥미도 없다.

『미나토는 잘 지내고 있습니까?』

예전부터 이곳에 오곤 했기에 미나토를 알고 있다.

『잘, 지내.』

『가끔은 얼굴을 보여주러 돌아와도 좋을 것 같은데요. 정말 불효자로군요.』

아하하핫, 그렇게 크게 웃던 비비가 아래쪽에 있던 온천을 향해 뛰었다.

사랑방 동자도 돌아섰다.

『하나, 둘, 셋. 하나, 둘, 셋!』

한쪽 다리로 두 번 뛰고는 두 다리를 벌리고 착지. 미나토에게 배운 사방치기를 반복하며 마음 편한 집으로 돌아갔다.

○

희미하게 카레 향기가 풍기는 미마사카 식당 안.

이제야 점심 식사——, 일반적인 카레 라이스를 먹게 된 미나토의 스푼이 계속 움직이고 있었다.

집에서 해먹는 카레와는 맛이 다른 본격파 카레는 기대를 배신하지 않았다. 평소에는 빨리 먹곤 하지만, 지금은 맛을 즐기고 있다.

그 정면에 자리잡은 산신 앞에는 얕은 잔이 있을 뿐이다. 물만 홀짝홀짝 마시고 있었다. 그 코끝에서 물방울이 묻은 잔 속 얼음이 달그락거리며 소리를 냈다.

곧바로 점원이 다가왔다. 손에는 물이 잔뜩 든 병이 있었다.

“시원한 물 드릴까요?”

“부탁하마.”

산신은 앞발로 잔을 점원 쪽으로 밀었다.

테이블 옆에 서 있던 조끼 차림 여자는 큰 늑대를 보지 못한다. 목소리도 듣지 못하고, 기척도 느끼지 못한다.

하지만 눈썹도 움찔거리지 않고 물을 따르고는 떠나갔다. 잔과 그 주변의 물방울도 깔끔하게 닦은 다음에.

프로의 솜씨를 본 미나토는 음식을 씹으며 감탄하고 있었다.

"점원분이 익숙한 듯한 느낌이네."

"으음, 그런 모양이로구나. 저런 자는 극히 드물다. 이 가게에는 모여 있는 모양이다만……."

산신의 시선을 따라가 보니 약간 떨어진 테이블에서 접시를 받아든 남자 점원이 있었다. 까만 옷을 입은 소년이 팔을 뻗어 작은 접시를 내미는 모습이 산신에게는 보였지만, 미나토는 공중에 접시가 떠 있는 것처럼 보이기만 했다.

"저 점원분도 태연하고. 대단하네. 우리 어머니나 형도 그렇긴 한데."

"호오. 아버지는 기척을 느낄 수 있다고 하였는데, 어머니와 형은 아무것도 모르는 겐가?"

"전혀, 요만큼도 몰라. 그래도 동자님에게 아무렇지도 않게 말을 걸어. 전혀 다른 방향에 말을 걸지만 말이지."

산신이 목을 울리며 웃었다.

그 모습을 보자마자 미나토는 자주 웃곤 하는 비비가 떠올랐다.

여전히 큰 소리로 웃으며 별채에 있는 노천탕에 뛰어들고 있을 것이다. 힘껏 뛰어들면서도 물이 별로 튀지 않아 고맙다.

지금쯤 그 노천탕을 청소하던 형이 몰래 온천에 몸을 담그고 있던 요괴들에게 '동자님 친구들, 잠깐 나와줄 수 있을까?'라고 재촉하고 있을지도 모르겠다.

친가의 일상 풍경은 언제나 선명하게 머릿속에 그릴 수 있다.

눈을 내리깐 미나토가 조용히 말했다.

“올해는 귀성을 할까.”

“가끔은 얼굴을 보여주러 가도록 하거라.”

“———그러게.”

작년에는 돌아가지 않았다.

언제 갈까, 그렇게 생각하던 미나토 옆을 40대 남자가 지나쳤다.

그 사람 곁에는 인간이 아닌 존재가 없다.

하지만, 곳곳에서 이상한 사태가 발생하는데도 소동을 피우지 않았다.

단골일 것이다. 그렇게 생각한 미나토가 별 생각없이 보고 있자니 익숙한 듯이 계산을 마치고는 문을 열었다.

그때, 도어벨이 울리지 않았다.

아마 츠쿠모가미인 카우벨이 인간이 아닌 존재가 문을 통과할 때만 울리고 있을 것이다.

그렇기에 점원들도 알고 있을 것이다.

의문이 풀리자 미나토가 얼마 남지 않은 카레를 조심스럽게 스푼으로 떴다.

## 제9장 이것저것 신기한 가게

가게의 분위기, 풍부한 메뉴, 마음 편한 느낌.

모든 것이 만점이었던 인간이 아닌 존재들의 단골 가게──, 미마사카 식당. 싹싹한 점원들과 듣기 편한 도어벨 소리에 배웅을 받으며 미나토와 산신이 큰길로 나섰다.

"또 미마사카 식당에 밥 먹으러 가고 싶네."

"언제든 오도록 하거라."

왠지 모르게 산신이 환영하겠다는 말을 했기에 미나토가 웃었다.

산신도 화과자를 잔뜩 먹었고, 미나토도 점심 식사를 매우 만족스럽게 마쳤다. 오늘 목적은 거의 달성했다. 이제 남은 것은──.

"나무 조각상에 달 끈을 사야지. 어디 있으려나."

"──으음."

미나토가 무언가를 원했고, 그것에 대해 소리 내어 말했다.

그 소원은 조만간 이루어지게 된다.

미나토의 양쪽 어깨와 등에 뚜렷하게 남은 발자국들이 희미하게 빛났다.

상점가 변두리 쪽에 있던 어떤 가게에 미나토의 시선이 쏠렸다. 양쪽 옆에 있는 대형 점포를 엄폐물로 삼은 듯이 약간 안쪽에 묻혀 있다.

“저 가게는 뭘까…….”

곧바로 찾아낸 모양이다. 성수의 희귀한 가호를 네 개나 받았으니 끌어들이는 힘도 어지간한 수준이 아니다.

“엄청 신경 쓰여.”

그 말대로 다리가 멈추지 않았다. 말이 없던 산신은 신위로 인파를 헤치며 미나토를 따라갔다. 둘 다 그 가게 문앞에 섰다.

기와 지붕에 단층 건물. 연한 갈색인 외벽은 묻혀버릴 수도 있는 색이지만, 붉은색 포렴이 그나마 장식해주고 있었다.

———전통식 잡화점 이즈모야.

머리 위에 걸려 있는 목제 간판에 검은색으로 선명하게 새겨져 있었다.

“이 가게, 잡화점 맞지……?”

위쪽을 본 미나토가 의아하다는 듯이 그렇게 중얼거렸다. 발치에 있던 산신도 간판을 올려다보았다.

“간판에 그렇게 적혀 있으니 틀림없을 터.”

“잡화점은 보통 상품을 밖에 잔뜩 진열해 두니까…….”

일반적으로 가게 앞에 빽빽하게 상품을 늘어놓고 그 물건들로 손님을 압도하는 곳이 많을 것이다.

하지만, 이즈모야는 그렇지 않았다. 가게 앞에 진열장도 없었고, 장식할 생각도 전혀 없다.

“굳이 말하자면 다른 사람 집 같네. 그리고———.”

미나토가 고개를 돌려 양쪽 옆에 있는 가게를 번갈아 보았다.

“이 가게 근처 공기만 깨끗해.”

"호오. 알아볼 수 있게 되었는가."

산신이 꼬리를 슬쩍 흔들었다. 그 순간, 주위에 뿌려진 금빛 입자를 힐끔 본 미나토가 고개를 끄덕였다.

"……왠지 그런 느낌이 들어. 말로 잘 설명하진 못하겠지만."

"서투르게 말로 표현하지 않아도 된다. 무의식적인 영역에서 제대로 감지하고 있구나. 그 감각을 잊지 않게끔 하거라."

"응."

"그것은 결코 얕볼 수 없는 감각이니라. 특히 그대의 감각은 말이다."

"그런가?"

"물론이다. 신역에 살면서 날마다 정신 수행을 하고 있는 덕분에 감각이 예민해졌으니."

"짐작되는 게 없는데……. 아, 혹시 부적을 만드는 거 말이야?"

"그것뿐만이 아니다. 날마다 청소를 하고, 최근에 시작한 나무 조각도 마찬가지다."

"몰랐네……. 전부 단련이라고 생각하진 않았는데, 마음을 비울 수는 있긴 해."

잡생각이 사라진다고 자신 있게 말할 수 있다.

납득한 듯한 표정을 짓고 있던 미나토의 이마를 산신이 바라보았다.

"그대의 제6감은 이미 깨어났다."

미나토는 이마에 손을 대고 문질렀다. 아직까지 이상한 부분은 없다. 약간 불안한 듯이 물었다.

"———설마, 제3의 눈이 나오는 건 아니겠지……?"

아무리 그래도 더 이상 사람의 영역에서 벗어나고 싶지는 않다.

"글쎄다."

씨익 웃은 큰 늑대가 문 쪽으로 돌아섰다.

"그대의 세엔서에 이 가게가 걸려들었다. 그렇다면 들어가 보아도 손해는 보지 않을 게야."

"그럼, 들어가 볼게."

미나토가 문을 열자 침향 냄새가 코를 간질였다.

전통식 분위기를 풍기는 그 향기로 가득찬 가게 내부는 넓지도, 좁지도 않았다. 벽을 따라 놓여 있는 전통식 선반, 공간을 나누어 둔 진열대는 전부 낮았고, 많지도 않았다. 그것들 위에 여유롭게 놓여 있는 상품들은 보기가 매우 편했다.

마치 전시장 같았다.

그런데, 그냥 지나칠 수 없는 것이 있었다.

"흐에에엑! 오랜만에 엄청난 분이 오셨네~!"

가게 가운데쯤에 있던 인간 남자였다.

왠지 모르겠지만 이상한 목소리로 외치며 놀라고 있었다.

30대 정도, 부드러운 인상, 갈색 작업복을 입고 머리를 짧게 깎았기에 척 보기에는 승려 같았다.

하지만, 가슴팍에 달고 있던 명찰이 점원이라는 사실을 알려주고 있었다.

"흐어, 대단해애~! 으히익!"

목소리가 이상하게 잘 들렸고, 비명인지 기뻐하는 건지, 말꼬리가 커져서 듣기가 좀 그런 목소리가 가게 구석까지 잘 울려퍼졌다.

미나토는 자기도 모르게 뒤쪽을 보았다. 문은 제대로 닫았으니 아마 가게 밖에는 들리지 않을 것이다.

다시 앞을 보니 여전히 그 점원은 알아들을 수 없는 목소리를 내며 몸부림치고 있었다.

살며시 눈을 돌린 미나토는 축 늘어졌다.

이럴 수가. 하필이면 변태가 일하고 있는 가게에 끌려서 들어와 버리다니.

내 제6감은 믿을 수가 없구나.

아니면 변태와 만나기 위해 여기에 이끌려 온 건가?

마음속으로 매우 실망한 미나토 옆에서 점원을 바라보고 있던 산신이 두 눈을 가늘게 떴다.

"호오, 이 녀석……."

매우 즐겁다는 듯이 그렇게 중얼거리고는 앞발을 내디뎠다.

천천히, 조금씩. 마치 궁지에 몰아넣은 먹잇감을 가지고 노는 것처럼, 그 압도적인 존재를 과시하며 점원 쪽으로 다가갔다.

조금씩 떨리던 점원의 몸이 마치 극한 지역에 내던져진 것처럼 엄청나게 떨리기 시작했다. 두 팔을 교차해서 자신의 몸을 끌어안고는 어금니가 들어맞지 못할 정도로 떨고 있다.

하지만, 그곳에서 한 발짝도 움직이려 하지 않았다.

게다가 시선이 큰 늑대 쪽에 고정되어 있었다.

"자, 자, 잠깐만, 잠깐만 기다려 주십시오, 산신님! 으하악~! 자자자, 잠깐만 기다려 주십시오! 부디, 거기에서! 거기에서 잠시만 기다려 주십시오."

그제야 미나토도 짐작했다.

점원은 신의 존재를 피부———, 촉각으로 감지하는 타입이라는 것을. 그것도 상당히 강하다. 그 온몸으로 산신의 강력한 신위를 똑똑히 느끼고 있을 것이다.

하지만 그 얼굴에 겁먹은 기색은 없었다. 기개가 있는 표정이었다.

"네엣. 그, 금방 익숙해질 테니까요! 잠시만, 시간을 주십시오! 으하악. 반드시, 이, 익숙해질 테니까요!"

점원은 움직이지 못하는 것이 아니었다. 움직이지 않은 것이다.

끈기가 정말 대단하다. 산신이 마음에 들어 할 만한 사람이다.

예상했던 대로 산신은 사정없이 장난을 치고 있다.

점원에게 다가가거나, 멀어지거나, 그를 기점으로 한 바퀴 빙 돌거나. 곁으로 다가갔을 때는 '아바바바바', 이상한 소리가 들렸고, 멀어지자 '이, 이제 얼마 안 남았습니다! 거의 다 되었어요!'라고 절박한 목소리가 들렸다.

그렇게 가엾은 남자의 다리를 큰 늑대가 가끔 슬쩍슬쩍 앞발로 건드리고 있었다.

잠시 후, 점원의 떨리던 몸도 서서히 가라앉기 시작했다. 할 일이 없던 미나토는 가게 안을 꼼꼼하게 살펴보았다.

자그마한 잡화들을 주로 파는 모양이었다.

비녀, 허리띠 장식, 끈처럼 여성용 액세서리가 눈에 띄었지만, 부채, 수건, 보자기 등, 연령이나 성별과는 상관이 없는 물건들도 있다. 폭넓은 연령층에 어울릴 것 같다.

허억, 허억, 그렇게 몸을 굽히고 숨을 고르고 있던 점원 옆에 있는 마네키네코 장식물. 같은 사람이 만든 것 같은 도자기는 각각 색이나 표정이 달랐다.

기계 제품의 획일적이고 무기질적인 느낌이 없고 전부 따스한 느낌으로 가득 차 있었다.

"새 씨가 정말 기뻐할 만한 물건들만 있네———."

미나토가 그렇게 중얼거리자 딱 멈춘 점원이 똑바로 섰다. 그 덕분에 그쪽 대각선 뒤가 시야에 들어왔고, 미나토의 말도 끊겼다.

자그마한 나무 선반에 색과 형태가 다른 끈이 걸려 있었다. 거기에 눈과 의식이 쏠렸다.

점원이 샤샥, 옆으로 피했다. 지금까지 꿈쩍도 하지 않았던 게 거짓말 같을 정도로 재빨랐다.

소리도 없이 앞으로 나아간 미나토가 끈 중 하나를 들어보았다.

신록이 싹트는 듯한 녹색———, 연두색을 기반으로 한 납작한 끈.

리본 모양의 그 끈을 빤히 바라보고 있자니 점원이 조용히 말을 걸었다.

"마음이 끌리는 물건을 만나신 모양이군요."

"———그러게요. 신기하게도 이 끈이 신경 쓰여요."

솔직하게 대답하자 점원이 고개를 끄덕였다. 몸 앞에 두 손을 모았다. 표정으로는 전부 알고 있다는 듯이 말하고 있었다.

"억지로 추천하진 않겠습니다만, 마음에 드셨다면 구입하시는

게 좋을 겁니다. 사람이든, 물건이든, 만남은 일기일회죠. 저희 가게에는 하나밖에 없는 상품들이 많으니 팔린 뒤에는 두 번 다시 만날 수 없게 될 가능성이 큽니다."

밀어붙이는 느낌은 아니다. 진심으로 그렇게 생각하는 것 같다.

"그 끈은 인기도 많고, 입하된 지 얼마 되지 않은 상품입니다. 운이 정말 좋으시군요."

그렇게 말한 점원의 눈길이 미나토의 양쪽 어깨와 등으로 움직인 것을 가게 안쪽에서 걸어가고 있던 산신만 보고 있었다.

미나토가 주위를 보았다. 방금 들어 본 끈뿐만이 아니라 다른 끈, 옆쪽 진열장에 있는 물건들, 전부 다른 가게에서는 볼 수가 없는 상품들이었다.

이곳에 들어오기 전에 느꼈던 깨끗한 기운을 두르고 있는 것 같았다.

"여기 있는 것들은 전부 신역에서 만들어진 물건들이다. 다들 신기를 희미하게 두르고 있구나."

어느새 곁에 와 있던 산신이 그렇게 말했다.

점원은 이제 그 신위 덩어리가 곁에 있는데도 동요하지 않았다. 신압에 익숙해진 것 같은 그 점원도 맞장구를 쳤다.

"맞습니다. 여기 있는 것들은 전부 신역에 살고 계시는 분——, 당신과 같은 환경에서 지내는 사람의 손에 의해 만들어진 특별한 물건들이죠."

마치 당연하다는 듯이 말하며 밝게 웃었다.

어떻게 알고 있느냐며 경계할 필요도 없을 것이다.

점원은 산신을 인식할 수 있다. 신적인 존재를 감지할 수 있는 자의 마음은 깨끗하다는 것을 예전에 산신에게 배웠다.

아무튼, 미나토는 일단 신경이 쓰이는 것에 대해 물었다.

"———저는 평범한 사람과 뭔가 다른가요?"

"온몸에 신기를 두르고 계시니, 저 같은 사람은 한눈에 구분할 수 있습니다."

"저 같은 사람, 이라뇨?"

대놓고 캐묻는 것 같아서 조금 마음에 걸렸지만, 점원의 개방적인 태도를 보니 너무 신경 쓸 필요는 없을 것 같다.

"저는 일반인들보다 오감이 조금 더 발달해서요."

"수행하셨나요?"

"네. 나름대로 단련했습니다."

정신만 단련한 게 아니라는 걸 나타내기 위해서인지 알통을 보여주었다. 의외로 근육질이고, 옷을 입으면 말라 보이는 타입인 것 같았다.

"절에 계신 분 같은 느낌인데요."

"용케도 알아보셨군요. 맞습니다, 절에서 태어났죠."

그렇게 말하며 시원스럽게 웃었다. 누구와도 금방 사이좋게 지낼 수 있을 것처럼 싹싹했다.

그건 그렇고 절에서 태어난 사람이 왜 잡화점에서 일하고 있는 걸까.

미나토는 의문을 품었지만, 소리 내어 말하지는 않았다. 사람들마다 다양한 사정이 있을 것이다. 그런데———.

"저는 다섯째라 자유로운 몸이거든요."

멋대로 짐작하고 말해주었다.

설마 독심술을 쓰는 건 아니겠지?

전전긍긍하던 미나토에게 산신이 느긋하게 물었다.

"그런데, 그 끈은 살 게냐?"

계산대 근처에서 동전지갑을 바라보고 있었다. 심심한 건지도 모르겠다.

"살 거야."

특별한 물건이라 그런지 조금 비쌌지만, 망설이지는 않았다.

"아, 그래도 일단 크기가 맞는지 확인해 보는 게 나으려나?"

가방에서 나무 조각상을 꺼냈다.

점원이 그것을 빤히 바라본 다음, 이상한 목소리로 외쳤다.

"흐에에엑!"

혹시 그런 버릇이 있나?

점원이 다시 떨기 시작하며 자신의 어깨를 감쌌다.

"그, 그게 대체 뭐죠……? 터무니 없는 걸 가지고 계시네요!"

떨면서도 미나토의 손 근처――, 늑대 조각상을 빤히 들여다보았다.

이 늑대는 정화의 힘을 완전히 가두었――봉인했기에 악령에 닿지 않는 한 효과를 발휘하지 않게끔 해두었다.

미나토는 점원의 뜨거운 시선을 받고 당황했다. 정말 욕심나는 것 같았다.

"저기……. 이 조각상, 보실래요?"

"꼭 좀!!"

엄청나게 들이대고 있다. 양쪽 다리를 한데 모으고 고개를 숙인 다음, 두 손을 앞으로 내밀었다. 허리 각도가 거의 직각에 가깝다.

예의바른 것도 정도가 있지.

엄숙한 증정식처럼 건넸다. 살며시 그 두 손 가운데에 올려놓자마자 점원이 떨긴 했지만, 가게에 처음 들어왔을 때만큼 떨지는 않았다.

그런 다음, 천천히 늑대를 두 손에 올려놓은 채로 고개를 움직여서 여러 각도에서 차분히 관찰하기 시작했다. 천장으로 두 손을 들어서 아래쪽에서 올려다보기도 했다. 그 눈빛이 빛났고, 때때로 감탄하며 목소리를 내기도 했다.

그 모습은 호들갑스럽기만 했지만, 그렇게까지 조심스럽게 봐주는데 기분이 상할 사람은 없을 것이다.

이 점원에게라면 정성껏 만든 물건을 맡겨도 되겠다.

그렇게 생각한 사람들의 작품이 여기에 모였을 것이다.

차분히 관찰을 마친 점원이 다시 조심스럽게 조각상을 돌려주었다.

"정말 좋은 물건을 보여주셔서 진심으로 감사드립니다."

"……저야말로, 칭찬해 주셔서 감사합니다."

미나토는 칭찬을 순순히 받아들인다. 그것이 빈말이라 하더라도, 자신과는 정반대 의견이라 하더라도.

자신의 생각 같은 건 아무래도 좋다. 겸손한 태도로 상대방이 한 말이나 마음을 부정하는 건 바람직하지 못하다.

마주보고 있던 점원이 헛기침을 하고는 등을 쭉 폈다. 매우 진지해 보인다.

"긴히 좀 부탁드리고 싶은 게 있습니다."

"네, 뭔가요?"

"저희 가게에 조각상을 팔아주실 수는 없을까요?"

진지한 표정으로 그렇게 말했다.

미나토는 그 말을 듣고 놀랐다. 나무를 조각하기 시작한 지 얼마 지나지 않았고, 꽤 괜찮게 만들었다고 자부하고 있긴 하지만, 파는 물건이라면 이야기가 달라진다.

명패에도 엄청난 고집이 있는 이 남자는 나무 조각상에도 타협하지 않는다.

진지한 표정을 지은 미나토도 딱딱한 목소리로 말했다.

"아직 초보 같은 솜씨라 팔 물건은 못 될 것 같은데요."

그리고 넘긴 물건이 하나도 팔리지 않는다면 미안해서 잠도 못 잘 것 같다.

"초보 같은 솜씨, 좋지요. 나름대로 맛이 있으니까요. 오히려 그게 더 좋습니다."

하지만, 힘차게 전면적으로 긍정해버렸다.

차림새를 가다듬은 점원이 재빠르게 입구를 등지고 섰다.

어떻게 해서든 팔게 만들겠다. 반드시 고개를 끄덕이게 만들겠다.

그러지 않으면 여기서 나갈 수 없다! 온 힘을 다해 그렇게 말하고 있었다.

도망칠 수 있을 것 같지 않았다.

곤란해진 미나토가 산신을 보았다.

신경도 안 쓰고 있다. 아래쪽에 놓인 장식품을 앞발로 건드리며 장난을 치고 있다. 빙글빙글 돌아가는 인형들이 매우 즐거워 보였다.

"그대 마음대로 하거라."

"응, 뭐, 네."

"싫다면 거절해도 좋다. 강요하진 않을 터이니."

돌아본 산신이 버티고 서 있던 점원을 바라보았다.

"흐아악!"

벌벌 떨면서 똑바로 섰다.

"무, 무, 물론입니다, 산신님! 결코 그런 짓은. 으하악!"

시선에 신위를 강하게 담거나 약하게 담았다. 그 신위에 맞게 점원이 이상한 목소리를 내며 몸부림쳤다. 그럼에도 불구하고 입구 앞에서 비키지 않았다.

미나토는 그 점원을 시야 밖으로 몰아내고 생각했다.

결코 나쁘지 않은 이야기다. 지금까지 명패 같은 것들을 잔뜩 만들었지만, 다른 사람에게 팔거나 다른 사람이 사간 경험은 처음 만든 것을 카츠라기가 사갔을 때밖에 없다.

과연 내가 만든 조각상도 다른 사람이 돈을 주면서까지 사갈 가치가 있을까.

순수하게 알고 싶다는 호기심이 있었다.

"나무 조각상을 하나 만들려면 시간이 꽤 걸리니 많이 팔 수는 없을 것 같은데요……."

미나토의 긍정적인 대답을 듣고 점원이 기합을 넣어 떨리던 목소리와 몸을 바로잡았다.

산신의 굵은 웃음소리가 울리는 와중에 점원이 밝은 표정을 지었다.

“가능한 만큼만 해주셔도 충분합니다. 하나만이라도 감사하죠! 잘 부탁드립니다!”

“진짜로?”

미나토는 자기도 모르게 깜짝 놀랐다.

# 제 10 장 그 괴이는 상점가를 뒤흔들었다.

전통식 잡화점을 나선 미나토와 산신은 슬슬 돌아가기 위해 번화가를 걸어가고 있었다.

그 양쪽에는 소매점이 늘어서 있었다.

별 생각없이 그 가게들을 바라보며 미나토가 감정을 담아 말했다.

“이것저것 특이한 잡화점이었는데, 나와 비슷한 환경에서 지내는 사람도 있다는 걸 알게 되어서 다행이야.”

“나름대로 있는 모양이다. 자세히는 모르겠다만.”

느긋하게 걸어가고 있는 산신의 목소리는 무뚝뚝했다. 앞을 바라보고 있던 산신의 옆얼굴을 미나토가 힐끔 보았다.

“산신 씨는 다른 신들하고 적극적으로 교류하진 않아?”

“아니 한다. 그리 흥미도 없다.”

“그렇구나.”

별 것 아닌 잡담을 나누던 동안, 장난감 가게가 눈에 띄었다.

캡슐 토이가 늘어선 곳 앞쪽에서 여러 아이들이 땅바닥을 향해 팽이를 던지고 있었다.

“정겨운 놀이를 하고 있네.”

미나토가 무심코 멈춰 서자 산신도 멈췄다.

"음, 저건 정월의 놀이였을 터."

먼 옛날, 다른 나라에서 전래된 팽이는 궁중 의식 때 길흉을 점치기 위해 쓰였고, 헤이안 귀족들의 놀이이기도 했다.

언젠가부터 계속 도는 그 모습이 '일이 원활하게 돌아간다', '돈이 돈다'라는 식으로 보여서 재수가 좋은 물건이라는 지위가 확립되었고, 나중에는 정월의 단골 놀이가 되었다.

"예전에는 그랬던 모양이더라. 요즘은 전혀 안 보이지만. 나도 어렸을 무렵에 한 번 해봤을 뿐이고, 그게 전부야."

요즘은 정월에 팽이를 가지고 노는 경우가 드물 것이다.

한층 더 큰 환호성이 들렸다. 가게 구석———, 땅바닥에 자그마한 경기장이 마련되어 있었고, 그곳을 향해 두 아이가 팽이를 던지고 있었다.

팽이 싸움을 벌이고 잇는 것 같았다.

아이들이 끈을 휘날리며 정신없이 팽이를 맞부딪혔다. 경기장 밖으로 튕겨져 나가자 한 아이가 환호성을 지르며 마치 토끼처럼 뛰어올랐다.

"즐거워 보이긴 하는데, 더울 것 같네."

얼굴이 새빨개진 아이들은 땀투성이였다.

팽이를 돌리려면 온몸을 써야 하고, 체온이 올라가기에 요즘 같은 시기에는 어울리지 않는다. 추울 때 하는 놀이가 될 만도 하다.

"흐음, 그냥 돌리기만 하는 팽이가 어찌하여 즐거운지는 이해가 되지 않는다만, 저건 유쾌할 것 같구나."

산신의 두 눈이 빛났고, 꼬리도 가볍게 흔들렸다.

게으른 신이긴 하지만, 사실 승부에는 뜨거워지는 타입이다.

치열했던 장기말 무너뜨리기는 아직도 또렷하게 기억난다. 나중에는 장기말 무너뜨리기인지 바람 대결인지 알아볼 수 없는 사태가 되어버렸지만.

"오, 산신 씨, 해보려고? 그래도 지금은 아이들이 놀고 있으니까 ——."

미나토가 산신에게서 눈을 돌려 가게 쪽을 본 순간, 아이들이 삼삼오오 멀어져갔다. 그곳에는 경기장과 팽이, 끈이 몇 개 남아 있었다.

바로 옆에 놓여 있던 나무 상자에 '마음대로 가지고 노세요. 다 쓴 팽이와 끈은 여기에 돌려놓고요!'라고 적힌 종이가 붙어 있었다.

미나토가 원했기에 그들이 떠났을 것이다.

논 다음에 정리를 제대로 하지 않은 이유도 그것 때문이다.

그렇게 믿은 미나토는 복잡해 보이는 표정을 지었다. 산신이 그 모습을 올려다보았다.

"가자꾸나."

"———응."

산신과 미나토가 장난감 가게로 가자 사람들이 갈라졌다. 유유히 도착한 그곳에 동그란 공간이 뻥 뚫렸다.

묘하게 범위가 넓다. 산신이 기합을 잔뜩 준 탓인가?

아무튼, 이 정도라면 사람들의 시선도 쏠리지 않을 테고, 어느 정도 날뛰어도 폐를 끼치진 않을 것 같다.

경기장에 흩어져 있던 팽이와 끈을 미나토가 주워들었다.

팽이는 나무로 만든 일반적인 팽이였다. 역원뿔 모양이었고, 아래쪽에만 쇠기둥이 박혀 있었다.

"엄청 오랜만이라 할 수 있으려나? 아마 이렇게 감으면 될 텐데……."

그렇게 말하면서도 그 손놀림은 자연스러웠다. 엄지손가락으로 끈 끄트머리를 팽이 측면에 누르고는 쇠기둥에 몇 번 감고 본체 쪽으로 빙글빙글 넘어갔다.

경기장 너머에서 산신이 그 모습을 빤히 바라보고 있었다.

경기장 근처에 선 미나토가 몇 번 연습을 했다.

"———이런 느낌이었던가? 산신 씨, 이상한 쪽으로 날아갈지도 모르니까 조금 떨어져."

"으음."

미나토 쪽으로 움직인 산신의 눈은 한시도 미나토의 손 근처에서 떨어지지 않았다.

"그럼, 던진다."

허리를 숙인 미나토가 대각선 아래쪽으로 던진 다음, 재빠르게 끈을 당겼다. 곧바로 경기장에 착지한 팽이는 크게 돈 다음, 점점 똑바로 서서 회전하기 시작했다.

"의외로 되네."

"———그런데, 이제 멈출 것 같구나."

그 말이 끝나자마자 팽이가 투욱, 쓰러졌다.

"———안 되겠네, 연습해야겠어. 산신 씨는 할 수 있을 것 같아?"

"물론이다."

고개를 끄덕인 산신은 권속들과 마찬가지로 그 동물의 발로 세밀한 작업을 할 수 있다.

경기장 앞에 산신이 앉았다. 양쪽 앞발을 구사해서 전혀 고전하지 않고 팽이에 끈을 감았다.

"산신 씨, 역시 재주가 좋구나."

"이 정도는 식은 죽 먹기다."

"그런데 어떻게 던질 생각이야? 그 앞발로는 옆으로 휘두를 수가 없잖아."

구조적으로 불가능하다. 거의 앞뒤로만 움직인다. 몸을 틀어서 던지는 것도 힘들 것이다.

"이렇게 하면, 된다."

끈 끄트머리를 콱악, 물었다. 그 입에 고정된 팽이 끈은 풀리지 않았다. 신력을 쓴 것 같지만 어쩔 수 없을 것이다.

미나토는 아무런 말도 하지 않고 경기장에서 물러섰다.

사방을 둘러보며 인파가 끊길 때를 살폈다. 잠시 후, 산신이 던질 방향 쪽에 길이 트였다.

"———지금이야. 산신 씨, 던져!"

산신은 고개를 대각선 위쪽으로 돌렸다. 세차게 내리고는 곧바로 고개를 들며 끈을 당겼다.

하지만, 팽이는 경기장 바깥에 내동댕이쳐졌고, 한 바퀴도 돌지 못한 채 옆으로 쓰러졌다.

"으음……."

산신은 팽이를 마치 원수처럼 노려보았다. 미나토가 쓴웃음을 지었다.

"처음 하는 거면 못해도 어쩔 수 없어."

"으음……. 문제가 무엇인지. 감는 방식인가? 던지는 방식인가?"

"———양쪽 모두? 둘 다 요령이 있거든. 연습을 해야지."

산신은 다시 끈을 감고는 끄트머리를 물었다.

팽이 위치가 대각선에서 가운데로 약간 바뀌었고, 온몸의 털을 약간 곤두세우고는 두 눈을 불태우고 있다.

의욕이 넘치는 모양이다.

미나토는 약간 불안해졌지만, 너무 강한 투기로 인해 목소리를 내지도 못했다.

그리고 지나가던 사람들이 없어질 때까지 기다렸다가 두 번째 시도. 고개를 높게 들고 내리며 재빠르게 당겼다.

부우웅. 소리를 내며 산신 뒤쪽으로 날아간 팽이가 지나가던 사람들의 다리 사이로 빠져나가 건너편 가게 벽에 부딪혔다. 데굴데굴 땅바닥에 튀다가 멈췄다.

하지만, 지나가던 사람들은 전혀 눈치채지 못했다. 경이로운 속도였기에 일반인들의 눈에는 보이지도 않았을 것이다.

미나토는 머리가 날아갈 듯한 속도로 산신을 돌아보았다.

"산신 씨, 힘을 너무 많이 줬어! 다른 사람이 맞지 않은 게 기적이라고!"

"으음, 힘조절을 실수했구나."

"너무 극단적이네……."

0 아니면 100인 신이잖아.

날아가버린 불쌍한 팽이를 회수한 미나토가 다시 끈을 감았다.

"내가 연습하는 동안에 잘 봐둬."

"으음!"

그런 다음, 몇 번 반복하자 팽이가 경기장 안에서 오랫동안 돌 수 있게 되었다.

산신은 그 일거수일투족을 빤히 바라보고 있었다.

"흐음, 꽤 하는구나."

"칭찬해주셔서 감사합니다."

그렇게 인사를 한 미나토가 경기장에서 물러섰다.

눈을 번득이고 있던 산신은 끈을 슬쩍슬쩍 두르고는 사람이 없는 틈을 타서 던졌다. 전광석화처럼 되돌아온 끈이 하늘에 흰 선을 그렸다.

이번에는 팽이가 무사히 앞쪽에 떨어졌기에 미나토도 어깨에서 힘을 뺐다. 그 위치는 경기장에서 꽤 떨어져 있지만, 사람이 없는 곳이니 괜찮을 것이다.

"음, 돌고 있구나!"

산신의 힘찬 목소리가 울렸다.

"오오, 대단하네. 빙글빙글 돌고 있어!"

미나토가 칭찬했지만, 몇 번 돌기만 하다가 쓰러져 버렸다.

산신의 목에서 천둥소리보다 더 우렁찬 목소리가 쏟아져 나왔다.

"끄으응……. 이 녀석, 벌써 지쳐버린 게냐! 한심하구나!"

"뭐, 너무 그러지 마. 돈 시간이 짧긴 했지만, 제대로 돌렸으니까 잘한 거야."

꼬리를 한 번 흔든 큰 늑대가 다시 던졌다.

"———이번에는 좀 더 돌고 있구나! 게다가 빠르다!"

"오~, 훌륭하네. 그럼 다음에는 땅바닥이 아니라 경기장 안에 넣어봐."

여전히 경기장에는 들어가지 못하고 있었다.

하늘 위를 지나가던 바람의 정들이 말을 걸었지만, 집중한 산신의 귀에는 들리지 않았다. 눈에 힘을 주고 팽이에 끈으로 옷을 입히고 있었다.

그 옆, 미나토의 엄지손가락 위에서 팽이가 돌고 있었다.

경쾌하고 돌고 있는 그 팽이는 마찬가지로 역원뿔 모양이었지만, 축이 중심을 관통하는 POM 수지로 이루어져 있었다. 튼튼하고 잘 도는데다 저렴하다.

팽이는 굳이 땅바닥에 돌리지 않아도 된다.

미나토의 엄지손가락에서 높게 뛰어오른 팽이가 팔 위에 올라탔다. 팔을 구부려서 팽이를 위로 솟구치게 한 다음, 이번에는 무릎으로 받아냈다. 공중에서 곡선을 그리며 오른쪽에서 왼쪽, 다시 오른쪽으로.

축구 리프팅을 하는 요령으로 팽이를 다루었다.

미나토는 가볍게 놀고 있었다.

그런 한편, 산신은 고군분투 중이었다. 끈을 채찍처럼 휘둘러서 팽이를 계속 돌게 했지만, 슬프게도 아직 경기장에 들어서지 못했다.

산신이 꽈악꽈악, 끈으로 팽이를 감으며 불평했다.

"그거다, 경기장에 한 번도 들어서지 못한 이유는 팽이의 형태에 문제가 있기 때문일 터."

"말도 안 되는 소릴 하시네. 그 팽이는 좋은 거야. 축이 어긋나지 않았고 회전도 안정적이니까. ——그래도 뭐, 다른 팽이로 바꿔볼까?"

결과는 마찬가지였다.

끈을 입에 문 산신이 가부키의 사자처럼 마구 돌았다.

"아니, 장난을 치는 건 이 끈이었구나. 보거라, 이 연약한 모습을. 너무 부드럽지 않은가."

"말도 안 돼! 그건 새 끈이라고. ——그럼, 다른 끈으로 바꿔볼까?"

결국, 큰 차이는 없었다.

흉악한 표정을 지은 산신이 땅바닥을 벅벅 긁었다. 매우 분한 모양이었다.

그런 한편, 미나토는 팽이를 화려하게 돌리고 있었다.

손바닥 위에서 도는 팽이의 축에 끈을 한 바퀴 감고 잡아당겨서 그 위를 오가게 했다.

외줄타기다.

이번에는 감은 팽이를 공중에 던졌다. 떨어진 팽이의 축을 끈으로 받아내고는 다시 한 바퀴. 끈을 거의 수직으로 세우자 팽이가 매끄럽게 올라갔다. 마지막으로 내민 손바닥 위에서 돌렸다.

잉어의 폭포 타기, 성공이다.

재주가 좋은 미나토는 가게 앞에 붙어 있던 '팽이를 가지고 노는 법'에 나온 내용을 차례차례 마스터 해나갔다.

아쉬운 건 그 묘기를 아무도 보지 못했다는 점일 것이다.

갑자기 몇 번 실패하던 산신이 눈을 부릅뜨고는 몸을 떨었다.

"이럴 수가! 나도 참으로 멍청했군! 지금까지 눈치채지 못했다니……!"

아래쪽을 노려보았다.

"———문제는 이 녀석, 경기장이다. 틀림없이 이 경기장 때문일 터. 이 비좁은 곳은 나에게는 도저히 어울리지 않는다."

경기장은 얇은 정사각형 판자에 끈으로 테두리가 둘러져 있기만 한 곳이었다.

미나토는 말없이 거꾸로 돌리던 팽이를 정리하고 벽에 기대어 있던 판자와 교환했다.

좀 전보다 경기장이 한층 더 커졌다.

"———이 넓이라면 산신 씨도 할 수 있겠지."

"으음. 나에게 어울리는 경기장이로구나."

잠시 후, 산신은 팽이를 노린 곳에 던질 수 있게 되었다.

이제 겨우 준비가 갖춰졌다. ———팽이 돌리기 승부, 개시다!

장난감 가게 앞에 동그랗게 트인 곳 한복판의 경기장 너머로 한 남자와 늑대 한 마리가 마주보고 있었다.

지나가던 사람들은 그 주위를 피해가고 있었지만, 잔뜩 모인 바람의 정들이 마치 돔처럼 둘러싸고 있었다. 그들이 춤추가 바람이 불었다. 그 바람을 맞고 산신과 미나토에게서 솟구치던 투기가 흔들렸다.

어깨 너비로 다리를 벌리고 선 미나토가 팽이를 들어올렸다.

"산신 씨, 바람을 일으키면 안 돼."

바람이 뚝, 멎었고, 나부끼고 있던 미나토의 머리카락이 인력으로 인해 내려왔다.

하늘 위에서 내려다보고 있던 바람의 정들이 휘파람을 불며 흥을 돋우었다.

앉아 있던 산신의 앞발에는 준비를 마친 팽이가 있다. 그것을 미나토에게 내밀며 밝은 목소리로 선서했다.

"물론이다. 진검승부이니."

"———괜찮겠지? 여기는 집이 아니라 거리라고."

믿을 수가 없었던 미나토가 다짐을 받았다.

산신은 지는 것을 싫어한다. 승부를 벌일 때는 전혀 봐주지 않는다. 게다가 무슨 짓을 저지를지 예상도 되지 않는다.

"그건 됐고, 어서 시작하자꾸나."

경기장 쪽으로 턱을 움직인 산신을 보고 미나토는 숨을 한 번 내쉬고는 말했다.

"———응. 팽이 싸움의 규칙은 매우 간단해. 상대방의 팽이를 경기장 바깥으로 튕겨내거나, 마지막까지 돈 팽이———, 오래 살아 남은 팽이가 이기는 거야."

"으음."

"일부러 상대방의 팽이 위에 태우는 것도 괜찮고."

"호오. 그렇다면 시끌벅적하게 날뛰어도 된다는 겐가?"

"———팽이는 말이지. 경기장 근처라면 괜찮아."

산신도 그럭저럭 재주가 좋다. 이제 팽이를 엉뚱한 방향으로 날리지는 않을 것이다.

큰 늑대가 입에 팽이를 물고는.

“그렇다면 이것으로 장기말의 설욕을 해주마.”

끈 끄트머리를 제대로 물자 팽이가 입에 딱 달라붙었다. 50번 정도 하고 나니 모습이 그럴싸해졌다.

저번에 벌였던 장기말 승부는 결국 미나토의 승리로 끝났다. 산신은 복수하기 위해 불타오르고 있다.

“그럼, 산신 씨, 먼저 해.”

“흐읍!”

앞발을 들어올린 산신은 고개를 들어올린 다음, 팽이를 아래쪽으로 던졌다. 그 앞발이 착지한 것과 동시에 머리를 당겼고, 날린 끈이 공중에서 뱀처럼 솟구쳤다.

그리고 중요한 팽이는 경기장 안에서 조용히 돌고 있다.

“잘하시네요.”

미나토는 그렇게 말하자마자 한쪽 다리를 뒤로 빼고 허리를 숙이며 팔을 휘둘렀다.

던져진 팽이와 부딪힌 산신의 팽이(산신호)가 경기장 밖으로 튕겨져 나갔다.

미나토의 승리다.

금방 져버린 산신이 두 눈을 가늘게 떴다.

“———다음은 그대가 선공이다.”

“네, 네.”

미나토가 먼저, 다음에 산신. 하지만, 한 번 부딪힌 팽이들은 멀리 떨어져 버렸다.

경기장이 넓기에 멀리 떨어진 팽이들은 다시 부딪힐 일이 거의 없다. 멈출 때까지 기다려야만 하지만, 좀처럼 멈추지 않았다.

그냥 돌기만 하던 팽이들을 내려다본 산신이 발을 디뎠다.

"아직 멀었나, 아직 승부가 나지 않는 건가! 답답하구나!"

승부를 벌일 때는 인내심이 부족한 신이다.

미나토는 쓴웃음을 지을 수밖에 없었다.

"팽이 돌리기는 원래 이런 건데……. 그래도 계속 여기서 놀고 있을 수만은 없으니까, 부딪히게 하자."

"호오, 어떻게 한단 말인가?"

"끈을 이렇게……."

끈을 뻗어서 팽이 축을 누르고 다른 쪽으로 당긴다. 따악, 힘차게 튕겨나간 산신의 팽이는 경기장 밖에서 쓰러져 버렸다.

분신의 말로를 본 다음, 금빛 눈이 미나토를 흘겨보고 있었다.

"———반칙 같지 않나?"

"그런가? 원래 이러는 건데. 사실 번갈아가며 부딪히는 건데, 산신 씨에게는 힘들까?"

앞발로 양쪽 끝을 잡고 뒷발로 걷는 건 힘들 것이다.

잠시 말이 없던 산신이 타악, 땅바닥을 두드렸다.

"그렇다면 루울을 바꾸면 될 터."

"그래. 놀다가 상황에 맞춰서 바꾸는 경우도 자주 있으니까. 그런데, 어떻게 할 거야?"

"동일한 숫자를 던져서 팽이가 더 많이 돈 쪽이 승리한다."

"괜찮지 않을까? 몇 개를 돌릴 건데."

"10개다."

미나토가 상자 안을 보니 딱 20개가 있었다. 색도 두 종류라 구분하기도 편할 것이다.

그런 다음, 미나토와 산신이 매우 빠르게 움직였다. 척척 끈을 감고 팍팍 던져댔다.

하지만, 산신이 끈을 감으며 짜증난다는 듯이 말했다.

"에잇, 이 녀석들! 하나하나 끈을 감아줘야만 돌 수 있다니, 손이 너무 많이 가잖나! ……자, 가거라!"

휘두른 팔을 거둔 미나토가 새 팽이를 들었다.

"불평하지 마. 그게 팽이의 묘미이기도 하다고. 아니, 감는 방식에 따라 승패가 갈리기도 하니까……, 얍."

미나토와 산신이 던진 팽이가 경기장 안에 모여서 생존을 걸고 사투를 벌였다. 튕겨져 나가고, 튕기고, 쓰러지고, 쓰러뜨렸다. 전부 분투하며 경기장 안에 머물러 있었다.

미나토와 산신이 열 번째 팽이를 던질 쯤에는 쓰러진 시체들이 산 자의 발목을 잡고 있었다.

몸을 높게 든 산신이 마지막 팽이를 던졌다. 시체들을 밀쳐내고 산 자들도 날려 버리며 그곳에 군림했다.

그 뒤를 이어 미나토가 움직였다. 한쪽 무릎을 꿇은 자세로 바닥에 아슬아슬하게 휘두른 팔이 마지막 팽이를 날렸다. 미나토호가 환영처럼 흰 꼬리를 끌며 쓰러진 적과 아군을 사방으로 날려버렸다.

그리고, 한가운데에 진을 치고 있던 산신호를 튕겨냈다.

마치 당구의 브레이크 샷 같았다.

———지금 널찍해진 경기장 안에서 돌고 있는 팽이는 미나토호뿐이다.

"좋았어! 내가 이겼다!"

미나토는 한쪽 무릎을 꿇은 채 주먹을 하늘 높이 들어올렸다. 그곳을 중심으로 바람의 정들이 빙글빙글 돌았다.

온몸으로 기쁨을 표현하는 남자를 산신이 노려보며 굵은 목소리로 으르렁댔다.

"이놈, 건방지군……. ——이번에는 다른 식으로 해보자꾸나."

"상관없긴 한데, 이번이 마지막이야. 시간도 꽤 지났으니까."

서 있던 미나토의 시야에 들어온 것은 가게 지붕 근처까지 내려온 태양이었다.

그쪽을 힐끔 본 산신이 굵은 목소리로 말했다.

"좋다. 우선 하나만 던지거라. 나와 동시에 말이다."

"그래, 그래."

호흡을 맞춰서 던진 팽이들은 경기장 안에서 영원히 멈추지 않을 것처럼 돌고 있었다.

"그런데, 못 기다리는 산신 씨, 이번에는 어떻게 할 거야?"

다음 팽이를 든 미나토에게 산신이 앞발을 들어 말렸다.

"이제 팽이는 던지지 않아도 된다. ——이번에는 이렇게 하자꾸나."

노려보고 있던 경기장 바깥쪽에 투욱, 앞발을 얹었다.

경기장 안쪽이 꿈틀대며 팽팽해졌다. 잠시 후, 평평했던 그곳에 완만한 언덕이 몇 개 생겨났다.

그 때문에 팽이들이 비틀거리고 흔들거리며 넘어질 뻔했다.

"——꽤 까다로운 발판이 되었네."

어이없다는 듯이 말한 미나토가 눈을 돌리자 산신이 굳은 표정을 지으며 앉았다. 아래쪽을 노려보고는 큰 목소리로 말하기 시작했다.

"팽이들아. 그대들은 스스로 선 모습으로 인해 인간들이 '자립할 수 있도록'이라는 소원을 비는 경우도 있다고 하더구나. 그렇다면 이 정도의 장애물은 넘어서야 한다! 앞으로 팽이생에서 다양한 장애물들이 앞을 가로막을 테고, 파란만장한 일들이 넘쳐날 게다. 그대들을 기다리고 있는 길은 결코 평탄하지 못하다. ——— 우선 이 경기장을 제압하고 화려하게 살아남아 보거라!"

"말도 안 되는 소릴."

미나토는 그렇게 말했지만, 그 연설을 들은 팽이들은 비틀거리면서도 몇 번이나 언덕으로 향했다. 튕겨져 나오더라도, 밀려 나오더라도 계속 도전했다.

꺾이지 않는 마음을 지닌 강자들이었다.

"꽤 하는구나. 그 형태로 인해 인간들이 '의지를 관철한다'는 소원을 빌 만도 하겠어."

산신이 기분 좋게 꼬리를 흔들었다. 무릎을 꿇은 미나토가 입가에 손을 가져다 댔다.

"———팽이들아, 힘내~."

패기가 부족한 응원을 받은 팽이들은 가끔은 시비를 거는 듯이 맞부딪혔고, 가끔은 격려하는 듯이 맞닿으며 계속 돌았다.

하지만, 아쉽게도 그 여정은 결코 편하지 못했다. 축이 어긋난 미나토의 팽이가 먼저 쓰러졌고, 산신호도 경기장에 엎드렸다.

승자, 산신!

눈을 감은 큰 늑대가 땅을 내디뎠다. 당당하게 하늘로 턱을 들었다.

———아우우우우우우우……!!

미나토가 머리를 감싸쥐는 와중에 승리의 포효가 상점가에 길게 이어졌다.

그 사건은 그 소리를 들어버린 사람들로 인해.

『대낮 상점가에서 갑작스럽게 짖은 개 요괴』

라는 이름이 붙어서 오랫동안 그 이야기가 전해져 내려왔다고 한다.

# 제 11 장 그자는 처음부터 알고 있었다.

무난하게 산책을 마친 미나토와 산신은 택시를 타고 돌아가기로 했다.

그런데 택시 기사가 산신의 기척을 느낄 수 있는 사람이었기에 처음부터 끝까지 불안했고, 나중에는 운전조차 제대로 하지 못하게 되어버렸다.

어쩔 수 없이 쿠스노키 저택이 멀리 보이는 곳에서 내렸다.

잠시 후, 해가 지평선에 가려져 버릴 만한 시간, 논으로 둘러싸인 길은 왠지 쓸쓸한 분위기가 감돌았다. 대열을 짠 새들이 희미한 푸른색 하늘을 날아갔다.

그 아래쪽, 길에 길게 드리워진 그림자는 미나토 것뿐이었다. 산신의 그림자는 없다.

"―――꽤 늦어졌네."

서로 얼굴을 마주본 그들 사이에서 환영의 불꽃이 튀었다.

이렇게 늦어진 이유는 팽이 돌리기 승부를 오래 끌게 되었기 때문이다.

결국, 미나토가 더 많이 이기긴 했지만, 마지막에 승리를 거둔 것은 산신이었다.

미나토는 다리를 움직이며 가볍게 걸어가는 산신의 발을 바라보았다.

"승부는 다음에."

"괜찮긴 하다만, 팽이는 이제 됐다."

왠지 산신의 다리가 높게 올라가지 않는 것 같았고, 꼬리도 늘어졌다. 꽤 피곤한 모양이다. 그 모습을 본 미나토가 웃으면서 앞을 보았다.

"기다리지 못하니까."

대형 트럭이 옆을 지나치자 풍압으로 인해 산신의 털이 나부꼈다. 가늘게 뜬 눈으로 까만 연기를 뿜어내며 작아져 가는 차체를 바라보면서 산신이 감정을 담아 말했다.

"―――으음. 그건 그렇고, 실제로 가봐야 알 수 있는 것들 투성이로구나."

목소리와 표정에 실감이 담겨 있는 것 같았다. 산신도 항상 인간 세상에 관심을 보이는 것도 아니고, 수면 시간도 꽤 길다.

날마다 아침에 일어나서 밤에 자는 식으로 급하게 살 수밖에 없는 인간과는 다르다. 오랜만에 간 곳에서 민초들과 접하니 이런저런 생각이 든 모양이다.

미나토는 그렇게 생각하며 오늘 있었던 일들을 돌이켜 보았다.

"오늘은 남부에 가길 잘했어."

부드럽게 말하고 있는 그 눈빛은 만족스러웠다.

"좋은 식당도 발견했고, 나무 조각상에 달 끈도 샀고. ―――조금 특이한 인연이 생긴 건지도 모르겠지만."

토와다 기자는 얼굴만 알게 된 정도지만, 전통식 잡화점 점원과는 앞으로도 분명히 만나게 될 것이다.

“그 인연이 어떻게 될지는 모르겠다만, 좋은 인연일 게다.”

“그러면 좋겠는데. 내가 고른 거기도 하고.”

“걱정할 필요는 없다. 그대에게는 사령이 가호를 내렸으니 악연이 생기지는 않을 터.”

“———그랬구나. 보답을 해야겠네…….”

지금 들고 있는 종이 봉투 안에는 권속들에게 주려고 산 것만 들어 있다. 사령이 좋아하는 술은 꽤 무거우니까.

내일 사러 가자고 마음속에 메모한 미나토의 시야 구석에는 항상 산신의 본체인 산이 아른거리고 있었다. 그 본체는 언제나 무시할 수 없는 존재감을 자랑한다. 남부 어디에 있어도 마찬가지였다.

오늘은 재미있고 즐거운 하루였다.

하지만 어떤 생각이 항상 머릿속 한구석에 자리잡고 있었다.

“산신 씨의 산 소유자도 알고 싶으니까 조사해 봐야지…….”

그렇게 중얼거린 미나토 코앞에서 허공이 단숨에 일그러졌다.

쿠스노키 저택으로 들어가는 샛길까지 몇 발짝 안 남은 위치였다. 파도치고 있는 그 부분 너머로 서 있던 지장이 매우 뿌옇게 보였다.

갑작스럽게 신역의 입구가 나타났다.

범위가 넓어서 몸을 숙일 필요도 없이 들어갈 수 있을 것 같다.

마치 보이지 않는 문이 있는 것 같은 느낌이다.

크기는 드물지만, 평소와 마찬가지 상황이다. 하지만 그곳에서 빨아들이는 힘은 없었다. 긴장한 미나토가 끌려들어가지는 않았다.

당황한 미나토 옆에서 산신이 조용한 목소리로 말했다.

“판단해 보거라. 저 안에 신이 있는지 없는지.”

“———알겠어.”

흐릿해진 그 공간을 계속 바라보고 있는 미나토 주위에는 다른 사람이 없다. 차도 지나다니지 않는다. 누구에게도 방해를 받지 않고 집중할 수 있었던 덕분인지, 잠시 후, 판단을 내릴 수 있었다.

“안에 신이 있어.”

“그러하다.”

“그리고, 지금까지와는 조금 다른 것 같아. 규칙적으로 치는 파도 안에 가끔 까만색이 섞여 있는 경우가 있어.”

“인간도 있으니.”

미나토는 머리가 날아가버릴 것 같은 기세로 산신을 힘차게 돌아보았다.

“설마, 억지로 끌려들어간 건가?”

“글쎄다. 끌려들어간 건지, 안에 있는 신이 불러서 스스로 들어간 건지. 그것까지는 나도 알지 못한다.”

“산신 씨도 모르는 게 있구나.”

“물론이다. 나는 전지전능하지 않으니.”

보이지 않는 문은 여전히 거기에 있다.

들어오든 말든, 마음대로 해라. 그런 느낌이었다.

그곳을 아직 바라보고 있던 미나토를 산신이 올려다보았다.

"안에 들어갈 게냐?"

"……응. 일단 보러 가는 게 좋을 것 같은 기분이 들어."

잠시 뜸을 들이던 산신이 슬쩍 고개를 저었다.

"———안에 있는 자가 스스로 원해서 거기 있을지도 모르겠다만."

"그럴지도 모르지. 만약에 그렇다면 인사만 하고 돌아올게."

"설득하지 않을 게냐? 인간 세상으로 돌아오라고."

"본인이 그걸 원하지 않는다면 아무런 말도 할 생각이 없어. 마음속으로 정한 걸 바꾸는 건 간단하지도 않을 테고, 쓸데없는 참견이니까."

"그렇다면, 가도록 하거라."

이웃(다른 신)의 집이다. 산신은 무단 침입을 할 생각이 전혀 없다.

그럴 만도 할 것이다. 미나토는 그렇게 납득하면서도 불안하기도 했다. 하지만 앞으로도 혼자 있을 때 비슷한 상황에 마주치는 경우도 있을 것이다. 혼자서 대처할 수 있게 되어야만 한다.

굳게 결심한 미나토의 옆에서 산신은 더 이상 아무런 말도 하지 않고 제자리———, 길가에 앉았다.

듬직한 그 자세는 그야말로 움직이지 않는 산과도 같았다. 거기 있어준다면 만약의 경우에도 어떻게든 해줄 것이 틀림없다.

그리고 신역의 입구가 계속 존재하는 것은 상대방도 거부하지 않는다는 뜻이다. 갑자기 잡아먹지도 않을 테고.

미나토는 종이 봉투의 손잡이 부분을 산신의 코에 걸었다.

"다녀오겠습니다."

"조힘하거하."

말하기 힘들어하며 입을 벌리고 있던 큰 늑대에게 미나토가 미소를 지었다.

여차할 때 분위기를 깨는 건 항상 있던 일이다. 하지만, 맥이 빠져서 쓸데없이 긴장하지 않아도 된다는 장점이 있다.

하늘이 황금색으로 물들어가는 와중에 미나토가 신의 보금자리 입구로 발을 내디뎠다.

○

사박, 대지를 밟은 미나토의 신발 바닥이 소리를 울렸다.

별 문제 없이 보이지 않는 문을 지난 순간, 시야를 황금빛이 가득 메웠다.

고개를 숙인 벼 융단이 한없이 이어져 있었다.

미나토는 그렇게 끝없이 펼쳐진 논두렁길에 서 있었다.

올려다본 하늘은 양떼구름으로 뒤덮여 있었고, 태양은 보이지 않았다.

약간 차가운 바람이 불어오자 얇은 옷을 입은 어깨를 움츠렸다.

"———춥네. 그건 그렇고, 넓은데?"

가끔 신이 없는 신역에 끌려들어가서 수많은 신들의 보금자리를 보았지만, 이렇게까지 넓은 곳은 오랜만이다.

아마테라스의 신역 이후로 처음이다.

신역의 규모는 그야말로 천차만별이다.

작은 규모라고 해도 진짜에 비해 손색이 없이 멋진 산, 밭, 습지, 또는 궁전처럼 아무도 없다는 게 아쉬울 정도로 멋진 보금자리도 많았다.

자신과 마찬가지로 끌려들어오는 피해자가 생기지 않게끔 모조리 파괴했다.

서 있던 미나토가 천천히 둘러보았다. 맞은편 멀리 건물 한 채가 보였다.

황금빛 바다에 떠올라 있는 듯한 그곳까지 논두렁길이 일직선으로 뻗어 있다.

감각을 예민하게 만들어 일대를 살펴보니 건물의 신기가 가장 진했다.

——신은 거기 있다.

걸어가기 조금 힘든 길을 나아가 보니 건물의 전체적인 모습이 보였다.

뺑 뚫린 사각형 부지 가운데에 있는 단층 전통식 가옥. 옛날 방식인 미닫이문 현관이 있고, 마치 농가의 집 같은 분위기였다.

"현관 바닥이 클 것 같네."

현관 건너편을 상상한 미나토는 자기도 모르게 중얼거렸다.

그 직후, 미닫이문이 열리고는 사람이 나타났다.

같은 나이 또래로 보이는 날씬한 여자였다. 멀리서는 안색까지 알아볼 수가 없었지만, 걸음걸이에서는 딱히 이상한 점이 보이지 않았다.

하지만 무릎까지 내려오는 두꺼운 코트와 롱 부츠, 그렇게 한겨울 복장이라는 것만이 이질적이었다.

아무튼, 피폐해지지도 않았고, 정신에 이상이 생기지도 않은 것 같았다.

그녀는 일부러 여기에 있는 건지도 모르겠다.

그렇게 생각한 순간, 여자가 미나토를 알아보았다. 활짝, 기쁜 듯이 웃고는 긴 머리를 나부끼며 뛰어왔다.

가을 풍경 속에서 여름 옷을 입은 남자와 겨울 차림새인 여자가 마주 보았다. 모든 것이 들쭉날쭉이다.

멈춰 선 여자가 입을 열자마자 들뜬 목소리로 말했다.

"나 말고도 여기에 사람이 길을 헤매다 들어오기도 하는구나!"

"네에, 그러게요. 안녕하세요……?"

정확히는 슬슬 저녁 인사를 해도 될 만한 시간이지만, 무난한 인삿말을 골랐다.

그녀는 의아해하고 있었다.

"저기, 좋은 아침……? 지금, 아침 맞지?"

미나토는 대답하기가 곤란했다. 경험상, 신역 내부의 시간 흐름은 각각 다르다. 바깥 세계로 나가지 않는 한, 내부의 시간 흐름을 알 수 있는 방법은 없다.

그런 것보다, 그녀는 여기가 신역이라는 사실을 알고 있는 걸까.

물어보기가 망설여졌다.

신역 안에서 한 말과 행동은 전부 그곳을 지배하고 있는 신이 알게 된다. 함부로 행동할 경우, 신의 분노를 사게 될 우려도 있다.

미나토는 집을 힐끔 보았다. 딱히 이상한 기척은 느껴지지 않았다.

———방관하고 있다. 그런 느낌이 들었다.

이판사판으로 물어볼 수밖에 없을 것 같다.

"지금은 저녁이에요. ……이곳 밖에서는요."

"그래……? 아침 해가 뜬 지 얼마 안 지난 줄 알았는데."

"이곳이 신역———, 신의 영역이라는 걸 알고 계신가요?"

여자가 바람에 휘날리던 머리카락을 한 손으로 누르고는 고개를 갸웃거렸다.

"아, 응. 그런 모양이던데? 신에게 그렇게 들었는데, 그런데 난 잘 모르거든."

어리둥절하고 있다. 지금 상황을 정확하게 이해하지 못하고 있는 건 분명하다.

그녀는 어젯밤부터 여기 있었다고 한다.

늦은 밤에 친구의 차에서 내려서 집으로 가던 도중에 정신을 차리고 보니 여기 있었다고 한다.

그게 실제로 언제부터였을까.

진실을 알게 되는 것이 아무런 상관도 없는 미나토조차 심장이 싸늘해질 만큼 무시무시했다.

여자의 차림새, 헤어스타일, 화장을 보아하니 시대에 뒤처진 듯한 느낌은 아니었다. 시간이 그리 오래 지나지는 않았다.

마음을 굳게 먹은 미나토는 조용한 목소리로 현재 시간에 대해 말했다.

"지금 바깥 세상은———, 이에요."

"어? 무슨 소릴 하는 거야……? 오늘은———, 이잖아."

여자가 말한 날짜는 4년 전 날짜였다.

농담을 하는 듯한 낌새가 전혀 없는 미나토 앞에서 그녀가 당황했다.

"———그럴 수가, 농담하는 거 아니야……? 아니, 그래도."

당황하며 코트 주머니에서 스마트폰을 꺼냈다.

"자, 이거 봐! 어제 여기 들어왔을 때 멈춰버리긴 했는데……."

들어올린 화면에 나온 시간은 멈추긴 했지만, 그 날짜는 여자가 말한 날짜였다.

미나토도 말없이 스마트폰을 꺼냈다.

우연히도 같은 기종이었지만, 그녀의 스마트폰보다 4세대 다음 기종이었고, 형태도 더 세련되게 바뀌었다. 마찬가지로 시간이 멈췄지만, 4년 뒤 날짜다.

그 모든 증거를 통해 진실을 알게 된 여자는 말문이 막혔다.

고개를 숙인 여자 앞에서 미나토는 문득 떠올랐다.

무사시 출판사에서 보았던 그 신문기사를.

———귀가 도중에 행방불명된 20대 여성, 4년이 지난 지금도 발견되지 않음.

날짜도 들어맞는다. 아마 행방불명되었다는 사람이 지금 눈앞에서 고개를 숙이고 있는 여자 아닐까.

어찌 됐든, 어떻게 말을 걸어야 할까.

고민하던 미나토 앞에서 그녀가 고개를 들었다. 그 표정은 놀랍기만 했다.

슬퍼하기는커녕, 결의로 가득 차 있다.

"돌아가야만 해."

힘차고 당당한 선언이었다. 심지가 굳은 사람인 모양이다. 울기라도 하면 곤란했을 테니 미나토는 가슴을 쓸어내렸다.

"아직 전혀 실감도 되지 않고, 이해가 잘 되지도 않지만."

여자가 그렇게 말하며 고개를 갸웃거렸다.

기본적으로 뭔가 깊게 생각하지 않는 성격일지도 모르겠다. 그렇다 하더라도 이곳에서 나가서 현실을 직시했을 때, 그녀가 지금 같은 상태를 유지할 수 있을지는 모르겠다.

4년이라는 세월은 결코 짧지 않으니까.

"그런데, 너는 오늘 처음 봤는데, 최근에 이사 왔어?"

북부에는 초등학교와 중학교가 하나밖에 없기에 나이가 비슷하다면 모르는 사람이 없을 것이다.

"작년에 이사왔어요. 산 바로 옆에 있는 새 집 관리인이지만요."

"새 집……? 설마, 그 집이 무사히 완성된 거야?"

두 사람 사이에서 말로 표현하기 힘든 분위기가 흘렀다.

"산 바로 옆이지? 부지가 꽤 넓고?"

"네, 한 채만 덩그러니 있고 까만색인 집이에요."

"색은 몰라. 내가 본 건 기초 공사를 마치고 뼈대를 세우기 시작했을 무렵이니까…….”

미나토는 쿠스노키 저택의 정확한 이름———, 상속인의 이름을 말했다.

그리고 상속인은 짓기 시작한 사람의 조카였고, 어떤 자산가다.

그 사람에게 관리를 의뢰받았다고 하자 여자가 진지한 표정을 지었다.

“———그럼, 집을 지은 그 분께서도 돌아가셨겠구나.”

굳이 말하지 않았는데도 짐작해준 모양이다.

그건 그렇고, '그 분께서도'라고 말하는 걸 보니 미나토의 먼 친척 말고도 죽은 사람이 있었던 것 같다.

미나토도 전혀 생각을 해보지 않은 것은 아니었다.

산신조차 쩔쩔매게 만든 악령들의 소굴이 된 집이다. 짓기 전이나 짓던 도중, 지은 뒤에 인적 피해가 많이 발생했더라도 이상할 것은 없다.

여자는 더 이상 말할 생각이 없는 것 같았다.

게다가 초면이다. 둘 다 상대방이 어떤 사람인지도 모르고, 믿을 수 있는 건 서로에게 하는 말뿐이다.

그 내용이 사실인지 지금 당장 확인할 수도 없는데다 시골은 쉽사리 외부인을 받아들이지 않는다.

미나토의 친가 근처도 마찬가지이기에 이해할 수 있다. 보통 같은 지역의 추문 같은 건 함부로 이야기하고 다니지 않는 법이다.

하지만, 그녀는 미나토를 머리부터 발끝까지 보고는 건강에 문제가 없는 것 같다는 사실을 알고 안심한 것 같았다.

"그럼 너는 우리 이웃이겠구나. 우리 집은 차도 건너편에 있어."

거리가 조금 떨어져 있지만, 같은 지역이다.

"이웃이라고 할 수도 있겠네요. 크게 소리쳐 불러도 안 들릴 것 같지만요."

살짝 미소를 지은 그 여자는 곧바로 굳은 표정을 짓고 딱딱한 목소리로 물었다.

"뭐 좀 물어봐도 돼? 우리 할머니에 대해서 아는 거 있어?"

4년이나 지났으니 많은 것들이 바뀌었을 것이다. 가족 중에 이미 돌아가신 분이 있을 가능성도 있다.

"몸집이 작고 70……, 지금은 80세가 되었겠네……. 너희 집으로 가는 길 입구 근처에 있는 지장을 자주 찾아 가고, 그곳에서 우리 산 쪽으로 기도를 드리곤 하는데……."

"우리 산……."

미나토는 마음에 걸리는 말을 무심코 중얼거렸다.

"전부는 아니지만 말이지. 대부분은 할머니 명의야."

미나토는 눈치챘다.

내가 산의 소유자에 대해 알고 싶다는 생각을 강하게 품었기에 이 신역에 들어올 수 있었다.

그리고 연결고리가 있는 그녀와 만났다는 것을.

사령의 절대적인 힘을 새삼 느끼자 조금 두려워지기도 했다.

미나토가 몸을 조금 떨고 있다는 사실을 눈치채지 못한 그 여자가 할머니의 특징에 대해 말했다.

"———한쪽 다리가 불편해서 지팡이를 짚고 다니는데."

그 노파구나, 미나토는 그렇게 눈치챘다.

아마 할머니는 지장과 산을 향해 손녀가 돌아오기를 기도하고 있었을 것이다. 진지하고 한결같은 그 모습은 떠올리기만 해도 가슴에 느껴지는 것이 있었다.

"얼마 전에 지장이 있는 곳에 오셨어요. '어머니'라고 부르는 나이든 여자분 미니밴을 타고 돌아가시던데요."

그 말을 듣자마자 여자가 가슴에 손을 대고는 어깨를 늘어뜨렸다.

"그렇구나. ———역시 돌아가야겠어."

다시 결심하며 그렇게 말한 여자는 일단 집으로 돌아가서 신에게 인사를 하고 온다고 했다.

미나토도 함께 가기로 했다. 보이지 않는 문은 이미 사라졌고, 억지로 신위가 담긴 바람으로 베고 나갈 수는 없다.

미나토도 신을 만나지 않으면 나갈 수 없다는 것을 여자에게 설명했다.

나란히 집을 향해 걸어가기 시작했을 때, 그녀가 '아'라며 말했다. 몸을 약간 앞으로 숙이고는 미나토 쪽을 보았다.

"아직 자기소개를 하지 않았구나. 나는 우라시마라고 해. 너는?"

깜짝 놀란 미나토는 자기 이름을 말할 때까지 시간이 조금 걸렸다.

신의 보금자리로 간다.

우라시마를 보니 너무 걱정할 필요가 없는 상대일지도 모르겠다.

하지만, 방심은 금물이다.

미나토가 그렇게 마음을 다잡은 순간, 드르륵드르륵드르륵. 정말 서민적이고 편안한 소리——, 미닫이문이 소리를 울리며 열렸다.

신이 행차하셨다.

집까지 아직 거리가 있긴 하지만, 미나토와 우라시마는 멈춰섰다.

입가를 손으로 가린 우라시마가 조용히 가르쳐 주었다.

"저 현관문, 내가 여닫을 때는 저런 소리가 안 나. 신기하지?"

미나토는 대답하기가 곤란했다.

몇 시간 전에 모습을 드러낼 때 소리를 울리는 게 어떻겠냐고 산신에게 제안했는데, 이 소리는 어떨까.

뭔가 아닌 것 같다는 느낌이 심하다.

미나토가 미묘한 기분으로 바라보고 있자니 활짝 열린 현관은 어두워서 안이 잘 보이지 않았다.

그 모습은 과연, 인간 형태일까, 동물 형태일까.

훌쩍, 한걸음에 외발인 존재가 뛰쳐나왔다.

홀쭉한 그 몸은 사람의 몸과 비슷했고, 팔을 수평으로 벌리고 있었다. 작업복을 걸친 채 머리에는 밀짚모자. 하얀 얼굴에는 낙서 같은 이목구비가 그려져 있었다.

허수아비였다.

진한 신기를 보니 신인 것은 틀림없다.

처음 본 타입이었기에 미나토는 멍해졌다.

그런 한편, 우라시마는 동요하지 않았다. 현관 앞을 가로막고 있던 허수아비에게 다가가서 바로 앞에 섰다.

"허수아비 씨, 저, 집으로 돌아갈게요."

"———그래. 그건 정말 아쉽군."

입이 움직이지는 않았지만, 그곳에서 나온 신의 목소리는 남자 목소리 같았다.

높지도, 낮지도 않은 그 목소리는 듣기가 매우 편했다.

"정말 죄송합니다."

우라시마는 고개를 크게 숙여 인사했다. 진심으로 미안하다는 것이 느껴질 정도로 성실한 태도였다.

그녀는 이곳에서 몇 시간 정도 지낸 동안에 바깥 세상에서는 4년이라는 세월이 지났다는 사실을 알았다.

그럼에도 불구하고 신을 원망하는 낌새가 없었다.

그들은 좋은 관계였을 것이다.

신을 허수아비라고, 친근한 느낌을 담아 부르고 있다.

그동안, 미나토는 한 마디도 말하지 않았다.

신은 이쪽을 향해 전혀 신경 쓰지 않았고, 불필요하게 방해할 생각도 없었다.

"그럼, 방에 두고 온 짐을 챙겨 오도록 해라."

"네."

신이 그렇게 말하자 우라시마는 미나토에게 다녀오겠다고 한 다음, 허수아비 옆을 지나 현관으로 향했다.

그녀의 두 발이 문턱을 넘어선 직후, 미닫이문이 힘차게 닫혔다. 우라시마가 닫은 것이 아니라 신이 닫았다.

———그녀가 거기에서 나오지 못하게끔.

소름이 돋는 속도였다.

경계심과 긴장감이 단숨에 강해진 미나토에게 신의 의식이 쏠렸다.

집 한 채 정도의 거리를 두고 미나토와 허수아비가 마주보았다.

잠시 침묵이 흘렀다. 신은 말을 하지 않았다. 낙서 같은 표정도 변하지 않았다.

하지만, 미나토에게 위압을 뿜어내고 있었다. 그것은 드넓은 영역을 지니기에 걸맞는 힘이었다.

하지만 산신, 천호, 저번에 쿠스노키 저택에 찾아왔던 푸른 용신———, 사신의 청룡보다는 한참 미치지 못했다.

"———처음 뵙겠습니다, 신이시여."

미나토가 떠보는 듯이 말을 꺼냈다.

"내가 보기에는 초면이 아닌 것 같은데. ———저번에 왜가리 소리를 듣고 꽤 놀란 모양이었고."

의미심장한 미소와 함께 몸도 조금씩 떨렸다.

불과 얼마 전 일이다. 논밭에 우아하게 서 있던 왜가리에게 말을 걸었더니 예상하지도 못하게 탁한 소리가 들려서 놀랐던 것이.

눈을 약간 떨고 있던 미나토가 말했다.

"———보고 계셨군요."

"그래, 나는 논 그 자체니까."

"혹시, 논의 신이신가요……?"

"그래."

납득이 되는 모습인 것 같기도 하고, 아닌 것 같기도 하고.

보통 자연신은 형태를 마음대로 정할 수 있다고 산신에게 들은 적이 있다.

그렇다면 논의 신도 그럴지 모르겠다.

미나토는 그렇게 생각하며 허수아비 뒤쪽을 보았다.

집에서 소리가 들리지 않는다. 그녀는 어떻게 된 걸까.

"———논의 신께서 좀 전에 그 여자를 여기로 부르신 건가요?"

"아니, 부르진 않았어. 우연히 나와 파장이 맞아서 헤매다 들어온 거지."

"그럼 그녀와 저를 여기에서 내보내주실 수 있을까요?"

"싫다고 한다면?"

"그건……."

표정이 바뀌지 않는 허수아비는 불길했다. 늘어진 소매만이 바람에 부풀어 올랐다.

"여기에 사람이 헤매다 들어온 건 꽤 오랜만이라서. 게다가 나를 보고도 겁내지 않고 이야기를 나눌 수 있는 사람이 온 게 대체 얼마만인지……. 이야기를 더 나누고 싶거든."

유쾌하다는 듯이 웃으며 고개를 좌우로 흔들었다.

"그녀가 돌아오기를 기다리는 가족들이 있어요."

두 주먹을 쥔 미나토가 억누른 목소리로 말했다.

"그게 어쨌다고? 나는 잘 모르겠어. 가족이 없어서 말이지."

한없이 가벼운 말투였다. 미나토와의 대화조차 즐기고 있는 듯한 느낌이 들었다.

그렇다면 내가 남을 테니 그녀만이라도 내보내 주세요.

그런 말을 꺼낼 만한 자기희생정신까지는 가지고 있지 못했다.

지금 여기서 지내고 있는 동안에도 바깥 세계에서는 시간이 빠르게 흐르고 있을 거라 생각하니 마음이 급해졌다.

신이 만족할 때까지 대화를 하다가 이곳에서 탈출한다 하더라도 바깥 세상에서는 시간이 얼마나 지난 뒤일까. 상상만 하더라도 무시무시하다.

산신 같은 존재들은 변함없이 그대로 있을지도 모르겠지만, 수명이 있는 가족들과는 두 번 다시 만나지 못한다.

굳은 표정을 짓고 있던 미나토 앞에서 뒤쪽으로 공중제비를 돈 허수아비가 제자리에서 가볍게 뛰어올랐다.

"이곳은 내 영역(보금자리)이야."

"……네. 알고 있습니다."

"이곳이라면 뭐든지 마음대로 할 수 있지. 논의 신인 나도 말이야. 바람도 일으킬 수 있어. 이런 식으로───."

외다리를 축으로 빠르게 회전하며 뿜어낸 바람이 미나토를 덮쳤다.

"윽."

벼가 담긴 흙먼지는 날카롭고 묵직했다.

하지만, 미나토는 얼굴만 팔로 감싸고는 반격하지 않았다.

"어라? 아무것도 하지 않는 건가? ───이봐, 희귀한 인간. 보여다오, 그 몸에 빌린 풍신의 힘이라는 걸."

"───싸우라고요?"

"호들갑스러운 말이군. 그냥 장난이야, 장난. 흥미가 있거든. 신의 힘이 내포된 인간은 처음 만났으니."

신의 힘을 빌린 탓에 앞으로 만날지 모르는 신들도 홍미를 품고 덤벼들게 될까.

꽤 강한 불안함에 시달리는 미나토와는 달리 허수아비는 시원스럽게 말했다.

"그것도 두 신의 힘을 말이지. 너, 지극히 드문 인간이로구나."

"그런가요……."

풍신의 힘도, 아마테라스의 힘도, 정말 고맙긴 하다.

하지만, 골치 아픈 일과 세트라는 말은 들은 적이 없다.

신은 보기만 해도 알 수 있기에 감출 수도 없다.

미나토는 마음속으로 머리를 감쌌다.

허수아비가 천천히, 오뚜기처럼 흔들렸다.

"나는 심심하거든. 시간이 남아 돌아서 말이야. ——그러니 나와 놀아다오."

"——그런 다음에는 여기서 내보내 주실 건가요?"

"그래, 좋아."

똑바로 서서는 고개를 돌렸다.

가벼운 말투였지만, 언질은 받아냈다. 문제가 없겠다는 생각이 든다.

신은 약정을 반드시 지키는 존재라는 이야기를 산신에게 들은 적이 있다.

단, 아마테라스 때처럼 잠들어서 내보내주지 않을 경우도 있다.

그 여신과 다시 만나는 게 어떤 의미로는 기대된다.

황금색 경치 안에서 집을 등지고 선 허수아비와 미나토가 마주 보고 있었다. 그 거리는 집 두 채 정도. 둘 다 전투 태세를 취하지도 않고 가만히 서 있기만 했다.

긴장감이나 긴박감은 전혀 없었다.

"그럼, 나부터 가도록 하지."

살의나 투기가 없는 목소리를 내며 허수아비가 회전했다. 그 속도가 빨라지자 바람의 소용돌이가 생겨났다. 그 기세에 휘말린 수많은 벼가 허수아비의 모습을 가리기 시작했다. 순식간에 회오리바람이 생겨났지만, 집에는 전혀 영향이 없었다.

———그냥 장난. 논의 신은 그렇게 말한 대로 집안에 있는 우라시마를 휘말리게 만들 생각이 전혀 없는 것 같았다. 오히려 그녀를 지키기 위해 퇴장시켰을 것이다.

미나토에게도 고마운 일이었다. 인간의 영역에서 벗어난 모습은 다른 사람에게 보이고 싶지 않다.

그렇게 생각한 미나토를 중심으로 비취색 빛을 띤 바람이 휘몰아치고 있다. 매우 냉정하게 자신을 방어하고 있었다. 방어용 바람은 꽤 자주 다루었기에 위태롭지도 않았다.

그리고 얼마 전에 거칠기 짝이 없는 스사노오(폭풍 덩어리)와 한판 붙기도 했기에 부담이 되지도 않았다. 의도치 않게 단련을 받았다고도 할 수 있을 것이다.

어째서 삼귀신 중 하나인 스사노오와 그렇게 되었을까.

얼마 전, 쿠스노키 저택 용궁문에서 훌쩍 나타난 뒤, 미나토가 풍신의 힘을 지니고 있다는 걸 알고는 자신의 집(신역)으로 억지로 초대한 다음에 바람 대결을 벌였기 때문이다.

결국, 스사노오가 가볍게 봐준 결과가 되긴 했지만, 그 이후로 쿠스노키 저택에서 같이 식사를 한 사이이기도 하다.

다시 온다고 했으니 조만간 또 나타날 것이다.

식사만 같이 했으면 좋겠다, 미나토는 절실히 그렇게 원하고 있다.

그런 스사노오의 면으로 덮쳐드는 폭풍은 골치 아프기 짝이 없었지만, 소용돌이 형태의 바람도 꽤 버거울 것 같다.

그리고 미나토는 딱히 의식하지 않고 바람을 뿜어내면 비취색을 띤다는 사실을 자신의 눈으로 알아볼 수 있게 되었다.

물론, 바람뿐만이 아니라 정화의 힘을 담아 적은 글자도 마찬가지다. 이쪽은 아직 희미하지만, 날마다 진하게 보이게 되었다.

산신이 해준 이야기에 따르면 그것들이 보이게 된 것은 비취색을 실제로 봄으로써 그 색이 자신의 색이라는 사실을 제대로 인식했기 때문이라고 한다.

그렇다면 천호 덕분일 것이다.

"얍, 얍."

맥빠지는 소리와 함께 바람의 소용돌이를 두른 허수아비가 비틀거리며 다가왔다. 지금 그 바람의 직경은 거의 집채만큼 커졌다.

약간 움직이기만 했는데도 미나토의 바람과 부딪혔다. 비취색 바람이 사라진 순간, 미나토는 뒤쪽으로 뛰어서 물러났다.

"어라? 정말 허약하구나, 네 바람."

미나토는 대답하지 않았다. 냉정하게 논의 신이 지닌 힘을 재보고 있었다.

결코 얕보고 있는 것은 아니지만, 눈앞에 있는 신은 무신이 아니다. 신위가 담긴 바람을 쓰지 않아도 맞서 싸울 수 있지 않을까 시험해보았다.

하지만, 결과는 그렇지 못했다. 매우 쉽사리 사라져 버렸고, 전혀 당해낼 수 없다는 것이 증명되었다.

———역시 신에게 맞설 수 있는 것은 신의 힘뿐이다.

미나토의 두 손———, 열 손가락 끄트머리가 빛을 뿜어냈다.

한없이 맑은 그 푸른 빛은 풍신의 색———, 신위를 두른 증거다.

"갑니다."

상대방처럼 말을 걸면서 팔을 휘둘렀다.

푸른 궤적이 내달렸고, 바람의 커다란 칼날이 회오리바람을 두동강 내고는 허수아비의 외다리 쪽으로 날아들었다.

닿기 직전, 허수아비가 높게 뛰어올랐다. 미나토의 까만 머리보다 훨씬 높은 곳을 넘어간 다음, 뒤쪽으로 내려섰다. 돌아선 미나토가 날린 두 번째 칼날이 착지 지점을 덮쳤다.

"어이쿠, 위험하군."

공중에서 뛰어오른 허수아비가 다시 재빠르게 피했다.

땅에서 통통 뛰던 허수아비가 고개를 갸웃거렸다.

"대처가 정말 빠르군. 싸움에 익숙한 모양인데."

"그렇진 않은데요……. 논의 신과 마찬가지로 풍신님의 힘에 흥미가 있는 분이 오랫동안 덤벼들어서요."

"무슨 말인지 알겠어. 그야 다들 너에게 흥미가 생기겠지."

"다들……?"

"신들 말이야."

우리나라의 신들이 그렇게 호전적인 분들이었나?

씁쓸한 표정을 짓고 있던 미나토의 시선 끝에서 허수아비가 외다리를 축으로 삼아 좌우로 크게 흔들렸다. 오뚜기 같은 그 움직임은 여유를 부리는 걸까.

"역시 논의 신이군, 나는."

흔들리면서도 세상의 진리에 대해 말하는 것 같았다.

말투는 마치 깃털처럼 가벼웠다. 산신과는 다른 의미로 자유로운 신이다.

"네에, 그러시군요."

미나토는 달리 할 말이 없었다.

허수아비가 딱 멈추고는 똑바로 섰다.

"나는 바람을 잘 못 다루거든. 그러니 특기인 분야로 놀아야겠어."

"특기인 분야……, 논 말인가요?"

"그래."

허수아비가 돌았다. 천천히 회전하는 속도에 맞춰서 허수아비가 바라보고 있던 쪽에서 벼가 잘려나갔다. 놀라운 속도로 추수가 끝났고, 들판에는 밑둥조차 남아 있지 않았다.

둘러보던 미나토가 힘없는 표정을 지었다.

"단숨에 적막해져 버렸네요."

"그래. 역시 논에는 벼가 있는 게 가장 낫겠지."

"그러게요. 저는 물이 차 있는 논 풍경도 좋아하지만요."

관성으로 돌고 있던 허수아비가 미나토 정면에 멈췄다. 표정은 전혀 바뀌지 않았지만, 기척이 날카로워졌기에 미나토는 한쪽 다리를 뒤로 뺐다.

"좀 전에 매우 불쾌한 인간이 있었거든."

허수아미의 말투가 완전히 바뀌었다.

굵고 쉰 듯한 목소리가 들리자마자 대기가 꿈틀댔고, 양떼구름도 흩어졌다. 미나토의 고막까지 세차게 두드렸다.

그렇다고 해서 손으로 귀를 막을 수도 없다.

주먹을 꽉 쥔 미나토의 팔에 핏줄이 드러났다.

"———어떤, 인간이었나요……?"

"논이 냄새난다고 소리질렀고, 논 같은 건 사라지는 게 낫겠다고 떠들어댄 녀석이야. 혼에서 토할 것 같은 악취를 풍기면서……!"

논의 신이 분노를 드러내자 주변의 흙먼지가 여러 군데 소용돌이쳤고, 미나토는 몇 발짝 더 물러섰다.

정말 화가 많이 난 모양이었다.

미나토는 긴장하면서도 맞장구를 치기가 힘들었다.

인간성에 문제가 있는 사람의 혼에서는 악취가 풍긴다고 오늘 산신, 츠무기와 이야기를 나눴던 참이다.

허수아비가 더욱 날뛰었고, 솟구친 그 발치에서 사방으로 금이 갔다.

"용케도 그런 말을 한단 말이지……! 내가 있는 이곳에서 말이야……!"

"———어지간한 사람들은 거기에 신이 있는지 모를 것 같은데요……."

아무런 도움도 되지 않겠지만, 일단은 그렇게 말했다. 없다고 해서 마음대로 말해도 되는 건 아니지만.

집 다섯 채 정도만큼 떨어진 미나토를 향해 허수아비가 윗몸을 약간 젖혔다.

"여기에 논의 신이 있다는 건 유명하다고. 이 지역 사람이라면 모를 리가 없어. 다들 허수아비 씨라고 부르면서 존경해 주지. 이 몸도 봉납받은 거야."

"———그랬군요. 몰랐어요."

미나토는 소리쳤다. 거리가 꽤 멀다.

아무튼, 우라시마가 논의 신을 보고 놀라지도 않고 친근함을 담아 이름을 불렀던 것도 이해가 된다. 이 지역 주민인 그녀라면 논의 신에 대해서도 미리 알고 있었을 게 틀림없다.

"그럴 수도 있겠지. 너는 이 지역 주민들과 거의 교류를 하지 않으니까."

허수아비가 담담하게 말했다.

미나토는 전혀 눈치채지 못했지만, 쿠스노키 저택 근처에 자리 잡고 있다면 알고 있는 게 당연하다.

논의 신은 약간 진정하긴 했지만, 여전히 거친 분위기를 드러내고 있었다. 그 분노에 호응하여 들판 전체가 거세게 파도쳤다.

"그래서, 이런 생각을 했지. 그 까불대던 녀석의 몸을 두 번 다시 쌀을 먹지 못하게끔 만들어 줄까 하고———."

발치가 위태로워지자 미나토는 이리저리 움직이며 잠자코 귀를 기울였다.

그동안, 예전에 뇌신이 '신은 아무렇게나 벌을 내리니까 조심해'라고 했던 말을 떠올렸다.

매우 가벼운 말투였지만 표정은 진지했기에 과장한 말이 아니라는 걸 이해할 수 있었다.

신은 한다면 한다.

논의 신도 진심이었을 게 틀림없다. 남일이지만, 미나토의 안색이 안 좋아졌다.

그런데 왠지 모르겠지만 논의 신이 갑자기 사나운 기운을 가라앉혔다.

"———그래도 이번에는 그냥 보내줬어. 내가 벌을 내리기 전에 산에 있던 자들이 재미있는 걸 하더라고."

유쾌하다는 듯이 웃으며 몸을 마치 메트로놈처럼 흔들었다.

산에 있던 자들이란 대체 누굴까.

미나토가 의문을 품고 있자니 논의 신이 느긋하게 말했다.

"그럼, 간다."

미나토는 사고를 전환하고 마음을 다잡았다.

논의 신은 자신의 특기인 분야라고 했다. 흙이 나왔으니 그것을 사용할 것이다.

중심을 약간 낮추자 허수아비의 옆쪽 지면이 부풀어 올랐다.

순식간에 형태를 이룬 적은 강대한 사람의 손이었다. 팔꿈치까지 들어올린 그 그림자가 미나토를 완전히 가렸다.

예상하지 못했던 형태였기에 한순간 굳었지만, 곧바로 바람의 칼날을 날렸다. 집게손가락을 하나 잘라냈지만, 나머지 네 손가락은 멀쩡했다. 그 손이 벌레를 죽이려는 듯이 미나토가 있던 곳을 주먹으로 후려쳤다.

특기라고 할 만도 했다. 그 동작은 바람보다 빨랐고, 위력도 차원이 달랐다. 하지만———.

허수아비의 하얀 얼굴이 옆을 본 것과 미나토가 지면에 착지한 것은 거의 동시였다.

흙에 한쪽 손을 대고 자세를 낮춘 미나토의 머리카락과 겉옷 옷자락이 뒤늦게 날아든 풍압으로 인해 나부꼈다.

"호오, 하늘을 나는구나. ———인간의 몸으로 말이지."

바람의 정들이 참견한 덕분에 떠오르는 것에 익숙해지기 시작한 미나토는 스스로 지면에 바람을 내뿜어 뛰어오를 수 있게 되었다.

하지만, 아직 10미터도 안 된다. 뛰어오르는 것이지 나는 것은 아니다.

"비거리는 그리 많이 나오지 않지만요."

자세를 바로잡고는 연달아 빠르게 바람의 칼날을 날렸다.

칼날은 여전히 날카롭고 색도 진했다. 지친 기색도 없었다.

평소에 자주 방치된 신역에 끌려들어갔다가 부수고, 신목 쿠스노키 목재를 자르고, 스사노오가 강제로 힘을 끌어내기도 했다.

그렇게 꾸준히 단련한 덕분에 처음 힘을 빌렸을 때와 비교하면 신위를 다룰 수 있는 시간이 훨씬 더 늘어났다.

잘게 썰린 흙손이 산산조각나서 흙덩이로 바뀐 뒤 땅바닥으로 떨어졌다. 곧바로 새로운 거인의 손이 땅속에서 솟구쳤다.

그것도 잔뜩. 주름이 많이 잡힌 노인의 손, 울퉁불퉁한 남자의 손, 가늘게 보이는 여자의 손, 단풍잎으로 착각할 만한 갓난아기의 손.

사방에서 덤벼드는 그 손들을 미나토가 피하고, 흘리고, 뛰어올랐다. 흙손을 걷어차고 바람의 칼날로 맞서 싸웠지만, 끝이 없었다.

아무리 베어봤자 어차피 흙은 흙이다. 결정타를 가할 수가 없다.

그뿐만이 아니라 부숴도 그만큼, 아니, 손의 숫자가 더 늘어나기만 했다.

본체를 쳐야만 한다.

허수아비는 움직이지 않았고, 지상에서 오뚜기처럼 흔들리고 있었다. 여유로워 보인다.

노는 거라고, 논의 신이 자기 입으로 말했다.

그렇다면 미나토도 그런 생각으로 싸우면 된다. 신은 반드시 약정을 지킨다고 했으니, 벌을 받지는 않을 것이다.

미나토는 달려든 흙손을 피하며 지상으로 향했다. 거대한 손가락들을 발판으로 삼아 이동하며 허수아비를 주시했다.

혼은 어디지? 어디에 있지?

인간 형태를 띠고 있으니 심장인가? 아니면 배인가?

———아니, 머리다. 그곳이 약간 빛나고 있다.

날아든 손의 손목을 바람으로 잘라낸 다음, 미나토의 손가락 끝에서 푸른색이 사라졌다.

그 대신, 손바닥에 빛이 희미하게 생겨났다.

하늘 위에서 빛나는 그 태양의 색은 아마테라스의 색이다.

그 손바닥을 허수아비에게 내밀었다.

날린 것은 그물이었다.

육각형으로 짜인 그 그물은 물고기를 단숨에 잡는 투망과 비슷했다.

아마테라스의 힘 중 극히 일부를 미나토에게 빌려준 가두는 힘. 그것은 물질뿐만이 아니라 눈에 보이지 않는 개념조차 대상에 가두는 게 가능하다.

그렇다면 논의 신의 혼을 허수아비 자체에 가두는 것도 가능하지 않을까.

그렇게 생각한 미나토는 처음으로 자신의 정화하는 힘 말고 다른 것, 그것도 신에게 그 힘을 행사했다.

크게 펼쳐진 그물이 허수아비를 뒤덮었다.

곧바로 미나토가 주먹을 쥐었다. 그물이 급속도로 조이며 허수아비의 머리에 모여들었다. 손바닥에서 길게 뻗었던 빛나는 실이 툭, 끊어졌다.

그 직후, 모든 흙손들이 멈췄다.

수많은 손들이 무너지기 시작했다. 미나토가 발판으로 삼고 있던 곳도 후두둑, 무너졌다.

"으앗."

단층집 지붕보다 훨씬 위쪽 상공에서 몸이 떨어졌다.

너무 무리한 모양이다.

아마테라스의 힘을 최대한 이끌어낸 것은 이번이 처음이다. 피로가 엄청났다. 손에서 태양도 사라졌다.

이제 바람을 날릴 여력도 없다.

딱딱한 흙 위로 미나토가 곤두박질치며 떨어졌다.

두 눈을 감고 몸이 부딪히기 직전에 흙이 논으로 바뀌었다. 시끌벅적한 물소리와 함께 물기둥이 높게 솟구쳤다. 진흙이 한없이 부드럽게 몸을 받아냈고, 그대로 잠기는 줄 알았다.

하지만, 곧바로 다시 끌어올려졌다.

논 안에 앉아 있던 미나토의 온몸은 진흙투성이였다. 머리카락 끝과 옷에서 진흙을 뚝뚝 흘리고 있었고, 이해가 되지 않아 어리둥절하고 있었다.

그 정면으로 외다리가 훌쩍 날아왔다.

"꽤 놀랐다고."

미나토가 올려다보자 푸른 하늘을 등진 채로 허수아비가 즐겁게 웃고 있었다. 물론, 목소리만 들렸다. 얼굴에 그려진 낙서는 여전했다.

"전혀 안 통한 것 같은데요……."

"3초 동안은 갇혀 있었어, 이 몸에 말이지."

겨우 그것뿐인가 하는 생각이 들었지만, 할 수 있다는 것도 알게 되었다. 좋은 수확이었다고 할 수 있을 것이다.

"오늘은 즐거웠어. 그럼, 슬슬———."

논의 신이 하얀 얼굴을 집 쪽으로 돌리자 현관의 미닫이문이 소리도 없이 열렸다.

우라시마가 핸드백을 들고 나왔다. 마치 방금 들어간 듯한 모습이었다.

논의 신은 시간을 다루는 실력이 뛰어날지도 모르겠다.

미나토는 그렇게 생각하면서 진흙이 들어갈 뻔한 한쪽 눈을 감았다. 그 진흙 인간을 본 우라시마가 깜짝 놀랐다.

"허, 허수아비 씨! 옆에 있는 게 설마 도로타보야?!"

낯선 호칭을 듣고 미나토가 의아해하고 있자니 논의 신이 가르쳐 주었다.

"온몸이 진흙으로 이루어진 외눈 영감님 요괴다. 말버릇은 '논을 돌려다오'지. 요즘은 거의 못 보게 되었다만."

"———그렇구나."

미나토는 비틀거리며 일어섰다. 똑바로 서자 그 몸에서 진흙이 순식간에 사라졌다.

물기까지 완전히 없어진 두 손을 본 미나토가 허수아비 옆에 섰다.

"감사합니다."

"나야말로. 놀아줘서 고마워. 또 언제든 놀러오도록 해, 우리 집에 말이야."

허수아비는 하얀 얼굴을 돌려서 집을 보았다.

거절할 수 있을 리가 없다.

미나토는 생기가 느껴지지 않는 얼굴로 고개를 끄덕였다.

"———네."

허수아비가 활기찬 목소리로 말했다.

"너는 산의 신을 산신 씨라고 부르던데. 나는 논신 씨라고 부르도록 해. ———이웃이니까."

"앞으로도 잘 부탁드립니다, 논신 씨."

새로운 이웃 신이 가볍게 뛰어오르며 한 바퀴 회전했다.

푸른 하늘에서 수많은 모가 내려왔다. 미나토와 허수아비가 있는 곳만 제외하고 논에 떨어졌다. 기온도 올라갔고, 부드러운 바람도 불었다. 마치 자로 잰 듯이 나란히 내려온 모가 금방 자라났다.

눈 깜짝할 새에 모내기가 끝나버렸다.

정렬한 연두색 모가 봄바람을 맞으며 사이좋게 파도쳤다.

미나토와 우라시마는 함께 신역을 나섰다.

바깥 세계의 경치는 들어가기 직전과 아무런 변화도 없는 것처럼 보였다.

저녁놀이 보이는 길도, 지평선에 해가 저물어가는 모습도, 습기가 조금 느껴지는 기온도 마찬가지였다.

물론, 산신도. 길가에 큰 늑대가 당당하게 앉아 있었다.

하지만, 코에 걸어주었던 종이 봉투는 없었다.

혹시나, 그렇게 생각한 미나토는 딱딱한 목소리로 물었다.

"———산신 씨. ……내가 들어간 이후로 시간이 얼마나 지났어? 지금은 언제야?"

뒤에 있던 우라시마가 깜짝 놀랐다. 그녀의 눈에는 몇 발짝 앞에 있는 늑대가 보이지 않는다.

하지만 미나토와 논의 신의 대화를 들었기에 짐작하고 있었다.

자신의 일족이 소유하고 있는 산에 자리잡고 있다고 대대로 전해져 내려온 늑대 신이 지금 여기에 있다는 것을.

"그대가 들어가고 나서 1분도 지나지 않았다."

산신은 미나토를 올려다보며 담담한 목소리로 말했다.

미나토는 그 말을 듣고도 기뻐하는 기색을 보이지 않으며 눈을 내리깔았다.

"그렇구나……."

그에게는 좋은 소식이지만, 우라시마에게 있어서 지금은 어차피 4년 뒤의 미래다. 그 이상 시간이 지나지 않았다고는 해도 잘된 거라고 말할 수는 없다.

○

그런 다음, 미나토는 우라시마를 집까지 바래다 주었다.

기다리고 있던 가족들이 매우 고마워했고, 좋은 기회라고 생각했기에 산의 정비에 대해 말했다.

그리고 허가를 쉽사리 받아냈다.

우라시마 가문 사람들의 이야기에 따르면 산을 그대로 내버려둔 이유는 돈을 마련할 수 없었기 때문이라고 한다.

산을 정비하는 건 한 번 해서 끝나는 일이 아니다.
듬직한 자연의 풀, 나무들과 끝없는 싸움을 벌이게 된다.
상당히 많은 금액이 필요하고, 수고도 많이 들 것이 뻔하다.
오히려 미안하다며 사과까지 했다.

# 제 12 장 쿠스노키 저택에서 평온한 한때를

어째서 오늘도 싸우고 있는 걸까.

미나토는 마음속으로 한탄하면서도 낮은 건물 옥상에서 바로 옆 건물로 뛰어넘었다. 혼자서는 아무리 도움닫기를 해도 닿지 않을 거리조차 바람을 분사하는 듯이 뿜어내서 계속 이동했다.

사방은 건물들로 가득 차 있어서 발판이 부족하진 않았다.

낮은 건물부터 높은 건물까지 다양했고, 아래쪽에 깔린 도로에는 사람이 아무도 없다. 탈것조차 하나도 없었다.

기묘한 그 공간에 울려 퍼지는 것은 고층 건물을 발판으로 삼고 미나토와 나란히 달리고 있는 스사노오가 내는 소리뿐이다. 손에 쥐고 있는 검이 햇빛을 반사하며 번쩍였다.

이곳은 스사노오네 집(신역)이다.

맞배지붕 형식의 집이 군데군데 있던 시골 풍경에서 근대적인 거리로 바꾼 모양이었다.

어째서 이렇게 되었는가 하면, 오전에 부지 바깥 청소를 마친 미나토가 뒷문으로 들어오니 이곳으로 이어져 있었기 때문이다.

신역으로 통하는 입구는 어디에도 없었는데.

싱글싱글 웃으며 맞이해준 스사노오가 쓸데없는 재주를 익힌 모양이었다.

피하지도, 도망치지도 못하고 스사노오의 전투 상대를 하게 되었다. 어제 논신과 놀았기에 움직임이 조금 둔하긴 했지만, 인간을 거의 벗어난 경지라는 건 부정할 수가 없다.

오늘은 오후에 산의 등산로를 보러 갈 예정이었다. 하지만 못 갈지도 모르겠다. 매우 지쳐버릴 것 같다.

건물 옥상을 뛰어가던 미나토는 마음속으로 한숨을 크게 쉬었다. 그동안에도 스사노오가 검으로 날린 폭풍을 바람의 칼날로 베었다.

스사노오가 고층 건물 옥상에서 높게 뛰어올랐다. 두 손으로 쥔 신검이 거친 바람을 뿜어냈다.

휘두른 그 검 바로 아래에는 미나토가 있었다.

검이 닿기 전에 폭발적인 기류가 낮은 건물 겉을 깨부쉈고, 유리창도 부숴서 땅바닥으로 쏟았다. 그 무렵, 미나토는 훨씬 앞쪽 옥상을 뛰어가고 있었다. 식은땀을 흘리면서.

"너무 사정없잖아……."

어제는 그나마 있었던 여유도 전혀 없다. 정신없이 도망칠 수밖에 없다.

뒤에서 쫓아오는 파괴왕은 새로 만든 경치도 신이 나서 부숴대고 있었다.

"모처럼 발판을 마련해 줬잖아. 그렇게 낮은 곳에서만 이동하지

말라고."

뒤쪽에서 스사노오가 검을 휘둘렀다. 미나토가 발판으로 삼고 있던 건물에 한일자로 선이 그어졌다. 뛰어오른 미나토의 신발이 떨어진 순간, 옆으로 미끄러지며 떨어졌다.

흰 연기가 뒤덮인 지면을 향해 미나토가 뛰어올랐다.

"높은 곳을 뛰어다니는 건 익숙하지 않다고! 나는 평범한 인간이라서!"

하하하하하! 입을 크게 벌린 스사노오가 큰 소리로 웃어댔다. 얼굴을 미나토 쪽으로 돌렸을 때는 이미 진지한 표정을 짓고 있었다.

"그럼, 익숙해질 때까지 여기서 놀면 되지."

"말도 안 되는 소릴……."

시야를 뒤덮은 연기 속을 질주하던 미나토가 벅찬 목소리로 대답했다.

건물 사이를 뛰어넘는 건 불가능하진 않지만, 죽음을 각오할 필요가 있는데다 간담도 서늘해진다.

단단하고 흔들림 없는 지면에 신발 바닥이 닿은 순간, 엄청난 안도감이 느껴졌다.

하지만, 그것도 한순간에 강제로 종료되었다.

철탑 옆을 정신없이 뛰어가고 있자니 뒤쪽 연기를 헤치고 스사노오가 쫓아왔다. 그 칼끝은 미나토의 심장을 겨누고 있었다. 실제로 찌를 생각이 없다 하더라도 일부러 노리는 걸 보니 정말 심술궂다.

돌아본 미나토가 손날을 휘둘렀다. 푸른 줄이 그어지고 바람의 칼날이 대기를 내달렸다.

그것은 날카로웠지만, 그리 크지 않았다. 하지만, 날릴 때마다 색의 농도가 진해지고 있었다.

신위의 양도 늘어났다는 뜻이다.

스사노오는 날아든 바람의 칼날이 간격 안에 들어오기 직전에 멈춰섰다. 검을 몸 가운데에 세워서 겨누었다.

검에 칼은 바람의 칼날이 두 동강 났다. 한쪽은 건물을 스쳤고, 다른 한쪽은 철탑을 가르자 유리 파편이 세차게 흩날렸다. 스사노오의 머리카락, 옷을 흐트리기만 했을 뿐, 생채기 하나 입히지 못했다.

붕괴로 인한 폭음이 울리는 와중에 스사노오는 검을 어깨에 기대고 턱을 문질렀다.

“뭐, 바람의 위력은 나쁘지 않은데———.”

그렇게 말하던 도중에 머리 위에 빛나는 그물이 펼쳐져 있었다.

눈을 크게 뜬 스사노오를 감싸고는 급속도로 조여들었다.

그 그물에는 실체를 조이는 힘은 없다. 쪼그라들듯이 조여든 그물은 몸———, 심장 안으로 들어갔다.

스사노오는 움직이지 않고 그냥 지켜보고만 있었다.

잠시 후, 가슴에서 길게 뻗은 실을 검으로 베었다.

전혀 통하지 않았다. 움직임을 1초도 막지 못했다.

분통해하는 미나토를 스사노오가 바라보았다.

“누나의 힘을 다룰 수 있게 된 건 진보한 거야. 그래도 말이지, 허술하다고. 나(혼)를 전혀 가두지 못했어. 짜낸 육각형도 제각각 달랐고.”

"———나는 피곤한데."

변명일지도 모르겠지만, 일단은 말했다. 스사노오는 그저 미나토의 심장———, 혼을 빤히 바라보았다.

"그런 이유 때문일지도 모르겠지만, 누나의 힘이 적기 때문이기도 하겠지."

"조금 준다고는 했어. 나에게는 충분하지만."

"무슨 소릴 하는 거야? 자주 빌려주는 것도 아닌데. 이왕 빌려줄 거면 팍팍 빌려주란 말이지. 쪼잔하게."

미나토는 대답하지 않았다. 옷을 두드리며 먼지를 털고 있었다.

말을 함부로 해선 안 된다. 벌을 받을 것 같다. 그 대신 질문을 던졌다.

"스사노오 씨는 힘을 잔뜩 빌려준다는 뜻이야?"

"아니, 한 번도 안 빌려줬어. 인간에게 빌려줄 리가 없잖아?"

인상을 잔뜩 쓰고 있다. 정말 싫은 모양이다.

"다른 사람, 아니, 다른 신 이야기를 할 때가 아닌 것 같은데."

"좋아, 슬슬 정리하자고."

못 들은 척한 스사노오가 검을 공중에 던져서 입자로 바꾸었다. 그 거만한 신이 검을 놓으면 전투도 끝이다.

이제 쿠스노키 저택으로 돌아가서 쉴 수 있겠다, 그런 생각이 들자 미나토도 그제야 긴장이 풀렸다.

그 생각만 하고 있던 미나토 옆으로 스사노오가 가벼운 발걸음으로 성큼성큼 다가왔다.

———어째서.

이해가 안 되는 미나토를 향해 스사노오가 얼굴을 들여다보며 말했다.

"이봐, 그거 알아? 인간은 극한 상태에 몰리면 생각지도 못한 힘을 끌어낼 수 있다는 거."

"뭐, 화재 현장의 괴력 같은 거 말이야?"

"그래, 그거야, 그거. 잘 아네. 그럼, 또 보자."

미나토의 등을 투욱, 두드렸다.

기운을 내라는 듯이 두드렸고, 한쪽 발이 앞으로 약간 나간 정도였다.

하지만, 그 신발 바닥이 밟을 거라 생각했던 금이 간 아스팔트도, 눈앞에 솟아 있던 건물들도 모조리 사라져 버렸다.

"어?"

이해하지 못한 채, 미나토는 곤두박질치며 떨어졌다.

왠지 모르겠지만 쿠스노키 저택의 상공——, 건물 10층 높이에서 스카이 다이빙을 하게 되었다.

믿기지 않는다. 이제 바람을 뿜어낼 여력도 없는데.

억지로 고개를 돌려서 올려다보니 활짝 웃고 있는 스사노오가 멀어지고 있었다.

스사노오는 엄하다.

사정없는 그 모습은 사자가 새끼를 절벽에 떨어뜨리는 것 같다.

아무튼, 스사노오는 일부러 미나토가 지칠 때를 노리고 있었을 것이다. 신의 힘을 더욱 키우기 위해서.

이래서 전투광은 곤란하다.

씁쓸한 마음이 솟구쳤지만, 그런 것보다 쿠스노키 저택이 급속도로 다가오고 있다. 떨어질 곳은 마침 정원 근처, 폭풍의 신도 정말 입살스럽다.

힘을 쥐어 짜낼 수밖에 없을 것이다.

미나토는 뻗은 한쪽 팔의 손목을 붙잡고 손바닥으로 바람을 뿜어내려 했다.

그 순간, 풀썩, 따스한 바람의 고치에 감싸였다.

그 뒤를 이어 바람 덩어리가 연달아 몸 앞쪽에 닿았다. 낙하 속도가 급격하게 줄어들었고, 천천히 내려가기 시작했다.

바람의 정들이다. 평소에는 장난만 치는 그들도 이번에는 구해줄 모양이었다.

"다들, 고마워."

샤샤샤샥, 머리카락을 마구 헝클었다.

———조금 전, 산에 있는 산신의 본가에서.

그곳은 산신의 본체인 산 중턱, 울창한 나무들로 둘러싸인 바위더미였다.

그 가운데에 산신이 드러누워 있었다. 쿠스노키 저택이든 자신의 집이든 마찬가지로 게으르게 지내고 있었다.

꾸벅꾸벅 졸고 있다가 세리의 염화로 인해 억지로 의식이 깨어나게 되었다.

『산신님! 하늘에서 미나토가!』

매우 초조해하며 큰 소리로 외치고 있었다.

곧바로 시각이 공유되어 영상도 보였다.

쿠스노키 저택 뒷문 근처에서 올려다본 곳, 공중에 떠 있는 스사노오의 신역에서 미나토가 떨어져 내리고 있었다.

팔다리를 벌리고 있는 그 몸은 어제보다 더 지친 상태였다. 바람도 제대로 날리지 못할 것이다.

쿠스노키 저택의 노천탕은 육체적인 피로를 풀어주지만, 신들의 힘과 정화의 힘은 회복시켜주지 않는다.

일부러 그렇게 했다. 꾸준히 노력하는 미나토가 힘을 계속 쓰기 때문이다.

계속 달릴 수 있는 인간은 이 세상에 존재하지 않는다. 쉬는 것도 중요하다는 것을 몸소 배울 필요가 있다.

그러지 않으면 미나토의 혼 그 자체가 지쳐버린다.

하지만 주위에서 내버려두지 않는다. 골치 아픈 운명을 지닌 남자다.

"———세리. 여차할 때는 받아주거라."

『알겠습니다!』

산신은 숨을 크게 내쉬고는 느릿느릿 일어났다.

그런 산신 가문의 우려와는 달리 바람의 정들의 활약으로 인해 미나토의 두 다리가 무사히 부지 안에 내려섰다.

바람을 세게 불면서 바람의 정들이 하늘 위로 올라갔다. 미나토는 한 손을 흔들며 배웅했다.

펄럭이던 머리카락과 옷이 잠잠해지자 뒤쪽을 보았다.

"아."

슈욱, 석등의 불주머니로 하얀 덩어리가 들어갔고, 곧바로 유리창을 닫아버렸다.

잘 알지는 못하지만, 신령이다.

"빠르네……."

어제, 미나토와 산신이 쿠스노키 저택에 돌아왔을 때도 마찬가지였다. 신령은 미나토가 자리를 비운 동안에는 불주머니 밖으로 나온다는 사실을 알게 되어버렸다.

얼굴을 마주치고 싶지 않은 건지도 모르겠지만, 불주머니 안에 머무르는 걸 보니 미나토를 혐오하지는 않을 것이다.

신은 자신에게 솔직한 존재다. 진심으로 싫다면 곧바로 이곳을 떠나 산신의 본체인 산으로 갔을 것이다.

그리고 또 한 가지, 어제, 불주머니 앞에 여름귤도 놓여 있었다.

신령에게 준 그 여름귤은 부서졌다고 표현할 수밖에 없는 꼴이 되어 있었다. 결코 화풀이를 하기 위해 갈기갈기 찢어놓지는 않았을 것이다. 손과 손톱으로 할퀴고, 찌르고, 파내서 먹으려 한 것이다.

미나토는 짐작했다. 신령은 껍질을 까지 못하는 것 같다고.

그렇게 된 관계로 신령이 깨어있을 때 교류를 시도해 보기로 했다.

여름귤을 든 미나토가 불주머니 바로 앞에 섰다. 말없이 여름귤을 까기 시작하자 주위에 새콤달콤한 향기가 퍼져나갔다.

스윽, 유리창이 약간 올라갔다. 셔터 구조였다.

투욱, 투욱. 투욱, 투욱. 코끝으로 유리창을 밀어올렸다가 내리기를 반복하며 정신이 없다.

슬쩍슬쩍 보이는 그 코는 꽤 작았다. 움찔거리는 작은 코 옆에 길쭉하게 뻗은 까만 수염이 있었다.

다람쥐와 비슷한데, 아닐지도 모르겠다. 쥐인가?

미나토는 머릿속으로 짐작하며 꼼꼼하게 하얀 줄기도 떼어냈다. 빤히 바라보고 있는 신령을 시야 구석으로 보면서 오렌지색 과육을 갈랐다.

슬쩍, 유리창 틈새 너머로 손——, 앞발이 나왔다.

쥐, 쥐, 그렇게 공중을 헤매는 끄트머리는 갈라져 있었고, 손가락이 있었다.

역시 다람쥐일지도 모르겠다.

미나토는 그렇게 생각하며 살며시 앞발에 한 조각을 가져다 댔다. 재빨리 낚아채서 유리창 너머로 가져가 버렸다. 새콤달콤한 향기가 더욱 진해졌다.

마구 뜯어먹고 계신다.

상상한 미나토의 표정이 부드러워졌다.

미나토는 동물들이 식사를 하는 모습을 정말 좋아한다.

꼭 보고 싶다. 관찰하고 싶다. 하지만 초조함은 금물이다. 더 달라고 재촉할 때까지 그냥 기다렸다.

그렇게 하다 보니 마지막 한 조각이 남았다. 그것을 건네자 유리창이 더 올라갔고, 그제야 신령의 전체 모습이 드러났다.

자그마한 방석에 앉아 있고 손바닥 위에 올려놓을 수 있을 만한 크기. 새하얀 털로 뒤덮인 몸집은 찹쌀떡 같았다. 무엇보다, 동글동글하고 커다란데다 까만 눈이 인상적이었다.

"———북방하늘다람쥐다. 귀엽네……."

자기도 모르게 소리 내어 말해버렸다.

앞발로 든 귤 조각을 입가에 대고는 늘어진 볼살이 우물우물 움직이고 있다. 제대로 맛을 보나 싶더니 일어섰다.

뒷다리가 보인 순간, 하늘다람쥐가 비틀거렸다.

"어?"

타아악. 창문이 무자비하게 닫혔다.

"뭔가 이상했던 것 같은데……?"

약간 수상쩍은 동작이 보인 건 착각일까.

불주머니는 침묵해버렸고, 안을 볼 수 없게 되었다.

잠시 기다렸지만, 아무런 반응도 없었다.

포기한 미나토가 석등에서 물러났다.

그 뒷모습을 쿠스노키 그늘에 모인 사령이 바라보고 있었다.

둘러 앉아 있던 네 마리의 눈초리는 매우 진지하고 날카로웠다.

항상 눈을 반쯤 뜨고 다니는 영귀도 눈을 부릅뜨고 있었다.

『미나토에게 내려준 가호는 여전히 효과를 잃지 않았다.』

『그러하다.』

응룡이 맞장구를 쳤고, 날개를 펼친 봉황도 이의를 제기하지 않았다.

『그렇긴 하지. 내려주었을 때와 거의 비슷한 상태를 유지하고 있군.』

『그렇죠. 아무런 문제도 없네요.』

기린도 고개를 끄덕이자 그 직후에 일제히 수상쩍어하는 시선이 쏠렸다.

『그때는 정말 지독했다고.』

『해치울 생각인가 싶었으니.』

영귀는 한탄했고, 응룡은 수염을 곤두세우며 위협했다.

『———의욕만큼은 높게 사겠다만…….』

봉황만은 일단 변호해 주었다.

기린은 힘없이 몸을 늘어뜨렸다.

『……그때는, 정말, 정말 죄송했다고 반성하고 있습니다.』

사령이 말한 그때란, 그들이 미나토에게 가호를 내려주었을 때다.

———쿠스노키가 거목이었고, 연못도 표주박 형태였을 무렵이다.

첫 번째는 가장 먼저 쿠스노키 저택의 주민이 된 영귀였다.

이른 아침, 미나토가 일과인 연못 확인을 하기 위해 연못 가장자리에 쭈그리고 앉아서 물속을 들여다 보고 있었다.

그 뒤로 그림자가 숨어들었다.

찰싹. 앞발이 미나토의 허리에 닿았다.

살짝 밀린 듯한 느낌이 든 미나토가 돌아보았다.

"응? 방금 뭔가 닿았나……?"

둘러봐도 느릿느릿 멀어져 가는 영귀의 뒷모습만 있을 뿐이었다.

일과인 산책 중일 것이다. 그렇게 생각한 미나토에게는 매우 만족스러워하는 영귀의 표정이 보이지 않았다.

다시 연못 쪽으로 돌아선 미나토의 허리 근처에 제대로 찍힌 발자국이 희미하게 빛나고 있었다.

그 진주색 빛은 일반인에게 보이지 않는다.

두 번째는 약간 뜸을 들이다가 쿠스노키 저택의 주민이 된 응룡이었다.

대나무 빗자루로 열심히 청소를 하고 있던 미나토의 뒤로 소리도 없이 그림자가 다시 숨어들었다.

그리고 슬쩍. 그 날카로운 발톱을 펼친 앞발이 미나토의 오른쪽 어깨에 닿았다.

바람의 흐름을 살짝 느낀 미나토가 돌아보았다.

공중을 가볍게 날아오른 응룡의 뒷모습이 작아졌다. 그 꼬리가 신나게 흔들리고 있긴 했지만, 항상 보던 모습이었다.

"———착각한 건가……?"

정신없이 청소를 하고 있었기 때문일지도 모르겠다.

대나무 빗자루를 다시 잡자 머리 위에서 쿠스노키의 나뭇잎이 술렁이며 흔들렸다.

"왠지 기뻐 보이네."

올려다본 미나토의 입가도 올라갔다.

세 번째는 히로인 뺨치는 수준으로 붙잡힌 신세였던 봉황이었다.

외출할 준비를 마친 미나토가 창문을 열고 석등을 향해 말을 걸었다.

"새 씨, 장을 보러 갈 건데, 어떻게 할 거야? 같이 갈래?"

"삐!"

타앗! 그렇게 봉황이 석등에서 화려하게 뛰어올랐다.

똑바로 날아와 미나토의 왼쪽 어깨를 자그마한 갈고리 발톱으로 꽉 잡았다. 진주색 빛이 파앗, 흩어졌다.

미나토의 어깨에 남은 그 자그마한 양쪽 발자국에는 제대로 가호가 붙어 있었다. 가호를 꽤 쉽사리 뿌리고 다니는 봉황도 평소보다 다섯 배 정도 강한 가호를 내려주었다.

"으엇, 오늘은 꽤나 기합이 들어갔네……?"

날아온 기세만 느꼈던 미나토의 반응은 그런 식이었다.

그런 한편, 방석에 누운 채로 보고 있던 산신이 두 눈을 가늘게 떴다.

"통이 크군."

『……그런가?』

"뭐가?"

둘러대는 봉황과 눈치채지 못한 미나토가 같은 방향으로 고개를 갸웃거렸다.

그리고 마무리를 장식하기에 어울리는 기린 차례다.

다른 세 마리가 가호를 내려준 다음날. 쿠스노키 그늘에 사령들이 모였고, 선배들이 기린에게 조언을 해주고 있었다.

영귀는 맞은편에 있는 기린을 바라보며 엄한 목소리로 말했다.

『———기린, 알겠나. 결코 힘을 너무 주지 말거라.』

『……저도 알아요.』

건방지게 대답하면서도 온몸의 털을 약간 곤두세운 채 꼬리도 계속 움직이고 있었다. 표정과 분위기까지 이상하게 딱딱했다. 완전히 굳었다.

기린은 인간에게 직접 가호를 내려주는 것이 처음이었다. 이상하게 긴장하고 있었다.

『……그렇다고 해서 예전에 한지에 찍었던 것처럼 해주나 마나 한 가호는 안 된다. 적당히, 확실하게. 몇 년, 아니, 몇십 년 정도는 효과가 발휘되도록 힘을 조절해라.』

푸득, 날개를 펼친 봉황이 묵직한 목소리로 말했다.

『……봉황님, 꽤 까다로운 말씀을 하시는군요.』

눈을 내리깐 기린을 향해 응룡이 살짝 코웃음쳤다.

『뭐가. 간단하잖아.』

기린은 반사적으로 털을 곤두세웠지만, 곧바로 마음을 다스렸다.

그리고 마루 쪽을 돌아보았다. 그곳을 가로지르는 미나토의 어깨에는 응룡의 발자국이 확실하게 찍혀 있었다. 그곳에서 뿜어져 나오는 빛과 다른 두 군데가 진주색 실로 이어져 있었고, 미나토가 지나간 뒤에 세 줄기의 빛이 남았다.

전부 변함없는 명도를 자랑했고, 영귀와 응룡의 가호도 봉황과 마찬가지로 제대로 부가되었다는 것을 나타내고 있었다.

『———정말 분하지만, 저와 마찬가지로 가호를 거의 내리지 않던 응룡님이 내린 가호도 완벽하니까요…….』

한숨을 쉰 기린이 칭찬하자 응룡이 고개를 저으며 수염을 흔들었다.

『물론이지.』

날개를 활짝 펼친 용의 몸에서 나온 빛은 마치 용신 같았다.

아무튼, 열심히 빨래를 널고 있는 미나토에게 찍힌 세 발자국은 수십 년은 훨씬 넘게 복을 불러오는 효과를 발휘할 것이다.

심호흡을 한 기린이 등을 돌리고 있던 미나토를 보았다.

『그럼, 갑니다.』

쿠스노키의 나뭇가지와 나뭇잎이 응원하는 듯이 사락사락 떨렸다.

푹, 푹, 미나토는 마치 창처럼 날카롭게 꽂히는 시선을 느끼고 있었다.

누구지?

이제 와서 그렇게 경계할 필요는 없다. 자주 있었던 일이다. 적응이란 정말 무시무시하다.

수건을 휘둘러서 주름을 펴던 손은 멈추지 않았다.

"기린 씨, 무슨 볼일 있어?"

빨래 바구니에서 셔츠를 집어들며 물었다.

———대답은 없었다.

평소였다면 발소리를 내거나 시야에 들어오는 위치로 순간이동하곤 하는데.

날카로운 시선의 압력은 여전했다.

혹시 기린이 아니라 다른 존재인가?

의아해하던 미나토가 돌아보려 하자 퍼억, 견갑골 한가운데에 기린의 앞발이 파고들었다.

"아얏~!"

비명이 울렸고, 영귀, 응룡, 봉황이 일제히 하늘을 올려다보았다. 지붕까지 날아간 기린이 초조해하고 있었다.

하지만, 몸을 앞으로 숙인 미나토의 등에는 발굽 자국이 또렷하게 찍혀 있었다.

그렇게 사령이 가호를 내려주었다.

마지막에 사건이 일어나긴 했지만, 미나토에게는 지금도 여전히 네 발자국이 남아있다.

『———뭐, 실패를 양식으로 삼으면 된다. 안 그런가? 기린.』

봉황의 밝은 목소리가 초상집 같던 분위기를 바꾸어 놓았다.

기린이 고개를 번쩍 들었다.

『———그렇죠? 봉황님 말씀이 맞습니다. 저는 다음에야말로, 다음에야말로 반드시 잘 해낼 겁니다!』

번득이는 눈이 마루 좌탁 아래를 보았다. 거기에는 나무 조각상 두 개가 있었다.

볏이 눈에 띄는 병아리와 뻔뻔한 특대. 물론, 봉황과 산신을 모델로 만든 물건이다.

『다음 나무 조각상이야말로 저일 테니 그게 완성되었을 때는 완벽한 가호를 내리도록 하지요!』

기린의 다짐을 들은 영귀와 응룡이 발끈했다.

『기린, 다음은 나다. 대체 몇 번이나 말해야 알겠나!』

『무슨 소리, 무슨 소리. 다음은 짐이라고 몇 번을 말해야 이해할 텐가!』

『여러분, 적당히 포기하시지요. 다음은 저라고요~!』

『짐의 귓가에 소리지르지 말거라!』

응룡과 기린의 뿔이 격돌했다. 입자가 흩어지고 있는 곳 아래에서 두 번 연속으로 모델을 맡은 봉황은 입을 다물고 있었다. 영귀와 함께 올려다본 푸른 하늘에 매가 날갯짓하며 날아갔다.

시끌벅적하게 불꽃을 튀기며 뿔을 맞부딪히는 곳 옆을 미나토——, 죄가 많은 남자가 지나쳤다.

"싸울 만큼 사이가 좋다고들 하지."

쏴아. 쿠스노키가 맞장구를 치자 고개를 끄덕이며 폭포 쪽으로 갔다.

그리고 사령 모두가 가호를 내려준 건 미나토가 인류 최초다.

○

쿠스노키 저택의 새하얀 폭포는 언제나 아름답게 빛나고 있다.

용소에 떨어지는 풍부한 수량 덕분에 뿌옇게 흐려진 곳 근처는 치유되는 공간이다.

미나토는 가끔 그곳으로 빨려 들어간다. 자잘한 안개 형태의 물을 뒤집어쓰며 숨을 들이마시고는 내뱉는다. 그걸 반복하기만 해도 마음이 차분해지고 피곤한 몸도 편해진다. 이곳에서는 숨도 더욱 깊게 쉴 수 있는 것 같았다.

오늘도 정신을 차리고 보니 폭포 근처에 와서 얇은 띠 모양 물에 손가락 끝을 담그고 있었다.

"———폭포수를 맞는 것도 좋을 것 같은데."

"그렇다면 높이와 수량을 늘려주마."

목소리가 내려오길래 미나토가 올려다보니 담장 위에 산신이 올라가 있었다. 신기하게도 집에 돌아갔었는데 벌써 온 모양이다.

"어서 와, 산신 씨."

손을 흔들며 물방울을 튀기는 미나토를 보면서 산신이 다시 물었다.

"으음. 그래서, 폭포수를 맞고 싶은 겐가?"

"농담이야. 땀을 흘려서 물을 좀 뒤집어 쓰고 싶다고 생각했을 뿐이거든."

"마음껏 뒤집어 써도 될 터인데."

"아니, 내가 연못에 들어가면 안 되지. 신들 전용인데."

앉아있던 큰 늑대의 털이 흔들렸고, 두 눈을 가늘게 떴다.

"쿠스노키 미나토여."

눈을 크게 뜬 미나토가 똑바로 섰다. 처음으로 성과 이름을 한꺼번에 불렀기 때문에 놀랐다.

담장 위에 언덕처럼 자리잡고 있던 큰 늑대가 조용한 눈으로 미나토를 내려다보았다.

"이곳의 주인은 쿠스노키 미나토, 그대다. 이 집에서 살며 자잘하게 손도 보고 있는데다, 무엇보다 이곳을 지키고 있는 건 그대일 터인데."

그 묵직하고 굵은 목소리는 미나토의 고막뿐만이 아니라 대기까지 뒤흔들었다.

"명의든, 소유자든, 인간 세상의 관습 따위는 나와 상관이 없다. 모른다. 그대가 이곳의 주인이라고 내가 인정한다. 그러니 이곳에서는 그 누구도 신경 쓰지 말고 마음 편히, 좋을 대로 지내도록 하거라."

태도와 말투가 정말 거만했기에 미나토는 쓴웃음을 지을 수밖에 없었다.

아무리 신의 뜻이라 하더라도 바깥 세상에서는 통하지 않는다.

하지만, 이 신역 안에서는 통할 것이다.

미나토는 개울에 들어가 보기로 했다.

용소는 응룡의 잠자리이기 때문에 그곳을 피해 다리 근처로 갔다.

옷자락을 걷어올린 미나토가 살며시 개울에 한쪽 발을 담갔다.

"차갑긴 하지만, 놀랄 만큼은 아니네……."

하지만, 발이 차가워지면 체온이 단숨에 내려간다. 쓸데없이 뜨거워진 몸에는 딱 좋다. 두 발을 담그자 수위가 무릎을 약간 넘어섰다. 예상했던 것보다 깊다.

산신은 노천탕을 점령하고 있었다. 바위에 턱을 얹은 채 둥실둥실 떠 있다. 냉탕보다는 따뜻한 온천파다.

"수량은 충분한가."

"충분해."

콧노래가 섞인 질문에 대답한 미나토는 두 손을 그릇삼아 물을 떠올렸다. 손가락 사이로 흘러내리는 물이 햇빛을 반사하며 무지갯빛으로 빛났다. 튄 물방울에 옷이 젖었지만, 신경 쓰지 않았다.

"왠지 물도 부드러운 것 같네……."

"신수니까~."

산 쪽———, 하류에서 우츠기가 개헤엄으로 다가왔다.

이 개울과 온천은 다른 차원에서 이어져 있고, 우츠기는 그쪽에서 왔다.

"신기하네, 헤엄칠 수 있구나."

"응. 가끔은. 이 물은 마셔도 맛있어~."

"———내가 마셔도 괜찮아?"

"물론이지!"

그렇게 말해도 이대로 마실 생각은 들지 않는다.

물을 붓고 개울 속을 걸어가려던 참에 토리카와 세리도 헤엄쳐 왔다. 그 두 마리는 미나토의 옆으로 다가온 다음, 잽싸게 물가로 올라갔다. 토리카가 몸을 떨며 물기를 털어냈다.

"딱 좋은 온도라 괜찮지? 너무 차가운 신수는 몸에 안 좋으니까."

"네, 사령은 젊지도 않고요."

세리가 뭔가 아는 듯이 그렇게 말했다. 젊은 권속들은 신기하게도 흠뻑 젖은 모습이었다. 일부러 말리지 않는 것 같았고, 다른 개체인가 착각할 정도로 몸이 가늘어졌다.

"정말 멋지고 두꺼운 털이 나 있구나."

"우리는 언제나 겨울 차림새라 복슬복슬해~."

가볍게 헤엄치던 우츠기가 다리를 넘어간 다음에 돌아왔다.

첨벙! 그와 동시에 정원에 물소리가 크게 울렸다.

"거북이 씨가 뛰어들었나?"

가끔 영귀가 화려하게 다이빙을 하곤 하는데, 그때보다 소리가 더 컸던 것 같기도 하다.

미나토가 폭포를 보니 용소에서 과일 하나가 떠올랐다.

"복숭아?! 그것도, 크, 큰데……!"

그 크기에 놀라 이상한 목소리를 냈다. 커다란 복숭아가 개울의 흐름에 몸을 맡기고 흘러왔다.

떠오르다 가라앉기를 반복하고, 옆으로 빙글 돌고, 반대쪽으로도 돌고. 개울이 구불구불한데도 불구하고 가장자리에 전혀 닿지 않았다.

척 보기에도 움직임이 이상하다.

미나토는 그렇게 이상한 복숭아에서 눈을 떼지 못했다.

커다란 복숭아는 갓난아기가 들어 있어도 이상하지 않을 크기였다.

갈라보면 나올지도 모른다.

기운이 넘치는 남자 아이가.

그리고 자란 뒤에는 어제 먹었던 소박한 경단으로 동물들을 차례차례 스카우트하고 무리를 지어 악귀들이 주름잡고 있는 섬으로 쳐들어가는 그――.

"모모타로――, 아니, 아니! 설마……."

상상력을 동원하다 겁을 먹었다. 그렇게 수상쩍은 미나토를 토리카와 세리가 싱글거리며 올려다보고 있었다.

개울가로 올라간 우츠기도 세리와 토리카 옆에 나란히 섰다.

"마침 흘러왔길래 들여보냈어~. 미나토가 요즘 많이 신경 쓰길래 만나고 싶어할 것 같아서!"

"동화에 나오는 남자아이는 아니지만요……."

세리가 쓴웃음을 지으며 설명해 주었다.

그 유명한 동화, '모모타로'는 원본인 것 같은 신이 있다고 한다.

나라를 만든 신인 이자나기——, 스사노오의 아버지 신이 죽은 부인, 이자나미를 데리고 오기 위해 황천으로 갔다. 하지만 완전히 변해버린 부인의 모습을 보자마자 겁을 먹고 도망쳤다.

분노한 이자나미가 추격자를 보냈고, 그때 복숭아를 던져 황천의 군세를 후퇴시키는 것에 성공한다.

그 공적으로 인해 복숭아는 이자나기에게 신명을 받고 신이 되었다.

그 이름은 오오카무즈미노미코토라고 한다.

그 복숭아의 신이 미나토의 바로 근처까지 흘러와서 멈췄다. 빙그르르~, 힘차게 돌았다.

미나토는 그 모습을 빤히 바라보았다.

허수아비를 보았을 때도 간담이 서늘해졌는데, 복숭아 또한 놀라웠다. 하지만 신성한 느낌은 별로 들지 않았다. 평범한 복숭아가 거대해진 것처럼 보이기만 했다.

만약에 모모타로가 들어있던 복숭아도 그랬다면 할머니가 망설임없이 가른 것도 어쩔 수 없을 것이다.

츠무기에게 받았던 금빛 복숭아가 더 신 같은 것 같기도 했다.

하지만, 향기만큼은 결코 밀리지 않았다. 뇌쇄적으로 잘 익은 달콤한 향기가 아니라 약간 덜 익은 느낌이 남아 있는 복숭아의 향기는 기분이 시원해졌다.

그런 것보다, 아마 인사를 하고 있을 테니 나도 인사를 해야 한다.

"처, 처음 뵙겠습니다."

꽤나 묘한 구도다, 미나토는 머릿속 한구석으로 그렇게 생각했다.

천천히 흐르고 있는 개울 한복판에 멈춘 복숭아와 성인 남자가 마주보고 인사를 나누고 있고, 그 모습을 인간이 아닌 존재들이 바라보고 있다.

개울가에 있는 돌에 늘어서 있는 담비 세 마리. 노천탕에 몸을 담근 큰 늑대. 쿠스노키 그늘에 있는 거북이, 용, 병아리, 사슴 같은 거.

아무도 호기심 어린 눈빛은 보이지 않고 따스하게 지켜보고 있다. 쑥스러운 기분이 들었다.

복숭아의 신은 목소리를 내지 않았다.

그냥 떠올랐다가 가라앉았다가, 빙글빙글 돌며 개울의 흐름에 맞춰 담벼락 쪽으로 녹아들듯이 떠나갔다.

그 모습을 바라보던 미나토의 표정이 약간 어두워졌다.

"기분이 상했나."

세리가 쓴웃음을 지으며 통역해 주었다.

"아뇨, 이렇게 말하던데요. '여어, 형씨. 실례할게~. 나는 여행 중이거든. 그럼, 또 보자고!'"

"엄청 시원스럽네. 복숭아 과육 같은 분이구나."

"그러게!"

우츠기가 개울로 뛰어들었다. 세차게 튄 물거품이 미나토에게 날아들었다. 그 뒤를 이어 세리와 토리카도 개울로 몸을 던졌다. 첨벙, 첨벙, 세 방향에서 물을 맞고 맞서 싸우던 미나토도 흠뻑 젖어버렸다.

이 정원의 기온은 항상 봄이고, 한여름이 아니다. 아쉽게도 물놀이를 하기에 적합한 온도는 아니었다.

봄바람이 불자 미나토가 몸을 부르르 떨었다.

노천탕에 있던 산신이 한쪽 눈을 슬쩍 떴다.

"이쪽으로 와서 몸을 데우도록 하거라."

"———그렇게 할게. 물놀이는 몇 분 정도만 했는데, 잔뜩 즐겼어."

그렇게 감정을 담아 중얼거리면서 마구 도망쳐 다니던 담비 세 마리를 한꺼번에 안아들었다. 따뜻하다.

그대로 비틀거리며 온천으로 향했다.

모두 함께 몸을 데우고 난 다음에는 기다리던 점심 식사 시간이다.

미나토가 식재료를 자르는 동안, 권속들도 집에서 식재료를 조달해 오고 풍로에 숯불을 피워주었다.

산신은 잽싸게 움직이고 있는 권속들을 거들떠보지도 않고 마음에 들어하는 방석에서 몸을 웅크린 채 느긋하게 지내고 있다.

오늘은 안 먹을 모양이다.

자기가 먹을 때는 지정석에서 움직이지 않더라도 힘을 써서 물건을 옮겨준다. 그러지 않을 때는 먹지 않겠다는 의사 표시다.

산신은 미나토가 혼자 식사를 하는 것을 싫어하기에 어울려준다는 의미가 컸고, 권속들과 떠들썩하게 식사를 할 때는 참가하지 않을 경우도 많았다.

"산신 씨, 논신 씨도 부르면 와줄까?"

미나토는 좌탁에 식기를 늘어놓으며 그렇게 물었다.

"안 온다."

눈을 반쯤 뜬 산신은 무뚝뚝하게 대답했다. 컵을 내려놓으려던 미나토의 손이 멈췄고, 산신을 돌아보았다.

"논신 씨는 식사를 하지 않는 타입인 신이야?"

"아니, 그 녀석은 다른 신들과 교류하려 하지 않는다."

"이웃이라고 할 수 있는 산신 씨하고도?"

"아무리 가깝더라도 말이다. 꽤 오랫동안 근처에 있었던 나도 제대로 상대한 적이 없다. 여전히 서로 잘 알지 못한다."

"———그렇구나."

천천히 고개를 든 산신이 미나토를 보았다.

"그 녀석은 인간과의 교류는 좋아한다. 그대가 혼자라면 올지도 모르겠구나."

"그럼 내가 가는 게 더 확실하겠네. 다음에 술을 가져가야지."

"특이하구나……. 간담이 꽤나 서늘해진 체험을 하였을 터인데."

콧김을 길게 내쉰 산신이 눈을 감고는 다리를 쭉 뻗은 자세를 취했다.

미나토와 권속 세 마리가 풍로를 둘러쌌다. 타닥, 숯불에서 불똥이 튀었다.

부젓가락으로 숯을 정리하던 세리가 미나토 쪽을 돌아보았다.

“미나토, 슬슬 숯도 딱 좋은 것 같아요.”

“그럼, 고기를 구워보실까요.”

석쇠에 올린 갈비가 치이익, 소리를 냈다. 권속들도 자기가 먹고 싶은 것들을 올려놓았다.

권속들과 식사를 할 때는 셀프 방식이다. 미나토도 대접할 필요가 없기에 느긋하게 먹을 수 있다.

잠시 후, 첫 번째 고기가 다 익어갈 때쯤, 좌탁 위에서 스마트폰이 울렸다.

“아, 메일이다.”

앞발을 내민 토리카에게 부젓가락을 건넸다. 스마트폰을 보니 하리마였다.

풍로 쪽으로 돌아오며 미나토가 말했다.

“하리마 씨가 지금 온대.”

“여전히 갑작스럽네요. 좀 더 여유롭게 연락할 순 없는 걸까요?”

접시에 고기를 담던 세리가 잔소리를 하는 것처럼 그렇게 말했다.

“그렇지. 그러려고 쓰는 기기일 텐데. 지금은 점심 시간이잖아. 보통 이런 시간에는 방문하는 걸 피하지 않나?”

멋진 집게질을 선보이던 토리카도 마찬가지였다.

고기 옆에 집에서 따온 산나물을 늘어놓고 있던 우츠기가 느긋하게 말했다.

“나는 본인 때문이 아닌 것 같은데~. 갑자기 호부가 필요하게 되었거나, 이 시간만 여유가 있다거나, 그런 느낌 아닐까~? 그 사람은 정말 성실해 보였으니까."

"———그러게. 뭐, 그렇게까지 폐가 되는 것도 아니고."

미나토도 일단 변명을 해주었다.

예전에는 메일조차 하지 않았으니 그나마 나아진 편이다. 적어도 전날 미리 알려줄 순 없나 하는 생각이 들긴 하지만. 신기하게도 집에 있을 때만 연락이 오기에 지금까지는 하리마를 기다리게 만든 적이 없다.

"미나토는 언제 누가 와도 괜찮게끔 집을 깨끗하게 해두고 있으니까!"

방긋방긋 웃으며 그렇게 말한 우츠기가 익은 고기를 한데 뭉쳐서 입에 넣었다.

신성한 존재는 청정함을 선호하는 법이다. 언제나 청결하고 깔끔한 쿠스노키 저택은 그들이 마음에 들어하는 곳이기도 하다.

어찌 됐든, 메일이 왔으니 시간적인 여유는 별로 없다. 눈치가 빠른 권속들이 미나토의 접시에 구운 식재료를 열심히 담아 주었다.

그러던 와중에 세 마리가 동시에 논밭쪽 담장을 보았다.

"왔네요."

"그 투박한 녀석이 운전해서 온 모양이군."

그렇게 중얼거린 세리와 토리카가 다시 고기를 구웠다. 입안 가득 음식을 넣고 있던 우츠기는 말없이 고개만 끄덕였다.

토리카가 말한 '투박한 녀석'이란 모습을 감춘 신을 볼 수 있는 눈을 지닌 하리마의 부하———, 유라다.

덩치가 큰 그는 처음 쿠스노키 저택에 들어섰을 때 큰 늑대를 보자마자 땅바닥에 엎드려서 인사와 자기소개를 했다.

실제로 만나본 적도 없는 권속들도 인상이 깊었던 모양이다. 그리고, 미나토는 깜짝 놀랐다.

인터폰으로 대문 앞에 도착한 하리마와 대화를 마친 미나토가 정원으로 돌아왔다.

그때, 풍로 주위에는 세리와 토리카밖에 없었다.

“어라, 우츠기는? 벌써 돌아갔어?”

“소화시킬 겸 산책하러 나갔다. 금방 돌아올 거다.”

고기를 집어먹던 토리카가 새침하게 대답했다.

“아직 별로 먹지도 않았잖아……. 뭐, 상관없긴 한데. 나도 좀 더 먹고 싶었고…….”

아쉬운 듯한 표정으로 자리에 앉은 미나토를 세리가 바라보았다.

“같이 먹자고 그 인간을 초대해보는 건 어떨까요?”

“———세리하고 토리카는 괜찮아?”

“저희는 신경 안 써요.”

“그럼, 그렇게 해볼게.”

밝은 목소리로 말한 미나토가 쟁반을 들었다.

○

고기와 야채가 구워지는 소리와 이야기소리가 끊이지 않는 정원 반대쪽———, 대문.

그곳의 분위기는 팽팽했다.

창살문 앞에 하리마가 서 있다. 손에는 선물이 들어있을 것 같은 종이 봉투가 아니라 가방을 들고 있었다.

그가 올려다본 문 지붕에는 떡 버티고 선 담비가 있었다.

하리마의 시야에도 그 하얀 모습이 또렷하게 보였다.

우츠기는 모습을 드러내고 하리마와 마주 보고 서 있었다.

참고로 하리마 뒤쪽, 차에 타 있던 유라는 합장하며 필사적으로 축사를 외우고 있었다.

"아, 어서 와."

내려다보고 있던 우츠기가 말을 걸었다. 쾌활하게, 방긋 웃으며.

그런 한편, 하리마는 당황한 표정을 드리우고 있었다.

하리마 사이가는 신적 존재의 기척을 감지할 수 있는 자다.

그렇기에 쿠스노키 저택에서 자유롭게 지내고 있는 권속들의 존재를 눈치채고 있었고, 권속들도 그 사실을 알고 있었다.

하지만 지금까지는 고집스럽게 모습을 드러내지 않았다.

그런데 이게 대체 어떻게 된 일일까.

전혀 짐작이 되지 않았던 하리마는 경계하며 떠보는 듯이 물었다.

"———내가, 안에 들어가도 되는 건가?"

"물론이지. 미나토가 허락해 주었으니까, 들어와도 돼———."

지붕에 앞발을 디딘 신의 권속이 씨익, 눈웃음쳤다.

"신의 피를 이어받은 자여."

하리마가 약간 살벌한 분위기를 드러냈다.

정확한 지적이었기 때문이다.

그는 신의 권속과 제대로 마주한 경험이 없다. 자신과 관계가 있는 신하고만 마주했었다.

그렇기에 자신에게 흐르는 희미한 신의 피를 쉽사리 간파당할 줄은 몰랐다.

하지만, 딱히 우츠기가 심술을 부리지는 않았고, 앞장섰기에 하리마도 뒤따라 정원으로 갔다.

문을 넘어서면 오늘도 엄청난 무게가 실릴 거라 긴장했지만, 그렇지도 않았다. 맥이 빠지는 느낌이지만, 당하지 않았다면 다행이다.

집 옆을 지나치던 도중에 고소한 고기 냄새가 하리마의 코를 자극했다.

"———식사 중이었나?"

"맞아~. 모두 함께 바비큐!"

"미안하군, 방해해서."

"괜찮아. 우리는 신경 쓰지 않고 먹을 테니까~."

"———그렇군."

예전에는 거래 중에 주위를 신경 쓰지 않고 먹어대기도 했다. 어느새 그러지 않게 된 것은 껄끄러워하던 미나토가 그만두게 했기 때문일 거라 짐작하고 있었다.

정원으로 나가자 풍로 옆에 미나토가 앉아 있었다. 부젓가락과 고기, 산나물이 담긴 쟁반을 들고.

완전히 바비큐를 만끽하고 있다.

의자는 세 개가 더 있었다. 그곳에 앉은 세리와 토리카는 모습을 감추고 있었고, 하리마의 눈에는 전부 빈 자리, 그리고 젓가락과 잔이 떠 있는 것처럼 보였다.

하리마는 재빠르게 마루 쪽을 보았다.

거대 방석에서 쿨쿨 자고 있는 주인은 아무런 반응도 보이지 않았다.

오늘은 선물을 조달하지 못했기 때문일 것이다.

그렇게 생각한 하리마는 자신의 손 근처를 내려다 보았다.

가방에는 미나토가 메일로 요청한 물건———, 다양한 제작자들이 만든 부적이 들어 있다.

산신이 그것에 전혀 흥미를 보이지 않는 것은 알아보기 쉽고 명쾌하기까지 했다.

"하리마 씨도 같이 점심 식사 어떠세요?"

미나토가 아무렇지도 않게 제안하자 하리마는 곧바로 대답할 수가 없었다.

요즘은 악령 관련 사건이 자주 발생해서 음양사들은 지극히 바쁜 나날을 보내고 있다.

하리마가 거절하려고 입을 열자 의자 위로 뛰어오른 담비가 돌아보았다.

"미나토도 아직 전혀 먹지 못했거든. 배가 고프겠어."

"———감사히 먹도록 하지."

곧바로 마음을 다잡은 하리마는 천연덕스럽게 대답했다.

적응 능력이 정말 대단한 사람이다, 미나토는 그렇게 감탄하고 있었다.

"하리마 씨는 어디에서나 무난하게 살아가실 수 있을 것 같네요."

"왠지 모르겠지만 그런 말을 자주 듣곤 하지."

미나토가 자리를 양보해주자 하리마도 진지한 표정으로 받아들이고는 앉았다.

"의자를 하나 더 가지고 올게요."

미나토가 접시와 집게도 건넸기에 그것들을 받은 하리마가 풍로 쪽으로 돌아 앉았다. 우물우물, 맛있게 먹고 있는 담비 한 마리, 그리고 빈 자리 두 곳에서는 식재료만 사라져갔다.

"자기가 먹을 건 자기가 구워."

"마음에 드는 걸 구워서 먹도록 해."

부드러운 목소리만 들렸다.

"그래."

그 말을 들은 하리마는 집게로 산나물을 집었다.

쿨쿨 숨소리를 내며 자고 있는 큰 늑대, 그리고 흔들리는 쿠스노키 그늘에서 사령들도 축 늘어져 있었다.

장마가 갠 오후, 폭포 소리가 끊임없이 들리는 쿠스노키 저택에서는 느긋한 시간이 계속 흐르고 있었다.

# 4권을 읽어주셔서 진심으로 감사드립니다!
# 후기라는 이름의 소설을 보시죠.

## 무사시 사장의 야망——에 끌려다니는 기자들

산신과 미나토가 아무렇지도 않게 떠나버린 무사시 출판사에서는 그날 오후, 회의실에서 긴급 회의가 열렸다.

원탁을 둘러싸고 앉은 사람은 세 명. 모두 남자다. 역대 화과자 기사——, 별칭 산신님 담당자들이 모두 모여 끙끙대고 있다.

세 사람이 골치아파하고 있던 이유는 그들을 지켜보는 듯이 서 있던 화이트보드에 큼직하게 적힌 의제 때문이었다.

——다음달호 산신님용 기사에 대하여.

"아무래도 답이 없군."

선선대 담당자(40대)는 다리를 계속 떨고 있었다.

"그냥 평소처럼 하면 되는 거 아닐까요?"

의자에 몸을 기대고 앉은 현 담당자 토와다(아슬아슬하게 20대)가 말했다.

"그럴 수는 없잖아. 산신님께서는……, 남신이었으니까……."

신경질적인 선대(30대)가 우울한 목소리로 말했다.

회의가 시작된 지 시간이 조금 지났지만, 진도가 전혀 나가지 않았다. 주로 투덜투덜 불평하는 선대 때문에.

"내가 미혼인 건 산신님 때문이야……."

겐도 포즈를 취하고 있던 선대가 우울하게 한탄했다.

"이봐, 적당히 좀 하라고. 산신님을 원망하지 마!"

선선대가 크게 소리쳤다. 그는 완전히 산신의 팬이 되었다. 선대가 눈을 부릅뜨고 대들었다.

"그래도요! 저는, 저는 20대를 전부 바쳐서 산의 여신님만을 마음에 품고 온 힘을 다해 기사를 썼단 말입니다!"

"그건 그냥 선배가 서투른 것뿐 아닌가요? 연애는 따로 할 수도 있잖아요. 실제로 저는 결혼도 했고요."

토와다는 그렇게 신랄한 말투로 말했다. 선선대가 헛기침을 하자 대꾸하려던 선대가 입을 다물었다.

"뭐, 성별 같은 건 딱히 상관이 없잖아요. 산신님께서 실제로 계신다는 것에 비하면 별것 아니라고요."

토와다가 한 말에 반론하는 사람은 없었다.

"그렇긴 하지."

진심을 담아 한목소리로 말한 선배들이 고개를 연달아 끄덕였다.

정말로 만날 수 있을 줄은 아무도, 털끝만치도 예상하지 못했고, 존재조차 의심하고 있었으니.

선선대가 후배들의 얼굴을 번갈아 보았다.

"그건 그렇고, 산신님은 정말 엄해보이던데."

"진짜 그렇다니까요. 게다가 덩치도 컸어요. 이게 바로 산신의 풍격이다, 그렇게 뽐내는 듯한 느낌이었죠."

선선대와 토와다가 천장을 올려다보며 회상하고 있었다.

"목소리도 대단했지……! 처음에는 지진이 난 줄 알고 소름이 끼쳤다고."

선대는 자신의 몸을 감싸며 떨었다.

"진짜 그랬죠. 지금도 귀에 선하다고요……. 그 중후한 목소리가……."

귀를 잡아당기던 토와다는 바로 옆에서 들었기에 더욱 강렬하게 느끼고 있었다.

"그건 그렇고, 다음달호 기사 말인데……."

선선대가 화제를 되돌렸다.

"사장님께서는 어떻게 해서든 오랫동안 품어온 야망을 이루려 하셔."

무사시 사장이 어릴 적부터 품어온 꿈.

조상과 마찬가지로 산신님과 술잔을 기울이며 이야기를 나누고 싶다.

바로 그것이다. 그렇기에 새롭게 선술집 특집을 내놓으라는 사장님 지시사항이 내려왔다.

하지만 사원들은 난색을 보이고 있다.

왜냐하면 산신은 '나는 언제나 화과자 기사를 기대하고 있다'고 했다. 그러니 화과자 특집 페이지를 늘린다면 모를까, 축소해서 선술집 기사를 추가해도 되는 걸까.

———요구하지도 않은 선술집 기사는 필요가 없다. 모든 사원들의 생각이다.

그중에서도 현 담당자인 토와다가 가장 꺼려하고 있다. 그는 신의 뜻을 직접 들었다. 앞으로도 기꺼이 화과자 기사를 써 나갈 생각이다. 그런데도———.

"애초에 저는 사장님의 조상이 술잔을 기울였다는 것만은 사실이 아닐 것 같단 말이죠……. 그 산신님이 인간과 함께 술을 마셨을까요?"

"그러진 않았을 것 같아."

토와다의 의견을 들은 선배들의 목소리가 한데 겹쳤다. 사장을 제외한 사람들은 모두 같은 의견이었다. 태도와 말이 참으로 거만했다. 그 산신은 인간에게 아양을 떨지 않을 것이다.

"아마 그런 거겠죠. 말을 전달하는 게임을 할 때는 중간에 사람이 많이 낄수록 내용이 크게 변질되잖아요. 그것과 마찬가지로 선조 중 누군가가 과장해서 말하지 않았을까요?"

"토와다 말이 맞겠지. 사장님의 허세는 유전이니까."

전전대 사장도 알고 있는 선선대 담당자가 힘차게 맞장구를 쳤다. 하지만, 표정이 다시 굳어졌다.

"그래도 사장님 지시사항이잖아. 해야 한다고."

"———그러게요. 그럼 발표하겠습니다. 사장님의 희망사항은———."

선대가 손 근처에 있는 지시서를 읽어나갔다.

"세련되고 멋진 가게, 넓은 개인실이 있을 것, 청결하고 조용할 것, 술의 종류가 다양하고 요리도 맛있을것. 상기한 사항을 여러 개 만족할 것. 그리고 반드시 맛있는 화과자———, 으깬 팥소를 넣은 메뉴가 풍부할 것. 이상입니다……."

"요구가 너무 많아! 그런 가게가 한 군데라도 있으면 기적이겠다……!"

토와다가 머리를 감싸며 테이블에 엎드렸다.

산신님 담당은 원칙적으로 한 명이고, 기사를 쓰는 것뿐만이 아니라 카메라맨 역할도 맡아야만 한다. 그밖에도 사전 조사나 예약 같은 것들도…….

그리고 다른 업무도 있다. 도저히 혼자 해낼 수 있는 수준이 아니다.

끙끙대고 있던 토와다의 어깨를 두드린 사람은 선선대였다.

토와다가 고개를 들자 매우 시원스러운 미소를 드리우고 있었다.

"나도 산신님 담당으로 복귀하마."

그가 스스로 지원해서 원래 포지션에 돌아오겠다고 한다.

사장과 직접 담판을 지으러 갔는데 쉽사리 허가를 내준 모양이었다. 역시 사장이다. 공과 사를 전혀 구분하지 않는다.

아무튼, 선선대는 의욕이 넘쳐났다.

"그런데 산신님과 함께 있던 청년은 대체 누구지?"

두 선배가 토와다를 보았다. 이야기를 나눈 건 그뿐이다.

"정체는 잘 모르겠지만……. 정말 대단한 사람이에요."

토와다는 딱 잘라 말한 다음, 작은 목소리로 덧붙였다.

"어떤 분야에서 활동하고 있는지는 모르겠지만요……."

팔짱을 낀 선선대가 고개를 크게 끄덕였다.

"너는 사람을 보는 눈이 있으니 틀림없겠지. 그래……. 그런데 왜 여자를 보는 눈은 없는 걸까."

"내버려두세요."

조용히 독설을 내뱉은 토와다는 서른이 되어가는 나이에 이혼 경력이 두 번이나 있다.

토와다가 두 사람을 번갈아 보았다.

"청년의 정체가 어찌 됐든, 산신님께 의견을 확실하게 말할 수 있는 입장이라는 건 틀림없습니다. 사이도 좋아 보였고요."

"그럼 그 청년을 낚을 만한 기사를 쓰면 되겠군. 산신님께서 다시 남부에 와 주셔야만 하는 거니까."

"선대, 무슨 말을 그렇게 하나."

선선대가 짜증난다는 듯이 펜으로 테이블을 두드렸다.

그런 한편, 토와다는 냉정하게 자신의 생각에 대해 말했다.

"그래도 일리가 있네요. 그 청년은 이 근처가 익숙하지 않은지 산책 지도가 도움이 많이 되었다고 하면서 고마워했으니까요. 아마 산신님은 그를 안내해줄 겸 남부에 오신 것 같습니다."

호오~, 두 사람이 그렇게 감탄하며 목소리를 냈다.

"그래도 그 청년의 취향을 모르니까. 화과자 기사는 평소처럼 쓰도록 할까? ……아니, 취향을 조금 바꿔야겠지."

"남신님 취향으로 가시죠. 사나이 느낌이 물씬 풍기는 쪽으로——."

선선대와 토와다가 의견을 주고받고 있던 와중에 선대가 축 늘어졌다. 선선대는 전혀 신경 쓰지 않았다.

"———그런데, 선술집은 어떻게 할까……."

"일단 선술집 기사도 싣고 술집 정보도 추가해보는 건 어떨까요."

토와다가 몸을 약간 앞으로 내밀며 말하자 선선대가 씁쓸한 표정을 지었다.

"왜 늘리는 건데?"

"남부의 매력을 전달하는 의미를 담아서요. 남부에는 유명한 양조장도 있고, 술집도 많잖아요."

"그럼, 화과자 말고 다른 제과점도 늘리는 방향으로 해도 되지 않나?"

부활한 선대가 그렇게 말을 꺼냈다.

"그것도 괜찮을지 모르겠네요. 솔직히 산신님께서 으깬 팥소 말고 다른 과자에도 흥미를 가져 주셨으면 하니까."

"그러게."

토와다가 본심을 드러내자 힘찬 목소리들이 맞장구를 쳤다.

———세상에는 으깬 팥소가 들어간 과자만 있는 게 아니다. 오히려 그쪽이 소수다.

항상 그 문제로 골치아파하던 그들의 절실한 마음이었다.

약간 엉뚱한 방향으로 굴러가기 시작한 회의는 해가 저물때까지 이어졌다고 한다.

그리하여 새로운 산신님용 기사가 잔뜩 실린 지역 정보지가 경사스럽게 간행되었다.

———약간 시간이 지난 뒤 쿠스노키 저택에서.

"산신 씨, 이번달호 정보지를 사왔어. 묘하게 두껍던데……."

장을 보고 온 미나토가 산신에게 정보지를 내밀었다. 마루 가운데, 방석에 누워있던 큰 늑대가 눈을 깜빡였다.

"그 두께는 뭔가. 평소보다 두 배는 되는 것 같다만."

"그러게."

바닥에 내려놓은 정보지를 산신이 앞발로 툭툭 건드리다가 천천히 넘겼다.

신경이 쓰이던 미나토도 옆에 앉아 함께 바라보았다.

갑자기 화과자집 특집 기사가 나왔다. 검은색이 바탕에 깔린 양쪽 페이지가 매우 투박했다.

"분위기가 꽤 바뀌었네. 전체적으로 남성향이라는 느낌이 들어."

"내가 남신이라는 것을 알게 되었기 때문일 게야."

산신은 무뚝뚝하게 대답했다.

여신이 아니었다는 사실을 알고 혼이 반쯤 빠져나간 사원들을 평소보다 우렁찬 목소리로 가지고 놀았다는 사실은 미나토에게도 들켰다.

"이번달호도 남부 가게 특집이네. 평소에는 북부하고 교대로 나오는데. ———아, 서양 제과점 특집이야. 처음 봤어."

"———으음."

"세리네가 좋아할 만한 케이크가 잔뜩 있네. ……호오, 남부에는 선술집도 많구나. '으깬 팥소 화과자도 갖추고 있습니다!'라는데, 쓸데없이 폰트가 크네."

산신은 말없이 다음 페이지를 넘겼다.

"응? 왠지 젊은 남자용 옷이나 액세서리 가게 페이지가 많은 것 같은데……."

"……."

"자동차하고 바이크 특집……? 낚시 도구, 캠핑 용품———."

"……."

"———모델건부터 프라모델까지. 혼란스럽네……. 젊은 사람들에게 반응이 좋을 것 같기도 하지만."

기자들의 의도가 뻔히 보였던 산신은 눈을 흘기고 있었다.

"———뭐, 좋다."

팔랑거리며 페이지를 넘기자 선술집 특집 기사가 보였다. 물론, 지도까지 포함해서. 이 정도면 헤매지 않고 모든 가게에 찾아갈 수 있을 것이다.

"오오, 남부에는 이런 술집이 있었구나. 미처 몰랐네."

미나토가 기뻐하는 기색을 드러내며 몸을 앞으로 내밀었다.

"이쪽에 가볼까. 항상 신세를 지고 있는 탄바 씨네 가게에서 내가 좀 유명해진 모양이라……."

"자주 고급 술을 사고 뽑기에서 당첨만 나오니 어쩔 수 없을 게다."

"———그러게. 내일 남부에 다녀올게."

"으음……."

탄바 술집 사람들은 비통해할 게다.

산신은 그렇게 생각했지만, 입을 다물고 있었다.

"산신 씨도 갈래? 수수경단 가게가 마음에 들었지?"

"———그렇군."

멋지게 미나토를 낚은 무사시 출판사 사원들은 주먹을 들어올리며 신나할 게 분명하다.

"잘 되었구나, 기자들아."

"방금 뭐라고 했어?"

"아니. ——그대가 사온 찹쌀떡은 정말 맛있겠구나."

미나토 옆에 놓인 장바구니를 뜨거운 시선으로 바라보던 산신은 흘러내릴 뻔한 침을 삼켰다.

"여전히 냄새를 잘 맡는구나. 오늘 사온 찹쌀떡은 마실 수 있을 만큼 부드러운 모양이야. 차를 내올게."

털이 복슬복슬한 꼬리가 강풍을 일으켰지만, 양쪽 앞발로 꽉 누르고 있던 정보지가 날아가지는 않았다.

◆

4권을 출판하는데 있어서 힘써주신 여러분, 진심으로 감사의 말씀 드립니다.

# 신의 정원이 딸린 쿠스노키 저택 4

초판 1쇄 인쇄 2026년 2월 10일
초판 1쇄 발행 2026년 2월 15일

저자 : 엔쥬
번역 : 천선필

펴낸이 : 이동섭
편집 : 이민규
디자인 : 조세연
영업 · 마케팅 : 조정훈
기획편집 : 송정환
e-BOOK : 홍인표, 김은혜, 정희철, 김미연, 황진영, 장화진
라이츠 : 서찬웅
관리 : 이윤미

㈜에이케이커뮤니케이션즈
등록 1996년 7월 9일(제302-1996-00026호)
주소 : 08513 서울특별시 금천구 디지털로 178, B동 1805호
TEL : 02-702-7963~5 FAX : 0303-3440-2024
http://www.amusementkorea.co.kr

ISBN 979-11-274-9910-5 04830
ISBN 979-11-274-8726-3 04830 (세트)

KAMI NO NIWATSUKI KUSUNOKITEI Vol.4
©Enju 2023
First published in Japan in 2023 by KADOKAWA CORPORATION, Tokyo.
Korean translation rights arranged with KADOKAWA CORPORATION, Tokyo.

이 책의 한국어판 저작권은 일본 KADOKAWA와의 계약으로
㈜에이케이커뮤니케이션즈에 있습니다.
저작권법에 의해 한국에서 보호를 받는 저작물이므로 무단전재와 무단복제를 금합니다.

*잘못된 책은 구입한 곳에서 무료로 바꿔드립니다.